777 쓰리세븐

함문평 소설집

문학공원 소설선 26

함문평 소설집

문학공원

책을 펴내며

내가 다닌 중학교의 교훈은 '義에 살고 義에 죽자'였습니다. 까까머리 학생시절에는 교훈이니 그냥 외웠습니다.

어른이 되어 장교가 되었을 때 참 고민되는 일이 생겼습니다.

해운대 송정 신시가지가 지금은 아파트 숲이지만, 1990년대에는 200만평 탄약고가 있었고 직책이 3경비중대장이었습니다.

200만 평에 울타리에 경보장치를 설치하기 전에 400m 구간 설치하고 시험평가를 하라는 것입니다.

사람이 지나가도 '삑-' 개나 고양이가 지나가도 '삑-' 바람이 불어도 '삑-' 그런 경보장치를 군납하라는 것입니다. 소정의 시험평가 기간 '삑-' 소리의 자료를 취합해 '군납불가'로 보고를 했습니다.

사령부로 불려가 정작처장에게 곡소리 나게 혼나고 나서 하는 수 없이 '군납적격 보고'를 했습니다.

세월이 지난 후에 대북방송을 하는 부대의 군수과장이 되었는데, 여기서는 수천 개의 방송 및 대북 선전수단에 들어가는 부속을 영수증 처리는 정품으로 납품받을 것으로 하고 B품을 구입해 비자금을 만들어 상납을 하라는 것이었습니다.

역시 거절했습니다.

"거절 사유가 뭔가?"라는 질문에 "'우리 학교 교훈이 '義에 살고 義에 죽자.'였습니다."라고 했더니 "너 진급하기 싫어?"라고 하더군요.

막노동을 하고 내 맘대로 사는 게 낫지, 양심의 가책을 느끼며 거짓말로 국가의 재산을 축내고 아부해서 진급하기는 싫었습니다.

진급을 거부하고 소설가가 되었습니다.

후회는 없습니다.

서문

유능한 인재를 못 알아본 것은 국가적 손해

김 순 진(문학평론가 · 고려대 평생교육원 교수)

인간에게는 끊임없이 시련의 파도가 밀려온다. 인생은 새로운 땅을 개척해 나가기보다는, 주어진 환경에서 모진 풍파를 견디고 마침내 폭풍우가 잠자는 날 활짝 웃는 것이다. 한문평 작가는 그런 인생을 살았다. 강원도 횡성에서 태어난 그는 수재란 소리를 들으며 대학까지 줄곧 우수한 성적으로 성장한다. 그런데 대학에서 ROTC 교육훈련을 이수하고 육군 장교로 임관해 장교로서의 임무를 훌륭히 수행하지만 불의와 비리를 보지 못하고 자진 전역한다. 그리고 너무나 우연치 않은 사건에 얽혀 그의 계급과 신분, 연금 등이 좌절된 인생을 살게 된다.

함 소설가는 매우 유능한 육군 장교였다. 그런데 뜻을 펴지 못하고 전역을 한다. 게다가 생계를 위해 근무하던 산업현장에서 뜻하지 않은 사고를 만나 한쪽 다리를 다치며 장애자가 된다. 지금도 그는 산업현장에서 노동자로 일하고 있다. 그러나 그는 자신의 환경에 대하여 좌절하지 않는다. 그가 힘든 훈련을 이겨낼 수 있었고, 산업현장의 사고에서도 살아남을 수 있었다고 믿는 것은 그가 부적과 같이 지니고 살던 첫사랑이 보내준 사진 한 장의 힘이었다. 그는 그와 같은 시련을 견디며 인생의 새로운 돌파구를 찾다가 작가의 꿈을 꾸게 되고 마침내 소설가로 등단해 오늘 이같이 훌륭한 단편소설집 『777 쓰리세븐』을 펴내게 된다. 이 소설집은 단순히 한 권의 책으로 평가되기엔 그 내면에 쓰인 인생역정이 너무나 숭고하고 성스럽다.

소설이란 허구를 바탕으로 하기 때문에 이 소설집 속의 모든 사건들이 그의 경험이나 사실이라 할 수는 없지만, 이 소설집은 몸소 체험한 사실을 바탕으로 구성되어 있어, 일어나고 있는 상황묘사가 치밀하고 심리묘사가 독자로 하여금 현장감을 느끼게 한다.

함 소설가는 이 소설집에서 정말 다양한 시각으로 사회와 모순에 대하여 항거한다. 자신의 생활을 견뎌온 것이 '부직' 덕분이라 여기며, 천안함사건의 부대명 '777 쓰리세븐'과 평생 일본군과 국군, 북한의용군 등 세 벌의 '군복'을 입어야 했던 아버지 이야기, 전두환의 12.12사태와 최규하 대통령이 하야를 해야만 했던 시각을 다룬 '기미정란', 사회적 약자에 대한 모순을 고발하는 '누구는 너만 못해서', 신숙주가 목숨을 부지하고 생육신으로 살아야만 했던 이유를 들여다본 '숙주를 위한 변명', 간첩행위를 했다는 올무를 씌워 자신의 인생을 짓밟아버린 자전적 소설 '올무', 그리고 버마 랭군에서 벌어진 아웅산묘소에서 일어난 대통령 사절단 시해사건을 다룬 '솔' 등은 정말로 그동안 우리가 속으로만 궁금해 하고 금기시하던 이야기를 꺼내속 시원히 밝혀준다.

이처럼 유능한 인재를 못 알아본 것은 국가적 손해였다. 그러나 그 모든 걸 용서하고 우리 곁에 소설가로 오신 것은 국가적 이득이 될 것이다. 함 소설가님께서 그동안의 겪고 당한 노고를 일순간에 날릴 수 있는 베스트셀러 작가가 되시길 축원드린다.

CONTENTS

책을 펴내며 ……………… 4

서문 / 김순진 문학평론가 …………… 6

부적(符籍) …………… 12

777 쓰리세븐 …………… 46

군복(軍服) …………… 82

기미정란(己未靖難) …………… 118

누구는 너만 못해서 …………… 140

숙주를 위한 변명 …………… 182

올무 ………… 206

솔 ………… 232

부적
符籍

부적(符籍)

"아얏!"
"사람 살려!"
"형! 왜 그래?"

보의 밑면을 바치고 있던 지지대가 무게를 지탱하지 못하고 형이 넘기기 전에 떨어졌다. 뒤로 물러났다. 안전모 덕에 머리는 이상이 없었다. 그런데 왼쪽다리를 움직일 수 없었다.

현장소장은 인부를 동원해서 보를 들어 옮기려 했다. 해체팀장이 물었다.

"진호 형! 진호 형! 정신 있어요?"
"응, 정신 있어."
"이거 몇 개야?"
"세 개."
"형, 확실히 말해, 정말 머리는 이상 없는 거지?"
"음, 정말 머리는 안전모 덕분에 이상 없어."

"그래, 형은 안전모 하나는 잘 썼지.
현장소장이 진호를 불렀다.
"하진호 씨!"
"네!"
"정신 들어요?"
"네!"
"들어서 현장 밖으로 이동할게요."
"미쳤어? 내 다리를 움직일 수 없으니 빨리 119나 불러줘요."
비상사이렌을 울리면서 119구조대가 날려왔다. 119대원은 신속하게 안전모를 벗겼다. 부목을 대고 흔들리지 않게 몸을 묶었다.
"환자분! 이름이 뭐예요?"
"하진호!"
"어떻게 다쳤어요?"
"해체하다가 보 거푸집에 깔린 겁니다."
"왼쪽 다리가 골절이니 부목을 대고 묶을 겁니다. 아파도 참아요."
"네."
"여기서 마취할 수도 있는데, 병원이 가까이 있어 마취 없이 이동하니 아파도 참으세요."
"네."
보에 깔린 최초 사진을 찍고, 들어낸 후 상태를 찍고 이동했다. 나를 태운 119차량은 경광등을 켜고 병원으로 이동해 응급실에 도착했다.

정형외과 과장이 내게 물었다.
"환자분, 이름이 뭐예요?"
"하진호!"
"어떻게 다쳤어요?"
"공사장에서 해체하다가 보 밑면에 깔렸어요."
"보 밑면 무게가 어느 정도입니까?"
"한 200킬로그램!"
"환자분, 대퇴부가 많이 골절되었어요. 수술하게 되면 전신마취가 필요해요. 마취하는 동안은 아픈 줄 모르는데, 마취 풀리면 많이 아파요."
"네, 알겠습니다."
 수술실로 들어가자 과장은 전신마취를 시켰다. 이동용 침대에 실려 수술실로 이동했다.
"환자분! 이름이 뭐예요?"
"하진호!"
"네, 좋아요. 하나 둘 셋 이렇게 스물까지 세 봐요!"
"하나, 둘, 셋, 넷, 다섯, 여섯, 일곱……."
 채 열을 세기 전에 마취로 잠들어버렸다. 오후 3시 30분에 수술실로 들어가 7시 40분이 되어 수술실에서 회복실로 이동했다. 일반병실이 없어서 2인실 사용하고 공동간병인실이나 4인실이 나오게 되면 그리로 이동한다고 했다. 마취가 풀리자 비명을 질렀다.
"아 아!"

"환자분! 왜 그래요?"

"다리가 '쿡쿡' 쑤시고 아파요."

"네, 아파도 참으세요. 진통제는 많이 맞으면 안 됩니다. 3번 이하로 맞아야 해요."

"네."

"간호사 선생!"

"네, 환자분!"

"저 부탁이 있는데 말해도 됩니까?"

"말해보세요. 뭔지?"

"현장 안전모 속에 흑백사진 한 장이 있을 텐데, 그걸 좀 찾아주세요."

"네, 알겠습니다."

간호사가 원무과에 협조하여 하진호가 현장에서 쓰던 안전모에서 흑백사진을 찾아왔다.

"이거 맞아요?"

"네, 감사합니다."

"누구에요?"

"내 첫사랑입니다!"

"이름은?"

"박은경!"

"아주 오래된 사진이네요."

"네, 197X년 사진입니다."

그 사진은 수학여행을 갔을 때 찍은 사진이다. 그녀 모습 뒤로 다보탑이 보였다. 중학교 2학년 때 속리산 법주사를 경유하여 경주 불국사로 수학여행을 다녀왔다. 백담사를 경유하여 동해안 7번 국도를 따라 내려가 경주 불국사를 다녀왔다. 검은색 교복에 하얀 칼라의 사진을 편지 속에 넣어 보냈다.

마취가 풀리자 통증을 느꼈다. 아픔을 참아가며 환자복 주머니에서 흑백사진을 꺼내 봤다. 빙그레 웃음이 났다. 사진을 197X년부터 입원한 오늘까지 30년 동안 간직했다. 198X년 3월 4일 육군 소위로 임관한 이후 전역하는 20년 군대생활은 철모 속에 부적을 넣고 지냈다.

198X년 3월 4일 육군 소위로 호남선 열차를 타고 광주 송정에 내렸다. 유격대장이 유격훈련 순서를 정하는 제비뽑기에서 1번을 뽑아서 유격 1기로 입소하였다.

순서는 3, 5, 6, 9, 10, 8, 2, 1, 7중대 순으로 정해졌다.

군대에서 4는 죽을 사(死)와 음이 같아서 4중대는 없고 바로 5중대로 이어졌다.

첫 훈련은 기초체력단련 훈련이었다. 이름이 기초체력훈련이지 거의 삼청교육대 목봉체조 수준이었다. 구보, 연병장 축구골대 돌아오기 선착순, 오리걸음, 유격체조 등으로 이루어졌다. 기초체력훈련을 마치면 두줄타기, 세줄타기, 외줄타기, 활차도하 훈련 등을 하였다. 세줄타기훈련은 동복 유격장 강 중류에서 두줄타기와 활차도하 훈련은 하류에서 실시했다. 각 단계마다 교관 한 명과 조교가 3명 씩 배치되었다. 가끔가다 발생하는 도하 중간에서 무서워서 못 가거나 안전벨트 맨 상태에서 두 줄이나 세 줄에서 떨어지는 경우 구조하기 위해 조교가 복수로 배치되었다. 올빼미 번호 순서대로 세줄 타기를 하였다. 교관 조상근 중위가 구령을 붙이고 조교의 시범이 있었다.

"올빼미들! 시범 잘 봤습니까?"

"네!"

"목소리가 작습니다. 올빼미들 아침 식사 못했습니까?"

"했습니다."

"밥 먹은 소리가 아닙니다. 죽도 못 먹은 소리 내시 밀고 힘차게 외칩니다. 알겠습니까?"

"네에!"

"1번 올빼미 앞으로!"

"넷 1번 올빼미 도하 준비 끝!"

"1번 올빼미 애인 있습니까?"

"네, 있습니다!"

"이름이 뭡니까?"

"박은경입니다!"

"박은경 3회 복창!"

"박은경, 박은경, 박 은 경!"

"좋습니다. 도하!"

"도하!"

"유격, 유격! 유격! 유격! 유격!"

기초체력훈련과 장애물통과훈련을 마치고 3중대는 도피 및 탈출훈련을 하였다. 교관 강 중위는 도피 및 탈출훈련은 전쟁에서 본대에서 고립되었을 때 지도와 나침판을 가지고 목표지점을 찾아가는 훈련이라고 했다. 41번부터 50번까지 5조가 되었다. 각 조에 부여된 좌표를 찾아가면 그 좌표에 육군에서 사용하는 콘크리트 말뚝에 독도법 부호가 하나씩 새겨져 있었다. 그것을 해당 좌표 옆에 도식하면서 찾아가는 훈련이다. 조장은 매일 돌아가면서 했다. 이동 간에는 절대로 민간인 구역으로 내려와서는 안 된다. 민간인 집이나 상점 주변에는 교관이나 조교들이 매복하고 있다가 걸리면 한명 때문에 조 전체가 유격에서 최저 점수를 받는다고 했다.

5조의 출발은 좋았다. 첫 번째 좌표를 찾아가니 독도법의 '보병 제17사단' 표시가 있었다. 두 번째 좌표를 찾아가는데 좌표가 민간인 과수원 한복판을 지나가게 되었다. 오늘의 지휘자가 올빼미회의를 소집했다.

"올빼미 집합!"

"올빼미 집합, 모여라!"

"두 번째 좌표를 보니 저기 민간 과수원 안에 우리 좌표가 있는데, 내 생각은 그냥 건너뛰고 3번 좌표로 갈까 하는데 올빼미들 생각은?"

"43번 올빼미 의견 있습니다!"

"말해봐!"

"만약에 이걸 건너뛰고 9개 만 찾아 최종 목적지에 갔을 때 다른 조들이 모두 10개 다 찾으면 우리 조가 꼴찌 아닙니까?"

"그렇지? 그러나 그 많은 조가 10개 찾는 일은 없다고 본다."

"45번 올빼미 의견 있습니다. 조장올빼미 의견에 동의합니다. 왜냐하면 어차피 어느 한 조는 민간구역에서 포로로 잡힐 텐데 이거 하나 건너뛰고 포로 안 되고 9개 신속히 찾는 것이 유리하다고 생각합니다."

"잠깐이면 될 줄 알고 회의 소집했는데, 시간이 반시간이나 흘렀다. 여기서 더 이상 시간을 지체하면 안 되니 조장은 사회만 보고 거수는 안 하고 나머지 올빼미 거수 바란다. 먼저 이곳 건너뛰자 손들어!"

"3명!"

"이번 목표 찾고 가자 손들어!"

"6명, 그럼 다수결 원칙으로 찾고 간다. 41번 곽승종 올빼미는 김범진 올빼미와 둘이 척후조로 임명한다. 과수원에 침투하여 민가에 사람 유무를 확인하고 없다고 확인되면 나무에 양말 한 짝을 매달아 신호하라."

"예, 알겠습니다."

"나머지 8명은 동서남북으로 은폐된 곳에서 사주 경계를 한다."

"예, 알겠습니다."

척후조가 출발하고 한 시간 정도 지나자 과수원집 바로 옆 나무에 양말 한 짝이 걸렸다. 그것을 본 8명의 본대들은 야호! 환호를 질렀다.

과수원은 조용했다. 이산가족 상봉이나 한 듯 10명은 다시 만나자 서로 부둥켜안고 기뻐했다. 기쁨도 잠시 서로 얼싸 안은 상태서 호각 소리가 들리고 '동작 그만' 하는 교관의 굵직한 음성이 들렸다. 유격교관 민 중위의 목소리였다. 올빼미는 부동자세를 취했다.

"오늘의 조장은 몇 번 올빼미입니까?"

"예, 49번 올빼미!"

"조장 올빼미는 어떠한 경우라도 민간 구역에는 나타나지 말라고 한 말을 기억합니까?"

"예, 기억합니다!"

"그런데 왜 여기 민간 과수원에 들어온 것입니까?"

"예, 처음에는 그냥 건너뛰고 3번 좌표로 가려 했는데, 올빼미들 의견이 나누어져 다수결로 정해서 찾기로 했습니다."

"49번 올빼미는 전쟁이 나도 다수결로 할 것입니까?"

"아닙니다!"

"49번 올빼미는 군인 정신이 털끝만큼도 없는 올빼미로 생각됩니다. 머리부터 발끝까지 다수결 방식이 투철하니 썩어빠진 천박한 자본주의 정신을 빼고 군인정신을 주입하기 위해 포로 신문소로 이동합니다. 조교 49번 올빼미 포로 심문 시작!"

"예, 알겠습니다!"

"49번 올빼미 이 외 9명의 올빼미는 완전군장으로 과수원 울타리 보행합니다. 실시!"

"실시!"

과수원 흙벽돌집 안으로 들어갔다. 대형 인공기가 걸려있고 좌우에 김일성, 김정일 초상화가 나란히 걸려 있었다. 군화를 신은 상태로 벽에 나무 십자가에 묶었다. 빨강 모자를 쓴 조교가 물었다.

"49번 올빼미는 소속, 계급, 군번, 성명을 말하시오!"

"……."

"아하, 49번 초장부터 묵비권 행사다 이거지?"

"제네바 협약에도 소속, 계급, 군번, 성명은 말하도록 되었다, 어째서 그 네 가지도 말 안 하는가 49번 올빼미 동무!"

"좋나, 묵비권을 행사하니까 지금부터 우리 임무를 수행한다."

방구석에 세워놓았던 야구방망이로 전투화 밑창을 개 패듯 때렸다.

"다시 한 번 묻습니다. 49번 올빼미 소속은?"

"군번은?"

"계급은 역시 묵비권?"

"……."

"이런 멍청이가 어떻게 남조선 국방군 장교가 되었지?"

"물고문, 전기고문, 고춧가루 고문, 불면고문 올빼미 원하는 것으로 해준다 골라라."

커다란 고무물통에 물이 가득 차 있었다. 조교는 49번 올빼미 포로를 물통에 얼굴을 처박았다. 1분 30초, 2분, 3분. 3분 30초 점차 시간을 늘려가며 물고문을 했다. 30분 정도 물고문을 하자 49번 올빼미가 자백을 했다.

"소속은?"

"육군보병학교!"

"계급은?"

"소위입니다."

"군번은?"

"성명은?"

"하진호입니다."

"좋소, 진작 그랬으면 고문 안 해도 되었지, 고집 부려 모두 힘들었습니다."

"가족은?"

"애인은?"

"없습니다!"

49번 올빼미가 고문을 당하는 동안 9명의 조원들은 완전군장으로 과수원 울타리 안에서 보행하고 있었다. 49번 올빼미에게 김일성 김정일 만세! 3번 외치면 풀어준다고 회유했다. 49번 올빼미는 끝까지 저항했다. 고문을 이어가도 죽이지는 못한다는 마음으로 버티고 전기고문도 참았다. 올빼미 10명이 완전군장 보행과 고문에도 김일성 만세를 않고 저항을 하니 금요일 오후에 풀려났다.

10개의 좌표에 표시된 독도법 부호를 다 찾아야 하지만, 1번 '보병17사단'을 찾고 나서 2번을 찾다가 화, 수, 목 3일 간 고문으로 시달리고 금요일을 맞이했다. 금요일에 풀려나면서 2번부터 8번까지의 좌표의 독도법 표시를 문제지 옆에 조교가 표시해주었다. 끝까지 김일성 만세를 부르지 않고 저항을 잘 했기에 주는 상이라고 했다.
　제5조 올빼미는 북쪽의 대형 송전탑만 보고 정상의 송전탑 아래 9번이 있다고 알려주었다. 정상에서 9번을 찾으니 10번은 처음 유격훈련 도피 및 탈출을 출발했던 숙영지 축구골대 옆에 있다는 메모가 있었다. 고문은 당했어도 10개의 독도법 부호를 모두 찾았다. 토요일 오후 3시까지 이곳에 집결하면 되는데 5조는 오전에 다 찾고 도착해 있었다. 팀장이 올빼미들 소집을 하였다.
　"오후 3시 여기 모이면 되는데, 오후 3시까지 뭐하면서 시간 보내지?"
　"50번 올빼미 건의 있습니다."
　"말해봐라, 50번 올빼미!"
　"오후까지 빈둥거리다 교관에게 걸리면 청소나 하게 되니 점심때도 되어가니 강가에 가서 물고기 잡아 매운탕이나 먹읍시다."
　"좋아요!"
　"좋아요 2표!"
　"나도 한 표!"
　"좋다, 그러면 여러 올빼미들이 다 찬성하니 강으로 출발!"
　47번 올빼미는 대검으로 축구 골대를 감싼 녹색 그물망을 가로 1m 세로 2m 잘랐다. 양끝을 나무로 묶어 손잡이를 만들었다. 48, 49번은 그물망 양쪽을 잡고 나머지는 강 상류로 올라가서 고기를 몰고 내려왔다. 녹색 그물망에는 붕어, 버들치, 모래무지, 피라미, 쏘가리 등 다양한 물고기가 잡혔다. 쌀을 씻어 밥을 짓고, 된장, 고추장과 채소를 준비했다.

41번은 살금살금 민가의 밭에 가서 풋고추와 깻잎, 상추를 뜯어왔다. 점심은 강가에서 매운탕으로 배부르게 먹었다. 어디서 구했는지 소주를 꺼냈다.

"여러 올빼미들 여기 주목! 매운탕에 소주가 빠지면 앙꼬 없는 찐빵이다. 다들 소주 한 잔씩, 모두 반합 따까리를 들어."

"이거 어디서 구했어?"

"구하긴 어디서 구해, 훈련 출발 전에 좌표 다 찾고 들어오면 여기 원위치라고 해서 미리 소주 사서 축구장 옆 소각장에 숨겨두고 떠났다가 지금 찾아왔지?"

"야, 정말 42번 올빼미 선견지명 있다."

"자 모두 따랐으면 건배합시다. 5조 성공을 위하여!"

"위하여!"

"위하여!"

은경은 5공주집의 맏딸이었다. 순서대로 은경, 은서, 은희, 은주, 은옥 다섯 딸과 아내 문화자까지 여섯 명의 여자들 속에 아버지만 홀로 남자였다. 술만 마시면 아내에게 아들 하나만 낳자고 재촉했다. 197X년 겨울은 유난히 추웠다. 슬그머니 그녀의 가슴을 더듬었다. 이어 입술을 그녀 입에 키스를 했다. 오랜만에 일이라 그녀도 몸을 그에게 맡겼다.

"왜 이래?"

"아니, 당신이야말로 왜 이래요?"
"왜, 내 나이가 어때서?"
"이 나이에 우리 애 생기면 애 언제 키워요?"
"산에 나무하러 가서 호랑이에게 물리는 꿈을 꾸었거든, 임신하면 꼭 아들일거야."
"딸 다섯도 벅찬데, 또 낳으면 당신 죽을 때까지 고생 고생하다가 저 세상 가게 돼!"
"그래도 아들 하나 두면 든든하지?"
"임신한다고 아들이란 보장 있어요? 아들이라고 확신만 되면 당장 임신하고 싶어요. 딸인지 아들인지 모르니 임신 두려운 거지."

197X년 새해가 밝았다. 정월초하루 영하의 날씨에 눈도 많이 내렸다. 초가집의 처마 밑까지 장작을 가득 쌓아놓고, 창고에 쌀이 가득, 김장독에 김치와 동치미가 가득하니 걱정은 없었다. 그녀의 몸이 이상해졌다. 한겨울에 딸기가 먹고 싶다고 했다.

다음날은 돼지고기 먹고 싶다고 했다. 평소는 고기를 별로 먹지 않던 여자가 두 근을 혼자 다 먹었다. 다섯 딸들은 돼지고기 냄새만 맡았다. 은경이 아버지에게 한마디 했다.

"아버지, 엄마가 돼지고기 먹고 싶다고 하면 좀 넉넉히 사지, 엄마만 먹고 우린 뭐예요?"

"그래, 미안하구나. 내가 내일 다시 장보고 오마."

돼지고기 다음으로 겨울에 수박이 먹고 싶다고 했다. 정훈은 '겨울에 수박을 어디 가서 구하느냐'며 내일 보건소에 같이 가자고 했다.

"문화자 님?"

"예?"

"임신 축하드립니다!"

"아들입니까?"

"아직 아들인지 딸인지는 알 수 없습니다."

"여보! 임신이래?"

"거봐, 분명 태몽 꿈이라니까? 태교 잘해서 우리 튼튼한 아들하나 만듭시다."

임신을 확인한 정훈은 면소재지에 하나밖에 없는 택시를 불러 집으로 왔다.

2월 마지막 주가 되었다. 그녀가 영월의 수주중학교를 졸업하고 고등학교를 다니기 위해 원주에 방을 얻어 자취를 해야 했다. 자취 준비는 짐이 많았다. 은서가 언니 짐을 원주까지 같이 날랐다. 여자 고등학교를 졸업하고 S대학교 계산통계학과에 진학했다. 졸업 후 3월 2일 부로 고등학교 수학교사가 되었다. 거기서 미술교사 주지동 선생을 만나 결혼을 했다.

간성, 고성, 화진포, 속초일대에서 4년마다 이동하며 근무를 했다. 첫 아이를 낳았다.

태어날 때 양수의 염도가 평균 이하라서 정신지체아로 태어났다. 영화 마라톤에서 초원 엄마처럼 살았다. 모든 것이 첫 딸인 정신지체아를 살려야 한다고 학교에 사표를 냈다.

전국에 그 방면의 유명한 박사들은 다 찾아다녔다. 처음에는 간병인을 구해서 간병했는데, 아예 직접 아이를 간병을 하면서 간병인 사무실을 개업을 했다. 첫 딸을 위해 수도권으로 이사를 했다.

세상이 원망스러웠다. 착하게 살아온 저에게 왜 지체장애를 가진 딸을 하느님이 주신 건지 원망했다. 아이에게 전념하느라 시댁과 친정과도 거의 인연을 끊고 지냈다. 초·중고 동창회도 참석을 못했다.

모든 일정은 오직 딸 위주로 결정을 했다. 발음이 부정확하고, 동전을 줍지 못했다.

상록수역에서 멀지않은 곳에 '테레사간병인회'를 개업했다. 전공은 수학교육과지만 복수전공으로 특수교육도 했었다. 속초 고등학교 사표를 내고 서울근교대학교 사회복지학과 석사과정을 마쳤다. 간병인이 필요한 병원에서 간병인을 파견보냈다.

19XX년 10월 2일 부대이동을 하였다. 전방 철책을 지키던 2대대가 예비부대로 이동하고 3대대가 철책선 경계근무를 하게 되었다. 동해안 최북단 통일전망대를 기준으로 해안 명파마을로부터 북으로 통일전망대 좌측 1킬로미터까지 9중대가 담당했다.

좌측이 10중대 그 왼쪽이 11중대 순으로 책임구역이 정해졌다.

철책선 경계 근무는 그날이 일요일이든 국경일이든 하는 일은 똑같다. 야간 경계 근무를 철수하고 실탄을 반납하고 소총을 어깨 위로 하고 격발을 했다.

"이상 무!"

"이상 무!"

아침 식사를 하고 해안을 멀리 볼 수 있는 고가초소만 점령했다.

오전 10시 쯤 명파초소에서 상황보고가 들어왔다.

"해안 14초소입니다. 어선 한 척 북상!"

"알았다, 계속 감시하라."

"전 초소 들어라. 명파초소에서 어선 한 척 북상 중이다. 어로한계선 넘지 않게 미리 경고방송, 경고사격 준비하라!"

"네, 알겠습니다."

어선은 계속 북상했다. 바다에 어민들만 아는 부표로 어로한계선을 설치했는데, 그것을 통과했다. 초소 병력들은 공포탄을 쏘고 실탄사격도 했다. 신호탄도 올렸다. 어선은 계속 북상했다. 9중대장 하대위는 대대장에게 보고했다.

"대대장님, 9중대장입니다. 어선 한 척이 어로한계선 가까이 북상합니다. 소총으로는 신호가 안 되니 106M를 사용하겠습니다."

"월북자 아니야?"

"현재로는 월북 기도인지 단순 북상인지 알 수 없습니다."

"현지로 갈 텐데, 9중대장은 어디에 있을 거야?"

"예, 통일전망대 106M초소로 오십시오. 거기서 106M로 배를 돌리겠습니다."

"배를 돌리는 것보다 명중시켜 수장시키는 것이 어떠냐?"

"아닙니다. 배 후미에서 전방으로 포탄 나가게 하여 배를 돌리겠습니다."

9중대장은 부대대장 조규정 소령에게도 전화를 했다.

"부대대장실, 김 상병입니다!"

"음, 나 9중대장이다. 부대대장님 바꿔라."

"지금 주무시는데요."

"야, 실제상황이라고 전화 받으시라 해!"

"9중대장, 뭐야?"

"충성! 실제상황입니다! 어선 한 척이 어로한계선을 넘어 북상 중입니다. 통일전망대에서 106M로 선수를 돌리겠습니다."

"대대장님은?"

"통일전망대 106M 진지로 온다고 했으니 부대대장님도 그리 오십시오."

"알았다!"

106M 분대장 안봉희 하사가 9중대장에게 보고했다.

"중대장님, 106M 2정 배에 조준 완료했습니다. 사격하겠습니다."

"배를 명중하지 말고 뒤에서 배 밑으로 포탄이 지나가 배를 돌리도록 하라!"

"중대장님! 차라리 명중이 쉽습니다. 그게 더 어렵습니다!"

"그래서 안봉희 하사에게 명령하는 거다."

"네, 알겠습니다. 줄이기 5M 발사!"

"발사!"

"쾅! 쾅!"

두 발의 106M가 발사되자 배 앞에 하얀 물기둥이 솟았다. 배는 천천히 선수를 돌려 남하하기 시작했다. 통일전망대의 유리창도 몇 장 파손되었다. 배는 남하하여 명파어민통제소로 이동했다.

소대장 최병관 중위가 남하하는 배를 소총을 겨눈 상태서 어민 통제소로 나왔다. 최 중위로부터 신변을 인도받은 헌병이 헌병 차량에 태워 호송했다. 파출소에서 최초로 합동심문을 하였다.

< 최초합동심문조서 >
- 성   명 : 전창우(54세, 남)
- 주민번호 : 351214-1056***
- 주   소 : 강원 고성군 현도면 명파리 산 65번지
- 직   업 : 어부

**** 월경 경위 *****
상기 명 전창우는 19XX년 10월 8일 자신의 어로 잡이 배가 엔진에 문제가 있어 대포공업사서 선박을 수리하여 오던 중 어민 통제소를 지나 월경한 사고임.

- 대공 용의점
본인의 진술과 명파리 가족관계, 개인 채무 등 모든 점에서 월북 사유가 없어 단순 월경으로 대공 의심할 사항 없음.

**** 조사자 ****
- XX사단 정보참모 중령 조성상
- 기무부대 파견반 대위 이보수

- 해양경찰 속초서 경위 김길수
- 거진경찰서 정보과 경위 원성제
- 국가안전기획부 4급 이혁원

이 사건으로 최초 발견자 최 중위, 통신병 이혼정 일병이 사단장 표창을 받았다.

합동심문조가 최초 발견 지점부터 마지막 106M 발사까지 전 과정을 조사했다. 사단 군수처에서는 소모한 실탄과 예광탄 공포탄을 보충했다. 모든 상황이 종료되자 천막 속 숨겨둔 흑백사진을 보고 빙그레 웃었다.

10월 10일 대대장 주관 주요 직위자 회의를 하였다. 대대장 정건영 중령은 이번 민간선박 월경차단작전은 결과는 좋았지만 반성할 점이 많다고 했다.

"9중대장! 발견은 해안초소에서 했는데, 왜 뱃머리를 돌리지 못하고 NNL까지 갔지?"

"예, 저도 참 그 점이 답답했습니다. 해안4소초부터 호각 불고 신호탄 쏘고, 공포탄 실단 다 쏴도 바다에 얼마 안가 물속으로 들어가지 배에 경고할 수단이 없었습니다. 맨 마지막 106M 아니었으면 월북을 못 막았을 것입니다."

"뭐, 획기적인 방법 없을까?"

"중대장에게 106M 진지 이동하여 해안 4초소나 3초소에서 사격할 수 있다면 통일 전망대 가기 전에 배를 저지할 수 있었을 것입니다."

"그래, 앞으로는 교전교칙 변경해 평시 월경 방지 위해 106M를 진지 이동하여 사격할 수 있도록 개정하도록, 작전장교 알았지?"

"예, 수정하겠습니다!"

부대대장 조규정 소령이 한마디 했다.

"야, 9중대장 106M로 배를 명중시켜 격침시키면 우리가 다 훈장이나 표창 받을 텐데 왜, 명중 안 시켰어?"

"부대대장님, 그 배가 월북의도가 있는지 없는지 모르는데 어떻게 격침시켜요?"

"야, 9중대장은 장군 되기 틀렸구나. 장군 되려면 안면몰수하고 격침시킬 기회에 격침시켜야 한다. 초소 넘은 것은 격침해도 너에게 잘했다 그러지 왜 격침 이유는 따지지 않는다."

"네, 다음 이런 기회 오면 격침시키겠습니다!"

"너 앞으로 제대하는 날까지 그런 기회는 없다."

"9중대장은 훈장 탈 수 있는 기회 잃어버린 거야!"

"그렇게 훈장 받으면 마음 편하겠어요?"

그 말에 회의참석자 모두 웃었다.

200X년 6월 15일 남·북 정상회담을 하였다. 후속조치로 200X년 5월 XX일 남북장성회담이 열렸다. 남북장성회담의 합의로 선전수단을 철거하기로 했다. 서부전선에서 동부전선 통일전망대까지 설치된 대북 확성기 방송시설과 백령도에서 우측 최북단 통일전망대까지 북쪽으로 시계가 확보된 곳에 설치된 대형전광판을 철거하기로 했다. 북으로 보내는 전단, 삐라 140만 장을 폐기하게 되었다.

6.15남북정상회담의 후속조치로 이루어진 명령이라 철거기간이 6월 16일부터 8월 15일 00시였다. 그러니까 8월 14일까지 끝내라는 뜻이다. 심리전단장 문상옥 대령은 주요직위자들을 지휘통제실에 모아 놓고 훈시를 하였다.

"여러분 TV 뉴스를 봐서 알겠지만 남북 정상회담서 쌍방의 선전수단을 철거하기로 하였습니다. 기간이 6월 16일부터 8월 14일까지 끝을 내야 합니다. 이런 중대한 임무를 우리 부대가 수행합니다. 틀림없이 철거 현장에 국내외 언론들이 보도하러 올 것입니다. 절대로 인터뷰하기 전에 승인을 받고 인터뷰하고 개인적인 의견을 말하는 일이 없기 바랍니다.

작전과장은 철거 계획을 일자별로 수립하고, 군수과장은 재산대장을 정리하기 바랍니다."

재산대장을 꺼냈다. 전광판 하나를 설치하는데 2억 들었고 11개 설치되었으니 22억이 들었다. 그 2억짜리가 철거하면 하나에 2-3만 원, 22억짜리가 22만 원짜리 고철이 되는 것이다. 1월부터 4월까지 전방 확성기 방송시스템을 정비하고 그 수리부속 트랜지스터를 정품 하나에 6,600원 하는 것을 3,000원 하는 B급 구매하고 영수증 정리는 6,600원으로 해서 그 차액을 비자금으로 만들라고 했다.

이렇게 철거하고 없어질 것이라면 단장 품위 유지비나 만들어 좋은 놈 소리나 들을 걸 하는 생각도 들고, '아니야 넌 잘한 놈이야 세상에 돈으로 되는 일이 있고 돈으로 할 수 없는 일이 있음을 확실하게 보여준 몇 안 되는 장교야.'라는 소리도 들렸다.

8월 14일 모든 선전수단을 철거했다. 확성기 방송세트 52개소, 대형 전광판 11개소 철거를 완료했고, 1억장의 전단은 중대별로 지역 소각장에서 전량 소각 전에 사진 찍고 소각장면과 소각 후의 사진을 찍었다. 전광판은 고철로 1개소에 2만 6원을 국방부 군수국에 국고 반납을 하였다. 마지막으로 8월 14일 24시, 즉, 8월 15일 0시를 기하여 자유의 소리 방송으로 불리던 대북 라디오 방송을 중단했다.

정비병을 대동하고 용문산 중계소에 올라가 장비 전원을 껐다. 모든 작업을 완료하고 철모 속 검은색 교복에 하얀 카라가 눈부신 모습을 보고 빙그레 웃었다.

총성 없는 전쟁이라는 심리전 – 전단 살포, 전광판 불빛, 대북방송을 중단하고 새로운 심리전을 준비하라고 했다.

가칭 '사이버심리전부대'로 정했다. 그가 사이버심리전 팀을 맡기로 했다. 장비를 철거한 부대의 군수과장은 그야말로 할 일 없는 소령으로 육군본부서 본 모양이다. 꾀꼬리 같은 목소리로 대북방송을 하던 여군들 40여 명과 전방에서 방송장비를 조작하던 남자군인 00명이 사이버부대 창설요원이 되었다.

사이버심리전부대 교육훈련 계획을 작성했다. 북한은 미림대학이라는 곳에서 해커를 양성하고 대남 사이버 심리전을 중국에 나와 가상 인터넷 주소를 사용해 미국과 일본과 한국을 대상으로 해킹도 하고 사이버 폭탄도 전파하는 시기에 부대원 훈련계획을 작성했다.

컴퓨터를 어느 정도 아는 여군들은 아우성이었다. 신윤희 중사가 최고로 불만이 많았다.

"하 소령님, 면담 신청하겠습니다."

"신 중사가 나를 면담?"

"네."

"그래, 점심 식사하고, 내 방으로 와."

"네, 알겠습니다."

점심을 먹고 자기 방으로 오니 문밖에 신 중사가 기다리고 있었다.

"이거, 손님을 기다리게 했구나. 어서 와!"

"네, 여기 소령님 좋아하는 캔 커피 하나 들고 왔어요."

"아이쿠, 이거 손님에게 대접해야하는데, 손님이 마실 것을 들고 왔네?"

"그럼요, 소령님에게 얻어먹은 아이스크림이 몇 개인데, 이 정도는 제가 해야죠?"

"신 중사가 나를 면담하는 요지는?"

"소령님 초안 만드신 교육계획 제가 봤는데요, 요즘 누가 DOS를 배워요?"

"여군 하사들이 이거 보고 다 비웃었어요."

"왜?"

"마우스로 끌어다 붙이면 다 되는 세상에 DOS 배우라고 하니 하사들이 깔깔거리지요?"

"그럼, 신 중사는 깔깔거리는 하사 혼내주지 같이 깔깔거렸어?"

"그럼요, 얼마나 한심해요. 윈도우 시대에 도스를 배운다는 것이

웃음거리 아닙니까?"

"신 중사, 앞으로 창설될 사이버심리전 부대가 해야 할 일이 마우스로 무엇을 검색하는 일도 있겠지만 DOS 공부하지 않으면 도저히 할 수 없는 일을 하는 것이야."

"그게 뭔데요?"

"그건 나도 몰라."

"모르면서 어떻게 저 밑바닥부터 공부해야 한다고 DOS를 교육과목에 편성합니까?"

"음, 신 중사 해킹 알아?"

"알지요."

"해킹하려면 어떻게 하는데?"

"해킹 프로그램 검색하면 세계적 유명한 프로그램 떠요, 그 중에서 내가 사용할 프로그램 클릭하고 끌어다 쓰면 되죠?"

"그래, 그런데 만약에 말이야 새로운 해킹 프로그램 만들라고 하면?"

"그걸 왜 만들어요? 해킹하라면 하면 되는 거지?"

"야, 북한 미림대학 출신은 이미 해킹프로그램 만들어 활용하는데, 우리는 맨날 남이 만든 해킹프로그램 클릭이나 해서 북한을 이길 수 있어?"

"교육계획을 짜는 것은 당장 뭘 하자는 것이 아니야, 당장 뭐 할 수 없고, 난 이미 소령에서 중령으로 진급 끝나 내년이면 직업 보도 가고 나 몰라 할 수도 있는데, 명색이 예비역 영관장교가 떠난 후에

욕먹으면 안 되니까, 교육계획 이것저것 참고하여 짜는 거다."

"소령님, 교육계획 목표는 무엇입니까?"

"국가정보원 심리전국장 수준 질문인데?"

"아이, 농담하지 마시고요."

"교육계획 목표는 미래 언제인지 모르지만 남북이 사이버전을 수행할 때, 북한의 미림대학 출신 사이버전사와 싸워서 지지 않을 사이버 전사 양성이 목표다."

"그거 민심부장님이나 심리전단장님 지침입니까?"

"아니, 아직 지침이고 뭐고 없어. 그냥 나보고 사이버부대 만들기 전 단계로 수행할 일을 하려면 어떤 교육이 필요한지 교육계획을 짜 보라고 해서 한 거야."

"참 막연한 교육계획이군요?"

"솔직히 말해서……."

"어머, 벌써 근무 시간 되었어요. 다음에 또 면담하겠습니다."

신 중사가 돌아가고 교육훈련계획을 수립하고 있었다. 졸지에 남북이 상호 비방 선전하던 심리전을 동시에 중단하고, 장비를 철거하고 없어지는 부대 마지막 군수과장이 한 번도 경험해보지 못한 사이버 심리전이라는 교육훈련계획을 만들었다. 여군들은 컴퓨터 실력이 어느 정도 있어서 모르는 용어 나오면 그녀들에게 물어가면서 교육훈련계획을 완성했다.

그리고 전역했다.

그는 <늙은 군인의 노래>를 애창했다.

나 태어난 이 강산에 군인이 되어
(중간 생략)
푸른 옷에 실려 간 꽃다운 이 내 청춘…….

술이 얼큰하게 취해 늙은 군인의 노래를 흥얼거리며 시흥사거리에서 은행나무 쪽으로 걸어가고 있었다. 소령에서 중령으로 진급시키려고 최성현 여사는 연대장 공관에서 식모처럼 지낸 일도 있었다. 군수과장 시절에는 군대 납품하는 물건에서 정품과 비품의 가격차이가 많은 것을 이용해 영수증 정리는 정품을 구입한 것으로 하고 실제는 비급 제품을 구입하라는 압력도 받았다. 진급 못하면 못했지 그런 매국노 짓은 안 한다고 거절했다. 중령으로 진급하면 53세까지 복무할 수 있지만 소령은 만 45세가 정년이다.

전역을 한 후 그는 쉬면서 여기저기 이력서를 냈다. 아파트경비원을 하려고 이력서를 냈더니, 영관장교는 연금 받는 것이 있어서 경비원 생활을 오래 할 수 없다며 채용하지 않았다.

최성현은 변호사를 고용하여 이혼 소송을 하였다. 이혼 조짐은 몇 년 전에 있었다. 애들을 서울로 전학시키고, 그가 혼자 전방에서 근무할 때 아내는 서울에서 애들 학교 보내고 무료한 시간을 달래려고 백화점 문화 강좌에 사진 강좌를 들었다.

여고시절 사진반 활동을 했었기 때문에 주변에 대학교 사진학과 출신들이 있었지만 큰 어려움 없이 사진 강좌를 마쳤다. 더구나 강좌 수료를 기념으로 사진작품전시회를 열었는데, 좋은 반응을 얻었다. 다음 해에는 대한민국미술대전에 사진부문 입선도 하였다. 그러다 보니 여기저기 사진전에서 초청이 있고, 지방으로 사진 촬영도 많이 다녔다. 남녀 사진작가들과 어울려 다니며 사진도 찍고 마음에 맞는 사람끼리 술도 마셨다. 그래서인지 전방에서 군복 하나로 지내는 소령의 아내라는 것이 속상했다.

밖에 나가면 '최 작가!'라는 호칭부터 다른데, '소령의 아내'라는 것에 짜증이 났다. 애들에게도 네 아버지가 오직 군대만 알고 가정에 불성실해서 이혼하는 것이라고 교육을 해서 딸이나 아들 모두 엄마편이 되었다.

전방에서 외박 나온 그를 아내가 불렀다.

"당신 비뇨기과 검사 좀 받아봐."

"내가 왜?"

"일단 왜 하지 말고 받아보라면 받아봐."

"그래 좋다. 내가 비뇨기 검사해서 이상 없으면 다시 외박 안 나온다."

"알아서 하셔!

아내의 성화에 난곡우체국사거리 최지영비뇨기과에서 검사를 했다. 비뇨기과 검사에 정상으로 나왔다. 반대로 그녀가 임질 양성반응이 나왔다. 그 사건 이후 전방에서 근무만 하고 외박을 얻어도 전방에서 고대산 등산을 하거나 백마고지 노동당 당사 등 전적지 답사로 외박기간을 보냈다.

200X년 4월 15일 목동 남부 가정법원에 출두했다. 가정법원 여자 판사가 물었다.

"하진호 님은 아내를 폭행한 적이 있습니까?"

"없습니다."

"마약을 복용한 적이 있습니까?"

"아니오. 없습니다."

"알코올 중독자입니까?"

"아닙니다."

"네, 알겠습니다. 그러면 이번 하진호-최성현 이혼 소송은 2개월의 숙려 기간을 부여하겠습니다. 그 기간 동안 두 분이 노력해 보고 조정이 안 되면 이혼을 판결하겠습니다."

2개월 후 하진호는 가정법원에 출두하지 않았다. 자동으로 이혼이 되었다.

전역 후 여기저기 구직 활동을 했으나 취직이 안 되어 마지막으로 한 것이 건설일용직이었다. 시흥사거리 대우인력에 나갔다. 김 부장이 인사를 했다.

"어서 오세요, 오늘 처음이시죠?"

"네!"

"우선 신분증을 주세요."

"예, 여기 있습니다."

"혹시 전에 무슨 일 하셨습니까?"
"네, 뭐 이것저것 다했습니다."
"그럼, 목수일 해보셨나요?"
"아니요, 건설일은 처음입니다."
"아 네, 그럼 오늘 최 팀장이 시키는 일만 하고 오세요."
"네, 알겠습니다."

최 팀장은 그와 한 살 차이였다. 건설현장에서 5살 차이는 차이도 아니라는 것을 알고 최 팀장과는 서로 말을 놓는 친구로 지냈다. 주상복합 건설현장이었다. 기초공사를 하고 외야스탠드공사를 하는 때였다.

해체공이 거푸집 해체한 것을 목재는 목재끼리, 철재는 철재끼리 분류해서 다이를 만들어 쌓는 일이었다. 최 팀장이 교포 3명을 데리고 목수 팀 지원을 가라고 했다. 목수반장은 그를 '하씨!'라고 불렀다.

일 년 정도 정리를 하다 그는 보직이 변경되어 해체공이 되었다. 해체하러 여기 신축공사장에서 해체를 하다가 앵글과 폼으로 연결된 보 바닥을 해체하다가 다쳐서 대퇴부 골절상을 입고 시화병원으로 실려 왔다.

중환자실에서 8월 19일 하루를 보냈다. 8월 20일에 공동 간병인실 707병실로 이동했다. 환자복 주머니에서 흑백사진 한 장을 꺼냈다.

사진을 만지면서 작은 소리로 최백호의 <낭만에 대하여>를 불렀다. 가사 중에 첫사랑 그 소녀는 하는 곳에서 첫사랑 박은경으로 바꾸어 불렀다.

궂은 비 내리는 날 그야말로 옛날식 다방에 앉아
도라지 위스키 한 잔에다 짙은 색소폰 소리를 들어보렴
첫사랑 박은경은 어디에서 나처럼 늙어갈까~
(중간생략)
낭만에 대하여…….

추석 연휴에도 그는 707병실에 누워있었다. 추석 연휴라고 참사랑 간병인 협회에서 소장과 부장 과장들이 각 병동의 간병인들에게 선물을 나누어 주었다. 707병실은 여자 간병인 석 여사와 남자 간병인 강씨가 맡이 일하고 있었다. 여자 간병인이 소장님을 불렀다.
"소장님!"
"석 여사 수고 많아요. 추석인데, 쉬지도 못하고."
"환자들 간병이 일인데요, 소장님, 추석 잘 보내셔요."
"여기 작은 선물세트를 준비했어요."하면서 선물세트 2개를 꺼냈다.
그리고 그 선물세트는 남녀 간병인들에게 나누어졌다.
박은경 간병인회 소장은 선물을 나누어주면서 병실 환자를 돌아보았다.
순간 심장이 멈추는 것 같았다. 박은경 소장 눈이 빛났다.

은경도 한 눈에 그를 알아본 것이다.

"하진호 환자 분! 휠체어 탈 수 있어요?"

"네, 혼자는 안 되고 휠체어 밀리지 않게 잡아주면……."

간병인이 휠체어를 잡아주고 그가 휠체어에 탔다. 왼 다리를 다쳐 왼쪽은 일자로 뻗고 오른 발은 아래로 접었다. 왼쪽 다리를 흔들리지 않게 압박 붕대로 묶었다. 석미경 간병인이 휠체어를 말고 병실 문을 나왔다. 박은경 소장이 석 여사에게 말했다.

"석 여사는 707병실을 지켜요. 이 환자는 내가 휠체어 밀어주고 갈 때는 병실까지 내가 데려다 줄게요."

"네, 소장님!"

은경은 휠체어를 밀고 5동을 지나 엘리베이터에서 1층을 눌렀다.

1층으로 내려와 응급실 앞을 지나 하천변을 따라 조성된 갈대 공원으로 휠체어를 밀었다.

은경은 한적한 곳에서 휠체어를 멈췄다.

그리고 휠체어바퀴가 밀리지 않게 레버를 걸었다.

"진호라고 할까 진호 씨라고 할까?"

"그럼 난 은경아, 은경 씨, 박 여사 중에서 뭐로 불러?"

"그냥 은경이가 좋지."

"그럼 뭐로 불러야겠어?"

"진호야, 병실서 선물 나누어주고 침대 이름표에 너의 이름 보고 동명이인인가 하고 얼굴을 보는데, 너의 눈과 마주친 순간 심장 터지는 줄 알았다."

"나도 마찬가지야, 고공 낙하산 탈 때나 유격훈련 때 포로로 잡혀 두들겨 맞으면서도 참을 수 있었던 저항의 힘이 뭔지 알아?"

"뭔데?"

"이거!"

진호는 주머니에서 주섬주섬 흑백사진 한 장을 꺼냈다. 은경이가 수학여행가서 찍어, 편지로 보내준 흑백사진이었다.

"어머, 이걸 아직까지 간직했어?"

"음, 이걸 부적처럼 몸에 지니고 살았지. 군대서나 사회서나 힘들 때 남몰래 이걸 보며 어려운 순간을 넘겼다. 포로로 잡혀 고문당할 때도 이 사진 덕분에 이겨냈다. 이번 다친 것도 사람들이 그 무거운 거 몸으로 떨어졌는데 죽지 않은 것이 용하다 하는데, 내 몸에 이 사진 숨겨둔 덕이라 생각해."

"어머나, 나 몰라. 순결한 사랑이 진짜로 있었네! 네가 이런 줄도 모르고 시집가기 한 달 전에 네 편지랑 사진이랑 다 태워버렸는데, 미안해. 정말 미안해, 너의 이런 순결한 사랑 몰랐어!"

은경은 휠체어 옆으로 와서 진호의 목을 껴안았다. 하늘에는 새털구름이 솜처럼 피어났다.

— <현대시선> 2021년 제57호

쓰리세븐

777 쓰리세븐

한광훈 서기관은 777(쓰리세븐) 부대의 특수정보 담당자였다. 7급으로 시작해서 정보본부와 국방과학연구소, 합동참모본부 민사심리전 참모부에서 사무관 생활을 하고 서기관으로 승진해 이곳 56XX부대로 영전되었다. 56XX부대장 박현풍 소장에게 신고를 하고 보직받은 것이 제2함대사령부 정보부대 특수정보 담당자가 되었다.

정보부대에서 보고하는 사람이 함대사령관 해군 소장과 정보참모 해군 중령을 상대하기 때문에 정보소령이 편제되어 있으나 정보소령이 부족한지 56XX부대는 한동안 충원이 없었다. 궁여지책으로 박현풍 777사령관은 서기관을 소령 편제된 곳에 보직했다. 박 소장은 보직신고 할 때 한 서기관이 예비역 대위로 군무원 시험을 봐서 7급부터 시작해 승진할 때마다 나름대로 정보 전문가의 기량을 발휘한 것을 알고 있었다.

한 서기관이 2함대사령부 특수정보 관리장교가 된 것은 19XX년 6월 15일 제1연평 해전에서 일방적인 승리를 거둔 것을 계기로 청와대로부터 부대표창을 수여받은 후였다.

　김대중 대통령에게 항상 꼬리표처럼 따라다니는 '좌익'이라는 레드 콤플렉스를 한방에 털어버리는 계기로 제1연평해전에 관계된 부대에 대대적인 훈·표창을 내린 것이다. 그동안 '김대중 정권은 용공정권'이라는 정치 이념 공세를 한방에 날려버릴 기회가 온 것이다. 제1 연평해전 승리를 높이 평가한다는 대통령의 말 한마디에 청와대국정상황실과 외교안보비서관실, 합동참모본부에서는 훈장과 포장과 표창을 안배하느라 정신이 없었다.

　전투를 한 것은 2함대사령부인데 들떠 있는 곳은 해군작전사령부, 합동참모본부, 정보본부, 합동참모본부전략기획실이고 그들은 훈장과 표창을 챙기느라 여념이 없었다. 56XX부대에도 정보지원을 잘했다고 부대표창이 내려왔다.

　한때 영월·태백 지역에 탄광이 번창하던 시기에, 영월에 가면 개도 지폐만 물고 다닌다는 말이 있었는데 연평해전 승리로 쏟아진 표창이 너무 많아 할당된 인원을 채우느라 당직 근무자까지 표창 공적내역을 올리라고 했다.

　6월 19일 당직근무 명령서에는 원성제 중령이 명령이 나 있었는데 원 중령이 장인 장모가 오신다고 소성상 중령에게 근무를 바꾸어 섰다.

　문제가 생겼다. 공적조서를 올리려니 실제로 고생한 조 중령을 올리자니 한 달 근무명령서를 모두 정정명령을 해야 했다. 결국 근무는 안 섰지만 명령이 나있던 원성제 중령이 표창을 받도록 공적조서를 올렸다.

19XX년 7월 7일 해군 2함대사령부 군항부두에 전병구 국방부장관이 대통령을 대신하여 대통령 표창을 대독 수여하러 왔다. 국방장관이 오니 신일동 합동참모본부의장, 김종성 해군 참모총장 등 군 수뇌부가 모두 참석해 대대적인 포상식이 거행되었다. 상이든 벌이든 '과유불급(過猶不及)'이라고 승리가 감격에 벅차도 표창을 남발하면 표창의 의미가 퇴색된다.

함대사령부와 해군의 수뇌부와 56XX부대가 부대표창을 받는 것은 타당하다. 회식자리에 숟가락 하나 더 올리듯이 연평해전에 직접 참가부대가 아닌 2함대 군수지원단과 인근의 연평부대도 경계를 잘 했다는 이유로 합동참모본부장 표창을 받았다.

제1연평해전이 발생하기 직전의 곽승종 2함대사령관은 사면초가였다. 합동참모본부에서 교전수칙이라고 내려온 것이 절대로 선제 사격을 금지한다는 것이었다.

곽 제독이 고민이 되어 편한 잠을 잘 수가 없었다. 해상에서 선제사격이 얼마나 중요한 것인가는 인류의 해상전투 역사가 증명하고 있는 것이다.

제독의 머릿속에는 과거 자신의 해군 소위, 중위, 대위 시절이 영화의 파노라마 영상처럼 지나갔다. 만약에 '선제타격을 하지마라'는 수칙을 지키다 서해 망망대해에서 예하 젊은 장교와 부사관 병들이 적의 선제타격에 희생되고 배가 침몰한다면 그 책임은 온전히 곽 제독의 책임이었다. 최악의 경우 간부들이야 직업으로 택한 것이니 법

규대로 국립묘지 안장되고 유족 연금으로 적당히 타협이 된다고 해도 의무복무로 징집되어 2함대사령부에 온 병사는 하필이면 왜 진해에도 해군부대가 있는데 이곳 인천까지 왔는가? 배경이 없어 이곳에 왔다고 얼마나 국가를 원망할 것인가? 그런 생각을 하니 곽 제독은 하루도 마음 편히 퇴근할 날이 없었다. '사공이 많으면 배가 산으로 간다.'는 말이 해군에 비유하면 '해상작전에 육군 쪽 장군이 간섭하면 배가 서울로 간다.'가 될 것이다. 싸우는 지휘관은 2함대사령관 한 명인데, 해군작전사령관, 합동참모본부의장, 국방부장관, 청와대 국정상황실 국방비서관까지 층층시하였다.

전에는 2함대사령관이 해군작전사령관 지시만 받고 현장에서 건의해서 해상 전투 대형을 변경할 수 있었으나 군의 과학화를 한답시고 해군전술지휘통제시스템이 도입 된 후로는 시어머니가 열 명이 되었다.

이 장비가 합동참모본부까지 설치되는 바람에 말단의 전투 상황이 대형 TV모니터에 생생하게 중계되었다. 그 화면을 보고 해군작전사령관, 합동참모본부의장도 한마디, 국방장관이 한마디, 청와대서 합동참모본부에 전화를 한 통 하는 날이면 도저히 작전을 할 수 없는 상태가 된다. 그런 상태에서 제1연평 해전을 승리하게 된 것은 기적이었다.

기적은 없었다. 기적이 일어나기 전에 보이지 않는 지휘하는 2함대사령부 장병들의 피나는 노력은 아는 사람이 없었기 때문이다. 만약에 서해상에서 2함대 예하 함정이 북한의 선제공격에 배가 일부

파손되었다면 2함대사령부 본부와 지원부대는 어떻게 전투대형을 펼칠 것인가를 해상지도를 놓고 토의를 했다.

전술토의 한 것을 각자 임무카드에 수정했다. 전술토의가 끝나면 모의 실전 훈련을 했다. 해상에서 불시에 어느 함정 하나가 반파된 것을 상정하고 반파된 함정을 예인하는 조와 북한군 함정을 추격하고 원거리서 함포사격이나 공군의 지원 받는 것까지 모의훈련을 했다.

함대사령부 많은 간부들이 불만이 터져 나왔다. 휴가 나간 병사들이 불만을 부모님께 털어놓았다. 지금가지 아무런 문제없이 2함대사령부가 굴러왔는데, 사령관이 바뀌더니 안 해도 될 일을 해서 부대원 전체가 피곤하고 힘들어 군대생활 못하겠다는 소리가 나돌았다. 간부들의 입이 오리주둥이처럼 나왔다. 얼마나 2함대사령부 장병들의 불만이 많았는지 이혁원 기무사령관이 2함대사령부를 방문했다.

기무사령관은 곽 제독에게 부대방문을 기분 나쁘게 생각하지 마라 하도 부대원들의 불만 동향보고가 올라오니, 기무사령관이 그걸 그대로 국방장관에 보고할 수 없어 확인 차 왔다고 했다. 이 기무사령관은 곽 제독이 무리한 작전계획을 독단적으로 수립해 부대원을 혹사시킨다는 동향보고 이야기를 했다. 박 제독에 대한 평가는 '호전적인 군인', '몹시 불안한 지휘관', '돈키호테'로 인식할 수밖에 없다고 했다.

그 말을 들은 곽 제독은 기무사령관에게 신문 한 장을 보여주었다. 199X년 11월 20일 강화도 석모도 앞 1.5Km 해상에 간첩선이 출몰했다가 아군의 추격을 받고 도주한 기사였다. 간첩선을 발견한 것은 해군이 아니고 강화도 육상에서 경계 근무하는 육상 경계병과 열상감지장비에 의한 것이었다. 해군이 제대로 추격하지 못해 북으로 넘어갔다.

해군은 닭 쫓던 개 지붕 쳐다보는 꼴이 되었다.

그 작전이 실패한 원인에 대해 합동참모본부가 2함대사령부를 검열하는 기간에 곽 제독이 함대사령관으로 취임했다. 함대사령부의 직면한 상황에서 예하 부대원이 해상에서 적에게 선제공격을 당한다면 2함대사령부는 완전 망한다. 부대 지휘관으로 부대가 망하는 길을 가겠는가? 조금의 욕을 먹더라도 부대가 사는 길을 갈 것인가? 이혁원 기무사령관이 여기 2함대사령관이라면 어느 길을 택하겠소? 반문했다. 제독님 당연히 사는 길을 가야지요. 제독님 말씀을 듣고 나니 그동안 많이 올라온 동향 보고의 불평을 알겠습니다. 제가 국방부장관과 합동참모본부장에게 말씀 드릴 테니 소신껏 지휘하시기 바랍니다. 기무사령관은 서울로 향했다. 합참에서 교전수칙이 내려왔다.

1. 적이 쏘기 전에 절대 선제 사격 금지.
2. 절대 확전하지 말 것.
3. NLL을 고수할 것.
4. 지혜롭게 대처할 것.

모순도 이런 모순이 또 있을까? 곽 제독은 교전수칙을 읽고 또 읽었다. 정보참모와 작전참모를 불렀다.

"사령관님 부르셨습니까?"

"참모들 다 부르려다 일단 정보, 작전참모만 불렀어."

"무슨 긴급한 일이라도?"

"이거 교전수칙 참모들도 다 알고 있지?"

"네, 말도 안 되는 교전수칙이지만 상부의 지시니."

"작전참모, 선제사격금지하고 확전될 빌미도 안 주고 NLL 고수할 수 있어?"

"냉장고에 코끼리 넣는 것보다 어려운 일입니다."

200X년 6월 12일 한 서기관은 일일 블랙 북 보고를 검토하고 있었다. 56XX부대장 박현풍 소장이 근무하는 777(쓰리세븐)부대에서 북한의 통신감청으로 만든 정보보고서에 '매우 민감한 엄중한 특이 정보 열네 자가 내려왔다. 내용은 '해안포 발포준비 중이니 방심 말 것'이었다. 무엇을 어떻게 한다는 것인지는 모르나 해안포 발사할 정도의 긴급한 내용을 담고 있는 정보였다. 56XX부대에서 받은 정보를 정보본부장이 국방부장관에게 보고하는 과정에서 중요 정보를 누락시켰다.

누락된 '단순침범' 내용만 블랙 북으로 하달했다. 56XX부대 내부 정보망으로 'SI첩보' 요약된 '블랙 북 정보'가 아니라 분석되기 전의 '생(生)첩보'를 한 서기관은 자신의 군무원 신분증 번호로 된 아이디와 비밀번호 자신의 휴대폰 번호로 열람할 수 있었다. 며칠 동안의

'생첩보'를 다 읽어 본 한 서기관은 2함대 정보참모 윤빈영 중령에게 전화를 걸었다.

"참모님, 한 서기관입니다."

"이 시간에 웬일이오?"

"네, 바쁘시지 않으면 소주 한 잔 하시지요?"

"어디서?"

"'고래사냥'으로 오세요."

"알았소, 고래사냥서 만납시다."

포장마차 '고래사냥' 정 사장은 손님이 별로 없자 일찍 장사를 마감하려고 마지막 설거지를 하는 중이었다.

"안녕하세요, 사장님?"

"어머, 어쩌지?"

"왜요?"

"오늘 손님이 없어 일찍 들어가려고 마지막 설거지 중인데……."

"손님 없는 줄 알고 정보참모님 불러서 이렇게 오는 거 아닙니까? 여운정 소령까지 불러낼까요?"

"아니요, 두 분만 드셔도 됩니다."

"아니야, 돈은 참모님과 내가 반반 내고 여 소령은 참석만 하라고 할게요."

그는 바로 여 소령에게 전화를 걸었다.

"여 소령?"

"예, 여운정입니다."

"나 56XX부대 한 서기관인데, 지금 바로 '고래사냥'으로 와, 참모님 호출이야!"

"예, 알겠습니다. 바로 가겠습니다."

바로 정보참모 윤빈영 중령, 56XX부대 한 서기관, 정보종합장교 여 소령 등이 모였다. 정보참모가 여 소령에게 한마디 했다.

"여 소령, 할일은 다하고 온 거야?"

"저는 서기관이 참모님 호출이라고 해서 왔습니다."

"야, 내가 보좌관 부르면 바로 내가 전화하지 쓰리쿠션으로 참석시키겠어?"

"그럼, 저는 일어서겠습니다."

"야, 그런다고 바로 일어나면 참모가 좁쌀참모 되지? 앉아!"

"예, 알겠습니다."

"참모님, 여 소령 술 잘 사주고 일 잘 해야 정보처가 빛나는 것입니다. 아시죠?"

"그럼, 참모야, 얼굴 마담이고 여 소령이 다 하지."

"여기 밴댕이 회무침하고 소주 한 병!"

"예, 알겠습니다."

세 명은 '얼마 만에 마시는 소주냐'는 듯이 소주잔을 부어라 마시기를 반복했다. 어느 정도 빈 병이 모이자 윤빈영 참모가 입을 열었다.

"이제 마실 만큼 마셨는데. 이 야심한 밤에 불러낸 이유가 뭡니까?"

"예, 참모님, 이거 중요한 일입니다. 우리기 통신감청으로 수집한 특수첩보로 북한 해안포 발포할 준비하라는 첩보가 입수되었는데, 분석 보고 한 블랙 북 보고에 국방장관과 정보본부장이 경고성 문구 삭제하고 단순침범으로 요약정보가 내려올 것입니다. 참모님은 사령관님에게 제대로 경고성 보고를 해주시기 바랍니다."

"알았어요. 그런데, 뭐 참고할 게 있어야 그런 보고를 하지?"

"제가 내일 새벽에 생첩보를 출력해 드리겠습니다. 그걸 가지고 사령관님에게 독대 보고를 하십시오."

"예, 그렇게 하지요."

다음 날 아침 상황보고에 참석하기 전에 56XX부대 이 서기관은 북한이 해안포 발사 준비하고 있으라는 생첩보를 출력해 한 부 윤 중령에게 전해주었다. 상황실에서 전일을 일직사령이 상황보고를 했다. 이어 정보참모, 작전참모, 인사참모, 군수참모 순서로 참모 보고를 하였다. 참모보고를 다 마치고 2함대사령관이 집무실로 향했다. 정보참모 윤 중령은 사령관을 뒤 따라 갔다.

"정보참모입니다."

"들어와."

"긴급 보고 사항이 있어 보고 드립니다."

"무슨 내용이야?"

"새벽 '블랙 북 보고'에 '단순침범' 보셨지요?"

"그래."

"사실은 단순침범 이 외의 경고성 분석이 있었는데, 상부에서 삭제하고 내려온 것입니다."

"그걸 정보참모가 어찌 알고?"

"예, 우리 부대를 정보 지원하는 56XX부대의 특수정보 관리장교 이 서기관이 자기 신분증 번호와 패스워드 치고 들어가 생첩보를 출력해 새벽에 보내왔습니다. 이거 읽어 보시면 단순침범이 아니라는 것을 느낌으로 알 수 있습니다. 사령관님이 금일 출항하는 함정요원에 대한 특별 정신교육을 해서 출항시키시기 바랍니다."

"알았다. 정보참모 역시 정보다!"

"이거 보니 발포한다고? 완전 싸우자는 말이군!"

"예, 그렇습니다."

국방장관은 56XX부대에서 보고한 북한 도발징후를 삭제, 누락시키고 배포한 '블랙 북' 하달 후에 장관 지시사항을 내렸다. 제1연평해전처럼 '선제사격금지' 지침에 추가하여 '북한선박이 내려와도 지난 번 교전처럼 피박살내지 마라'는 지시를 하달했다. 국방장관은 자신의 지시가 장관의 지시지만 청와대의 지침을 반영한 것이라고 은근히 김 대통령과 친분을 과시하고 있었다. 한마디로 장 국방장관은 국방부장관의 지시가 아니라 햇볕정책 전도사인 청와대 대변인 수준의 지시를 합참을 경유하여 2함대사령부에 하달했다.

월드컵 분위기가 최고조에 달한 6월 29일이 제2연평해전의 날이다.

200X년 6.15 남북정상 회담을 마치고 돌아온 김 대통령은 '한반도에 전쟁은 없다' 선언했다. 2년 후인 200X년 6월 한일월드컵이 열리

고 대한민국은 4강에 진출했다. 국민이 열광의 도가니에 빠져들었다. 온 거리마다 '대······ 한 민국!'과 '오······ 필승 코리아!'를 외쳤다. 9시 54분 북한 경비정 388호가 NLL을 통과하여 남하했다. 제2함대 소속의 참수리 328호와 369호가 즉각 대응 기동을 했다. 북한 경비정은 서쪽으로 기수를 돌렸다. 잠시 후 북한의 388호보다 큰 배 684호가 NLL을 넘었다. 684호가 이동하는 방향으로 참수리 357호와 358호가 대응기동을 하였다. 358호가 선두로 출항하고 357호가 후미를 다라 기동했다. 북한 함정 684호는 제1연평해전 당시에 반파된 배를 보수하고, 함포두 최신 장비로 장착시켜서 서해상에 다시 나타난 것이다. 684호는 참수리 357호에 37M포와 14.5M포를 집중사격했다.

정장 윤영하 소령이 현장에서 즉사했다. 제2연평해전은 완전한 패전이었다. 5,000만이 TV 앞에서 '대~한 민국!'과 '오~ 필승 코리아!'를 외치는 순간 서해바다에서는 북한 해군의 선제공격에 우리 해군 장병이 꽃다운 나이에 전사하거나 부상당했다. 대참사가 발생했다.

국방장관은 이 엄청난 참사에도 군의 사기 저하는 안중에도 없고 자기 안위와 영달을 위해 책임을 56XX부대의 정보지원이 '단순침범'이라고 경고성 정보수집을 못했다고 56XX부대장 박 소장을 문책하려했다. 777부대가 2연평해전 전에 서해상의 북한군 통신내용을 감청하여 적의 NLL 침범의도를 "첫째, 북한 해군의 전투판정 검열. 둘째, 월드컵과 국회의원 재보궐선거 관련 한국 내 긴장고조. 셋째, 우리 해군의 작전활동 반응속도 탐지 등으로 판단, 보고하였는데 이 모두를 삭제하고 단순침범으로 하달했다. 56XX부대장 박현풍 소장의 노력에도 불구하고 작전부대는 '단순침범' 내용만 하달되었다. 해군 2함대사령부에도 단순침범으로 내려간 것을 그래도 한 서기관의 노력으로 2함대사령관은 서해상의 북한군이 단순의도가 아님을 알게 하였다.

하지만 역사에 만약에는 없다. 참수리 357호……, 윤영하 소령, 한상국 중사, 조천형 중사, 황도현 중사, 서후원 중사, 박동혁 병장은 고인이 되었다. 죽은 후에 아무리 훈장을 추서한들 죽은 자가 돌아오지 않는다. 미국 오바마 대통령은 아프간에서 전사한 18명이 운구해오는 동안 어둠 속의 운구에 대하여 거수경례를 하는 모습이 신문에 보도되었다.

김 대통령은 7월 3일 일본에서 거행되는 한일 2002월드컵 폐막식에 참석했다. 서울공항 비행장과 국군수도통합병원은 헬기로 5분 10분이면 갈 수 있는 거리다. 왕복 아무 때나 들러 제2연평해전 전사자에 대한 조문을 할만도 하지만 대통령은 약속된 국제행사를 빌미로 참석하지 않았다. 대통령은 국제행사 참석으로 조문하지 못했다 하더라도 국방부장관은 영결식이 '해군장(海軍葬)'으로 치러진다고 해군참모총장이 임석 상관인데 자신이 가면 월권이라고 해서 참석하지 않았다.

국가의 안전보장에 육군, 해군, 공군이 따로 없음에도 국방부의 예산배정에 각 군의 보이지 아니한 알력은 심했다. 국방부를 일부 해군, 공군장교들은 빈정거리는 말로 '육방부(陸防部)'라고 불렀다. 육군 출신이 많다 보니 해군 공군의 무기체계를 육군 식으로 결정하기도 한다. 결정적인 실패작이 해군에 쓰는 헬기를 육군 식으로 선정하다 보니 해군 함상에서 이륙한 헬기가 바다에 많이 추락한 것이 해군 장교의 말을 무시하고 육군의 계급 높은 사람이 결정해서 그런 일이 발생한 것이다.

제2연평해전의 작전지휘에 대한 책임을 묻기로 한다면 합참의장의 기동차단을 하라는 지시였다. 지상군에서의 기동차단 작전과 망망대해 해상에서의 기동차단이 어떤 차이가 있고, 기동 차단을 하려면 사전에 얼마나 많은 후속조치가 필요한 것인지를 알고 합참에서 해군 2함대에 기동차단을 지시했는지 이 서기관은 술만 먹으면 그 육군 똥별들이 해군의 청춘을 서해바다에서 피로 물들게 했다고 눈물을 적시곤 했다.

합참 명령으로 차단 기동 나갔다가 357정은 선제 기습공격을 측면으로 당한 것이다. 불행 중 다행으로 살아남은 이희완 중위가 다친 다리를 국방부장관 앞에서 껑충 뛰어 보인 일이 있었다. 안보 강연에서 다친 다리로 고 윤영하 소령을 대신하여 함상에서 여기저기 다니면서 지휘했다고 영화는 그럴듯하게 만들어졌지만 진실은 은폐나 미화해서는 안 된다.

세월이 지나 국회 국방위원회에서는 국방부장관과 합참의장을 불러 '왜 북한의 684함을 격침을 안 시켰냐?'고 물었다. 합참의장의 답변은 '전면전으로 확전되는 것을 우려해서 684함을 격침시키지 않았다.'고 답변했다. 군인은 비가 와도 군인 눈이 와도 군인이다. 합참의장이 통일부장관 같은 답변을 한 것이다.

　더욱 웃기는 것은 연평해전을 기록 영화로 만든 것에는 고인들이 치열하게 항전하는 것으로 되어있지만 실제로 357정 사건이 종료된 후 진상조사단이 확인 결과 소총 외에는 응사한 흔적이 거의 없었다. 모든 포탄이 장전된 상태 그대로였다. 결국 357정은 전투가 아니라 일방적으로 선제 기습사격에 맥을 못 쓰고 패배한 것이다. 제2연평해전 당시의 연합사 부사령관은 문재준 대장이다. 그런데 문 대장은 6.13도발정보 특수첩보를 미군 측에 통보하지 않았다. 세월이 지나 신문기자의 질문에 56XX부대로부터 6.27도발정보 특수첩보를 전달받지 못했다고 답변했다.

　라포트 연합사령관도 연합사에 근무하는 한국군에게서 도발징후 관련 특수첩보를 통보받지 못해 미군도 아무런 조치를 취할 수 없었다고 했다. 이 신문 기사를 증거로 56XX부대장이 거짓 증언을 했다고 민주당 부대변인이 발표를 했다.

　2함대사령부 소속 참수리 357정의 윤영하 소령 외 5명의 합동영결식을 마치고 이 서기관은 부대 상황실에서 지나간 56XX부대의 부대장 훈시를 읽어보았다.

부대장 훈시
"군인은 비가 와도 군인, 눈이 와도 군인입니다.
　청와대가 햇볕정책을 천명했다고 해서 첩보 수집을 소홀히 하여도 안 되고 국방부에서 우리가 수집한 첩보를 비중 있게 취급하지 않는다고 해도 의기소침해서도 안 됩니다.

777부대는 조기경보부대로서 5천만의 불침번으로서 또한 정보전의 최 첨병으로서 북한군의 일거수일투족을 '사진 찍듯이' 정확히 그리고 철저히 수집하여 보고해야 합니다. 이것이 우리부대에 부여된 지상명제입니다."

수집된 정보가 국방부에서 어떻게 처리되고 활용하는 지는 국방부 차원의 일이다. 때로는 국가정책을 수행하기 위하여 국방부 차원에서는 정보조작도 가능하다.

미국 카터 대통령도 당시의 주한미군 일부를 철수시키려다가 벽에 부딪쳐 철수계획을 번복하게 되자, 북한군의 병력이 증가되었다는 정보로 조작해서 철수계획을 취소한 적도 있다. 이때 미8군 참모장 싱글러브 소장이 철수를 반대하다 전역하는 사건이 발생했었다. 우리는 정보부대지 청와대 참모부서가 아니다.

정부부대원은 직급의 높고 낮음에 상관없이 점을 찾아서 모아 선으로 만들고 선과 선을 연결해서 면을 만들고 시간과 공간을 찾아서 완전한 정보보고서 한 건을 만드는 것이다.

하기 쉬운 말로 판사는 판결로 말하고 검사는 공소장으로 말한다고 하는데 정보인은 정보보고서로 말한다. 목숨 걸고 만든 정보보고서를 소중하게 국방부에서 활용하면 만족하는 것이고 쓰레기통에 버려져도 우리는 그들을 원망해서는 안 된다.

요즘은 장군도 장군답지 못하고 '똥별' 소리를 듣는 장군이 더러 있습니다. 청와대는 정치적으로 화해의 손을 들어줄 수는 있습니다만 군인은 청와대 주인이 파란모자가 오든 빨강모자가 오든 변함이 있으면 안 된다. 일희일비하지 말고 수집업무에만 만전을 기하면 된다. 국방부에서 잘못 처리하여 어떤 사건이 발생하면 이는 전적으로 국방부의 책임이다.

200X년 6.15남북정상회담을 마치고 돌아온 김 대통령은 '한반도에 전쟁은 없다.'고 선언했다. 200X년 6월 2일과 3일에 북한국적의 상선 3척이 사전 통보도 없이 제주해협을 통과하겠다고 다가왔다. 백두혈통호, 청진2호, 영군봉호 등 3척의 배는 우리 해군의 선박 검문에 '우리 장군님이 개척한 통로'라고 하며 선박 정지명령에 정지 없이 유유히 제주해협을 통과해 서해로 나가 공해로 빠져나갔다.

6월 3일 통일부장관 주재의 국가안전보장회의에서 사전 통보하거나 허가 요청이 있을 때는 NLL을 북한 선박의 통과를 허용한다고 결정했다. 참수리 357정이 박살이 난 이유가 햇볕정책을 향한 안보 불감증에 걸린 국방장관이 56XX부대의 수집첩보에 대한 다양한 분석평가에 긴장을 표현하는 내용은 삭제하고 '단순침범'만 하달한 것이 원인인데 적반하장으로 국방부에서 56XX부대의 정보지원에 문제가 있어 제2연평해전이 패한 것이라고 한철용 소장을 징계한다고 했다.

200X년 7월 10일 56XX부대장은 공관에서 식사를 하다가 전속부관 공군 중위 이주현에게 메모 한 장을 전달받았다.

다음날 7월 11일 15:30까지 정복차림으로 국방장관실로 출두하라는 것이었다.

출두 이유를 궁금하게 생각하고 함께 식사하던 참모장과 기무부대장과 대화를 하는데 전속부관이 이번에는 팩스 한 장을 들고 왔다.

제2연평해전과 관련하여 '경고장'을 받으러 장관실로 출두하라는 내용이었다. 56XX부대는 첩보수집 부대로 1999년 제1연평해전 때도 부대표창을 받은 부대이다. 이번 제2연평해전에도 윤영하 소령 등 순직자를 영웅으로 만들고 상당수의 표창이 2함대사령부로 내려왔는데, 56XX부대만 경고장을 준다는 것을 박현풍 소장은 받아들일 수 없었다.

박현풍 소장은 국방부 차관보에게 전화를 했다.

"국방장관이 청와대의 눈치를 보느라 56XX부대서 올라간 정보 중 긴장을 요구하는 문구는 삭제하고 작전부대에 하달하고도 56XX부대장에게 경고장을 준다는 것은 누가 봐도 잘못된 일이 아닙니까?"라고 따졌다. 그러면서 박 소장은 "합참의장이나 정보본부장이 경고장을 받으면 몰라도 왜 내가 경고장을 받습니까? 차라리 전역을 하면 했지, 경고장은 못 받습니다."라며 국방장관에게 경고장은 안 받는다고 했다. 그는 강경했다. 그리고 그는 "난 내일 국방부 안 가고 부대로 출근해 전역지원서 올리니 그리 아세요."라고 전화를 끊었다.

전역지원서 제출한다는 말이 나오자 합참의장한테서 바로 전화가 왔다. 전역지원서 제출을 보류하고 국방부장관의 입장을 이해해달라는 요구였다. 전역지원서를 작성하는데, 개각 발표가 났다. 국방부장관이 교체된다는 발표였다.

참수리 357정이 그런 피해를 당했는데, 편대장 겸 358정의 정장은 처벌받기는커녕 표창장을 받았다. 싸우다 산화한 해군 장병에 대한 영웅이 되게 하는 동안 햇볕정책의 그늘에 가려 어느 누구도 해군의 교전수칙에 대한 문제점을 청와대에 건의한 장군이 없다. 합참의 수많은 장군 중에 누구 한 명이라도 '선제사격금지' 한 줄 때문에 힘 한번 못쓰고 더 좋은 장비를 보유하고도 당한 억울함을 풀어주는 장군이 없었다.

6월 30일 북한의 사곶 8전대사령부에서 헬기 2대가 이륙하여 순안비행장에 착륙하는 영상정보가 포착을 했다. 최초 서해교전이라는 명칭을 제2연평해전으로 이름을 바꾸고 패전을 승전으로 둔갑시켜 기념식을 갖는 나라는 남한과 북한뿐일 것이다. 전사(戰史)는 똑바로 기록되어야 한다. 7월 27일 휴전기념일을 북한은 자신들이 전쟁에 이겼다고 전승기념절이라 부른다. 냉정하게 평가하면 제2연평해전은 패전이다. 그런데 우리는 제2연평해전을 승전처럼 기념식을 한다. 2함대 사령관은 해전 후에 보직이 해임되었다. 승전이면 왜 제독을 보직해임을 시키는가?

200X년 7월 13일에 합참의장 지휘서신을 내렸다. '6.29서해교전 관련하여'라는 제목이었다. 신속한 작전수행을 성공적으로 수행하였다고 자평하고 철저한 분석으로 교훈을 도출해야 한다고 했다. 그는 몇 가지 문제점을 나열하였다. 첩보수집 능력 보완, 함정 선체와 승조원의 방어력 보강, 지휘통제 및 보고체계 보완 등을 열거했다.

한 서기관은 야근하면서 합참지휘서신을 읽었다. 야근하고 싶은 마음이 순간 달아났다. 육군대장이 해상전투에 대하여 얼마나 안다고 기동차단을 지시하고, 선제타격 금지를 지시한 놈이 이런 지휘서신을 내리다니 열불이 나서 더 이상 부대 사무실에 있을 수가 없었다. 윤 정보참모에게 전화를 걸었다.

"참모님, 합참 지휘서신 읽어 보셨어요?"

"봤는데, 열불이 나서······."

"그 장군이라는 작자들이 햇볕정책에만 신경 쓰고 청춘의 피가 적에게 죽어가는 것을 뻔히 보면서 선제타격 금지를 상황에 따라 조치하라. 바꾸어주지는 못하고 뭐 첩보수집 능력 보완? 지들이 첩보 수집이 어떻게 되는지 헤드 셋 한 번 써봤어요?"

"그러게, 첩보수집능력 보완이라는데 뭘 보완하라는 거야?"

"그러니까 지들 잘못을 56XX부대에 뒤집어씌우자 이거지요?"

"참 들리는 말이 부대장 전역한다던데, 사실이야?"

"예, 국방장관 경고장 받으니 차라리 전역하시겠다고 합니다."

"이거 군인이 비가와도 군인 눈이 와도 군인이지, 대통령이 햇볕정책을 말한다고 국방장관도 굳이 햇볕정책 전도사가 되어야 하나 몰라?"

"에이 참모님, 열 받는데 소주 한 잔 하시죠?"

"그래요, 고래사냥서 봐요."

"참모님, 여운정 소령도 불러요."

"오케이~"

'고래사냥' 포장마차에서 정보참모 윤 중령, 한 서기관, 여 소령 등 셋이 만났다.

"필승!"

"필승 같은 소리 하네. 야, 우리 함정이 북한 선제공격에 박살났는데 무슨 필승이야?"

"그래도 햇볕정책 덕분인지 다 훈표창 내려오고 장군들도 영전되는데, 필승! 해야죠?"

"사장님, 오늘은 동태찌개에 소주 주세요!"

"자 잔을 들어, 우리 음지서 일하는 정보를 위해 한 잔 합시다."

"우리는 점을 찾아 선을 이어 정보를 만드는 정보요원이다. 정보를 위하여!"

"위하여!"

"위하여!"

"야, 여 소령, 너 왜 정보병과를 선택했냐?"

"전공이 수학과라고 그냥 정보 보냈어요. 저도 함상 근무를 원했는데."

"어, 수학과? 몰랐다. 그럼 여 소령 여기 임무 마치고 나면 56XX부대서 난수표 분석하고, 암호해독 장교해라."

"그게 마음대로 되나요?"

"오늘 합참의장 지휘서신 읽어봤어?"

"봤지요?"

"뭘 느꼈어?"

"아니, 참수리 357호가 박살난 이유가 선제타격금지로 그리 된 것을 우리 정보가 그 정도로 정보를 제공했으면 됐지, 그 이상 뭘 어쩌라고? 합참의장이라는 분이 첩보수집능력 보완이라는지?"

"그래, 여 소령이 별 넷보다 훌륭하다. 정말 마빡에 별만 달면 다야? 무식한 것들이 바다에 대해 바다의 전투는 해군 중령, 대령이 더 잘 알지?"

"그러니까 우리나라 합참이 문제라니까요. 이건 합참이 야전부대를 도와주는 건지 시어머니 잔소리꾼인지 알 수 없는 합참이 되었어요."

"그럼, 명령계통은 단순해야 하고 일단 싸움이 시작되면 상부 간섭은 최대한 줄여야 하는 것이야, 그런데 뭐, 전술지휘통제시스템 그개 뒷다리 같은 것 하나 들여놓고 2함대사령관에게 작전사령관 한마디, 합참의장 한마디, 청와대 국정상황실 한마디, 국방비서관 한마디 그러면 그게 싸움이 됩니까?"

"이번에 장군들도 느꼈으니 고치겠지?"

"고치긴요, 지들 자리보전 하거나 전역 후 국방장관이나 국방비서관 가려고 로비나 하지 정말로 이 나라 바다를 걱정하는 육군 장군이 있어요?"

"왜 요즘 통합군 장군들이 많이 연구 중이던데?"

"원래 산에서는 호랑이가 왕이고 바다에선 상어가 왕입니다. 하늘엔 독수리!"

"그래서 장군들이 우리나라 육군은 호랑이처럼 싸우고, 해군은 상어처럼, 공군은 독수리처럼 싸우는 합참을 만든다고 하던데."

"지랄 염병을 해요. 그럼, 처음부터 우리도 북한처럼 통합군으로 했어야지 왜 육군, 해군, 공군으로 해놓고 이제 통합군 개념인지?"

"그동안 국방부가 '육방부(陸防部)' 소리 들었는데, 앞으로 무기는 해 공군 무기 발전이 더 필요하니까 장군들이 같이 가자 이거지?"

"참, 서기관님! 56XX부대장 전역한다는 말 사실입니까?"

"아니, 아직 전역 확실한지는 모르고 들리는 말이 국방부장관이 경고장 수여한다고 하니 경고장 받느니 그냥 전역한다고 했는데, 그 국방장관이 개각으로 물러나서 앞으로 어떻게 될지 모르지?"

"아, 그렇군요."

"참모님 하고 여 소령에게 56XX부대장 이야기 나왔으니 제가 부대장 박현풍 인생스토리 한마디 할게요."

"뭐, 육사 나와 쭉쭉 진급 잘 하고 56XX부대장 별 둘이면 성공한 거지?"

"예, 별 둘이면 성공한 거 맞는데, 대위서 소령진급 스토리가 재미있습니다."

"뭔데?"

"저도 처음에 우리 부대장 육사라서 쭉쭉 진급 잘 한 줄 알았는데, 사령부서 전입 대기하면서 들었어요. 대위에서 소령 진급에 2번 떨어지고 3차 때는 박정희 대통령에게 전해달라고 자신의 사연을 편지로 써서 박근혜 영애에게 보냈다는 거야. 정말 그 편지를 박정희 대통령이 읽었는지 아닌지는 모르지만 그해 3차로 소령 진급하였답니다."

"뭐, 연좌제야?"

"예, 박정희 시대는 연좌제가 심했지요? 참모님도 아실 겁니다. 연좌제. 박현풍 소장의 형이 월북자라고 합니다. 그래서 연좌제로 대위에서 소령진급 두 번 떨어지고 자필 편지를 써서 청와대로 보냈다고 합니다."

"야, 대단하네. 청와대로 편지 보낼 생각을 다 하고……."

"소령 진급 힘이 들었는데, 중령 대령은 잘 되어 1군단 정보참모하고 8사단장 마치고 국가정보원장 국방보좌관 갔다가 56XX부대장 왔다고 합니다."

"그런 아픔이 있으니까 56XX부대 군무원도 많고, 하사관도 많은 집단 골고루 살피지?"

"그렇지요."

"그런데, 이 나라 대통령 아무리 햇볕정책이 중요해도 순직한 장병에게 조문도 안 한 것은 너무하지?"

"그러게 말입니다. 요즘 시중에서는 개그 소리로 김정일 국방위원장이 남북통합초대 통일대통령이라고 합니다."

"그럼 국정 기조가 햇볕정책이니 거기 반하는 말은 꺼낼 수 없지?"

"그래서 대통령이 월드컵 폐막식 참가로 일본 가면서 서울공항과 수도통합병원 얼마 안 되는 거리인데도 조문도 안 한 거래."

"점점 정보장교가 힘든 세상이 되었습니다."

"그래, 여 소령 앞날이 걱정된다."

"지난번에 북한어선 3척 내려온 것도 우리가 제대로 검문도 못하고 돌려보냈는데, 그놈들 중에 정찰요원이 있었는지 어찌 압니까?"
"그래, 통일부장관 임동원이 완전히 김정일 국방위원장 오른팔이야."
"왼팔은 김양건?"
"그래, 여 소령이 세상 뭘 좀 아네?"
"정보장교들은 완전 국정원장이 김정일 심복이라고 오래전에 알고 있었어요. 말로는 평화 전도사라는데, 우리가 살고 평화지 청춘의 피를 손해 보면서 무슨 평화입니까?"
"그러니까 우리 정보장교 입장에선 전에 3척 북한 배 정식으로 건문하고 합동신문을 하고 돌려보내도 되는데 그냥 바다에서 되돌려 보내라는 통일부 지시로 국방부가 꼼짝 못하는 거 아닙니까?"
"그렇지요."
"그런데, 대통령이 아무리 국제행사가 중요해도 순직 장병들 조문도 안 하고 일본을 다녀온 것은 너무하지?"
"그러게 말입니다. 김정일이가 초대 남북한 통합 대통령이라는 말이 사실로 보여요. 뭐든 북한 눈치보고 시행하는 정부니까요."
"북한 눈치를 보느라고 대통령은 조문도 안 해. 합동참모본부는 지침이라고 어떤 일이 있어도 선제타격 하지마라. 선제타격을 당해도 확전은 방지해라. 이게 나라입니까?"
"점점 정보장교 하기 힘든 세상이 되었습니다."
"오죽하면 청와대하고 국정원에 간첩이 득실거린다고 하겠어요?"
"지난 번 북한어선 3척 내려온 것을 잡아서 검문도 못하고 바다에서 되돌려 보냈는데, 그 3척의 배에 북한 정찰병이나 정찰 간부가 탔다고 가정해보면 끔찍합니다."

"내 생각은 그 어선이 우리 해군 동태를 정찰하고 간 어선 같아."

"충분히 정보장교들은 그런 생각을 하는데, 합동참모본부이나 청와대는 전혀 그런 감이 없으니까 임동원 통일부장관이 남북 화해 협력을 위해 풀어주라 하니 이거 신상파악도 못하고 그냥 보낸 것 아닙니까?"

"그래, 나도 연평해전 전에 끝까지 난동부린 어선은 합리적 의심을 품게 했어."

세 명의 술자리는 처음 간단히 각 1병만 하려고 한 술자리가 밤 10시가 넘었다. 빈 술병은 7병이나 되었다. 제2연평해전 정보지원 미흡으로 패했다는 국방장관의 56XX부대장 경고장 사건에 흥분된 정보 관계자들은 술을 물마시듯 마셨다. 고래사냥 사장이 이제 장사 마감 시간이라고 일어나라고 했다.

"아니, 고래사냥 옆에 누가 '멸치사냥' 포장마차 안 차리나?"

"왜요?"

"고래사냥은 10시 문을 닫으니 한 잔 더 하려면 다른 포장마차 하나 있어야 하는데."

"그만들 하세요. 내일 새벽 나갈 양반들이 각 1병 마신다고 들어와 2병씩 마셨으면 되지, 뭘 더 마셔요?"

"그래도 술을 마셔서 늦은 적은 한 번도 없습니다."

"정말 정보처 간부들은 신기합니다. 참모님이나 장교나 하사관이나 술이 그렇게 취하게 마시고도 새벽에 출근하는 것을 보면 정보처 사람들은 간 기능이 다른 처부 사람보다 좋은가 봐요?"

"그럼요? 그래서 정보는 육해·공군 구분 없이 국군정보사령부 그러는 것 아닙니까?"

"북한도 정보처 사람들은 다른 처부보다 일찍 출근하나요?"

"그럼요, 지들도 우리 정보 수집해 지들 지휘관에게 보고 하려면 새벽 출근하겠지요."

"아마 2함대사 정보참모와 56XX부대 특수정보 관리장교, 정보종합분석장교 여 소령까지 고래사냥에서 술 마시는 것까지 알고 있을 거다."

"고래사냥에서 술 마시는 거는 아는데 첩보 수집회의를 하는 것은 모르겠지요?"

"그래, 그건 알면 안 되지?"

제2연평해전 순직자들의 영결식은 해군장으로 진행되었다. 임석상관이 해군참모총장이라는 이유로 국방부장관, 합동참모본부의장, 한미연합사 부사령관, 육군 참모총장, 1, 2, 3군사령관 등은 장례식에 참석을 하지 않았다.

서해를 지키다 순직한 6명의 장례식은 쓸쓸한 영결식이 되었다. 영결식 이후에도 정부의 무관심 속에 유가족은 허망한 세월을 보냈다. 오히려 UN군 사령관 라포트 대장은 유가족에게 애도와 위로의 편지를 보냈다. 더구나 모 방송국은 제2연평해전이 우리 어민들의 무분별한 꽃게잡이로 유발된 것으로 왜곡 보도를 하였다.

박동혁 병장의 부모는 아들을 잃고 국가에 대한 원망을 품고 강원도 홍천으로 낙향을 했다. 한상국 중사의 미망인 김종선 씨는 미국으로 이민을 떠났다. 이민의 이유는 미국 메사추세츠 주의 '우스터'라는 마을에 제2연평해전 순직자의 이름을 새겨 기리기 때문에 그 마을로 무작정 이민을 떠났다.

제2연평해전 2주년의 센트럴 메사추세츠 한국전 참전 기념탑 건립위원회가 우스터에 유가족을 초청하여 추모행사를 했다. 목숨을 바친 나라에서는 전사자들의 추모행사도 햇볕정책 그늘에 가려 쉬쉬하는데, 이역만리 '우스터'에서는 고귀한 추모행사를 하였다.

200X년 10월 4일 국회 국방위원회 국정감사에 56XX부대장 박현풍 소장이 증인으로 출석했다. 박현풍 소장은 국회의원들이 제2연평해전에서 56XX부대의 정보지원에 문제가 있다고 지적한 것에 항변조로 최초 작성된 '블랙 북'을 흔들어보였다.

"이것이 최초의 '제2연평해전 블랙 북'입니다. 기자들은 사진을 찍지 마세요!"

하지만 카메라 기자들은 특종을 잡은 듯이 마구 사진을 찍었다. 이날의 석간과 다음 날의 조간은 블랙 북을 흔드는 박현풍 소장의 사진이 크게 보도되었다. '블랙 북'의 정식 명칭은 '일일 정보 보고서'다.

그것을 위장명칭으로 검은색 결재판을 검은색 가방에 담아 보고한다고 '블랙 북'이라 불렀다. 56XX부대정은 블랙 북은 그 내용이 비밀이지 블랙 북 자체는 비밀이 아니라고 항변했지만 이미 블랙 북이 특종으로 보도되어 박 소장은 비밀누설자로 낙인 찍혔다. 점심 식사 후 속개된 국방위원회 감사에서 천병태 국회의원이 발언을 했다.

"민주당의 천병태 의원입니다. 군에서는 지켜야할 보안사항이 있는 것입니다. 비밀은 비밀로 보호해야 합니다. 777(쓰리세븐)부대는 그 존재 자체가 3급 이상의 비밀입니다. 저도 군대생활을 30년 이상 했지만, 국방장관을 할 때까지 777부대 내부가 어떻게 생겼는지 무얼 하는 부대인지 모르고 군 생활을 했습니다. 777부대는 그 자체가 엄격한 비밀에 속하는 것입니다. 오늘 56XX부대장 박현풍 소장이 블랙 북을 흔들어 보이면서 증언하는 것은 우리 군대의 오늘 보안 수준이 이 정도인가를 한탄하게 만들었습니다. 국방부장관은 엄중이 보안 위반 사항에 대한 처벌을 해야 합니다. 한심하고 개탄할 노릇입니다!"

천 국회의원은 자신도 한때 장군이었고 국방장관을 마치고 국회의원을 하는 사람으로 56XX부대장을 호통을 쳤다. 천 의원의 호통은 언뜻 보면 훌륭하게 보인다. 하지만 정작 비밀을 누설한 것은 박현풍 소장이 아니라 천 의원이다. 자신이 비밀을 누설하고 박 소장을 호통 치는 자가당착에 빠졌다. '777(쓰리세븐)부대'라고 언급을 하고 56XX부대장 박 소장이라고 언급했다. 777이 비밀이라서 그걸 숨기기 위한 가장 명칭이 56XX부대라는 것을 온 천하에 밝힌 비밀 누설자가 바로 천 국회의원이다.

10월 8일 국방부 특별조사단이 2함대사령부와 56XX부대를 대상으로 특별조사를 했다. 특별조사단장은 차태후 중장이었다. 특별조사단의 정보분야 검열관은 합동참모본부정작참모부의 구본영 대령이었다. 구 대령은 2함대사령부 정보참모실로 검열을 나갔다. 정보참모 윤빈영 중령과 56XX부대 특수정보 관리장교 한 서기관과 여 소령을 불렀다. 구 대령이 3명에게 굳은 표정으로 말을 했다.

"정보참모 윤 중령, 56XX부대 한 서기관, 정보종합장교 여운정 소령, 지금부터 내가 하는 말은 합동참모본부의장과 국방부장관을 대신해서 묻는 말이니 정직하게 답변바랍니다."

"네에, 알겠습니다."

"6월 29일제 2연평해전 전의 6월 1일부터 30일까지 일일정보보고서 다 가져와."

"네에, 여기 있습니다."

"6월에 북한 어선이 NLL을 넘은 적이 많은데, 모든 분석보고를 '단순침범'으로 했는가?"

"네에, 56XX부대서 일일 정보보고서에 보고한 사항은 거의 단순침범으로 보고했습니다."

"그럼, 56XX부대에서 분석보고서에 경고성 보고는 없었나?"

"아닙니다. 제가 56XX부대장이 국회 국방위원회에서 문제가 된 특수정보 14차 보고 건에 대하여는 블랙 북 보고 올라간 것 외에 별도로 생첩보 보고를 드렸습니다."

"그 내용 어디 있어요?"

"56XX부대 부대일지에 부착되어 있습니다."

"그것 한 부 복사해서 제출해요."

"네에, 복사해서 제출하겠습니다."

"별도 보고에 사령관님 반응은?"

"무슨 근거로 그런 보고를 하느냐고 하셔서, 그 생첩보를 드렸습니다. 그리고 출항하는 함정에 대하여는 경각심을 고취하는 정신교육이 필요하다고 말씀드렸습니다.

"이런 생첩보를 부대일지에 부착해도 됩니까?"

"네에, 분석보고서를 만들어 정식으로 비밀 등급 부여하는데, 생첩보는 부대일지가 대외비라 부착해도 대외비로 보호되니까 상관이 없습니다."

56XX부대 병사가 한 서기관에게 6월 28일 부대일지와 생첩보 부대일지에 부착했던 A4용지 한 장도 가져왔다.

"검열관님, 여기 부대일지 사본 생첩보 사본입니다."

"알았어요. 한 서기관은 여기 오기 전에 어디서 근무했습니까?"

"네, 대위로 제대하여, 7급 군무원시험에 합격해 처음에는 국방부 근무했고, 정보사령부와 국방과학연구소, 사무관으로 승진 된 후에는 합참 민사심리전사령부에서 근무했습니다. 서기관 승진 후에는 민사심리전사령부는 서기관 자리가 하나라서 제가 56XX부대로 전출명령이 났습니다. 56XX부대에 오니 해군 정보 소령이 부족해서 2함대사령부 특수첩보 관리장교가 소령 편제인데 제가 4급 서기관이 소령 직위에 근무가능하다는 인사처의 승인이 나서 왔습니다."

구 대령은 정보분야 확인사항 목록을 다시 확인했다. 정보요원들에게 정보처로 모이도록 했다. 정보처 병사부터 정보참모까지 다 모였다.

"이번 제2연평해전 국방부 특별조사단의 정보검열관 구본영 대령입니다. 고인이 된 윤영하 소령과 순직한 장병 5명의 영결식은 하였지만 솔직히 우리가 선제공격을 받아 참패한 해전입니다. 나는 해군 장교라서 고인들에 대한 훈장 추서는 동의하지만 해전을 승리한 것으로 평가하는 것에는 반대합니다. 국방부장관이 56XX부대의 정보지원에 문제가 있었다고 언급했는데, 내가 검열관으로 확인한 바로는 여기 유비영 정보참모와 말단 병사에 이르기까지 또 56XX부대 특수정보 관리장교 한 서기관과 56XX부대 병사들 모두 음지에서 정보지원을 제대로 한 것이라고 보고서에 명시하겠습니다. 그동안 수고 많은 정보처 전 장병의 노고를 고맙게 생각합니다. 작전은 자신들의 작전성과를 자랑하거나 부풀릴 수 있습니다만, 정보는 항상 축소도 확대도 해서는 안 됩니다. 사실 그대로 정보보고를 해야 하는데, 여기 2함대사령부의 정보처나 정보지원부대의 정보지원에는 문제가 없었다고 보고할 것입니다. 감사합니다."

국방부 특별조사단은 10월 15일에 해군 2함대사령부와 56XX부대 등에 대한 조사 결과를 발표했다.

"56XX부대가 6월 13일과 27일 일일정보보고를 통해서 북한군의 최근 동향에 대한보고 및 전파를 한 것은 사실이나 일부 중요첩보는 처리과정에서 혼선을 초래하였으며 특히 6월 27일 서해 NLL을 침범한 북한군 선박에 대해 '단순침범'이라고 전파하여 제2연평해전의 발생 이전에 충분한 도발 가능성을 제시하지 못한 것으로 조사했다. 전임 국방장관 김동신의 지시 때문에 특이징후가 말단부대에 전파되지 못했다고 주장하나 비록 정보본부의 분석보고에 특수정보가 누락되었다고 해도 실제로 생첩보가 해군 2함대사령부를 지원하는 56XX부대 파견대는 생첩보 원문 그대로 2함대 사령관에게 구두보고를 하였기 때문에 정보지원이 미흡하다고 단정할 수는 없습니다. 이번 제2연평해전 관련 정보본부장, 56XX부대장, 정보융합처장, 701정보단장에 대하여는 국방부 징계위원회에서 적절한 조치를 할 예정입니다. 이상 국방부특별조사단 조사보고를 마치겠습니다. 저는 국방부 특별조사단장 육군 중장 소병학입니다. 감사합니다."

조사관 구 대령은 말단 정보지원에 이상이 없었다고 보고서를 작성했는데, 조사단장의 발표문에는 미흡한 것으로 되었다.

56XX부대장 박현풍 소장이 보직해임되었다. 2함대사령부를 정보지원하던 56XX부대 특수정보 관리장교 한 서기관이 보직변경되어 지휘통제실 상황장교가 되었다. 한 서기관 후임은 여군 장교 손현승 소령이 보직되었다. 윤빈영 정보참모는 고래사냥에서 한 서기관의 환송회와 손 소령의 환영회를 함께 했다. 참석자는 정보참모 윤 중령, 한 서기관, 여 소령, 손 소령, 김현주, 김형진 양 김씨 대위 등이었다. 정보참모가 건배제의를 했다.

"모두 잔을 들어주세요. 오늘 그동안 헌신적인 정보지원을 하던 간 서기관이 상급부대의 명령에 의하여 우리 옆을 떠납니다. 후임으로 여군 손현승 소령이 왔습니다. 전임자와 후임자 모두에게 앞날의 영광을 위해 건배제의를 하겠습니다. 우리 모두 위하여!"

"위하여!"

"위하여!"

이어서 전임자 이 서기관이 건배제의를 했다.

"훌륭하신 참모님과 좀 더 근무하고 싶었는데, 그놈의 연평 해전 정보지원 잘하고도 국방장관이 우리 56XX부대장을 보직해임 시키고 저도 덩달아 떠나게 되었습니다. 우리 정보병과를 위하여!"

"위하여!"

"위하여!"

후임자 손현승 소령이 축배제의를 했다.

"잔을 들어주십시오. 저는 앞으로도 기회가 많으니 축배로 하겠습니다. 정보는 비가와도 정보 눈이 와도 정보라고 배웠습니다. 음지에서 양지를 지향한다고 했듯이 우리는 우리의 일이 묻히더라도 우리의 길을 잘 가기를 바랍니다. 특히 떠나시는 한 서기관님 앞날에 무운장구를 위하여!"

"위하여!"

"위하여!"

포장마차 '고래사냥'을 위하여! 우렁찬 목소리로 밤이 깊어갔다.

* 이 단편소설은 연평해전 사건 직후 쓴 글입니다. 햇볕정책에 눈칫밥을 먹는 똥별들이 즐비한 가운데 소신 발언을 하신 한철용 소장과 연평해전에서 순직한 장병님들께 이 글을 바칩니다.

군복
軍服

군복(軍服)

아버지는 군복을 세 번 입었다 벗었다. 웬만하면 군대를 면제받거나 돈을 써서라도 보충역으로 가려고 애쓰는 나라에서 세 번이나 군복을 입었다면 정상이 아닐 것이다. 첫 군복은 징용으로 관동군 제173사단 7396부대였다. 일본은 나남에 19사단 서울 용산에 20사단 사령부를 두고 20사단은 조선을 방위하는 부대로 나남의 19사단은 한반도 북부를 담당했다. 관동군에 복무하던 중 일본군 간부들끼리 수상한 은어를 사용하는 것을 들었으나 당시는 무슨 뜻인지 알 수 없었다. 그러던 것을 중국군 포로를 통해 알게 되었다. 중국군 포로의 말이 조선은 독립하게 되고 일본은 패망한다. 곧 일본 천황이 연합국에 대하여 항복을 할 것인데, 일본 놈들은 항복 후 안 다치고 일본으로 돌아갈 방도를 논의 중이라고 했다. 해방이 되면 곧 귀국할 것으로 생각했으나 뜻밖의 수난을 당했다.

포로가 되어 시베리아 벌판 개발에 노력동원된 것이다. 국가가 있고 국가가 있어도 힘이 있어야 하는데, 힘없는 국가의 일본군으로 참전 일본군 포로 중 한 명으로 취급되어 시베리아 개발에 동원되었다. 시간이 흘러 아버지 일행은 시베리아에서 조선으로 귀환을 했다. 소련화물선 블라디미르호를 타고 1948년 12월에 흥남항에 도착했다. 흥남여자고등학교에 임시 포로수용소가 설치되었다. 2천여 명의 포로가 흥남여고 운동장에 임시 텐트와 교실에 분산 수용되고 포로 심사를 받았다.

고향이 북한의 평양, 신의주, 함흥, 혜산, 사리원 출신 사람들부터 심문을 받고 해당지역 가는 교통비를 수령해 먼저 출발했다. 남은 것은 남한 출신 900여 명이었다. 900명이나 되는 인원을 북한이 다 고향까지 데려다줄 수 없었다. 생각한 것이 각자 고향까지의 거리에 해당하는 여비와 중간의 숙식비를 고려한 돈을 지급하고 밤에 38선을 넘게 하는 방법을 택했다.

194X년 2월 4일 38선 접경지역에 눈이 소복하게 쌓인 벌판을 국군 복장이 아닌 청년들이 남하를 했다. 포로로 잡힌 조선인 포로가 시베리아 억류생활을 마치고 귀환했다. 개성 파주지역에서 잡힌 200여 명의 소련군 복장의 청년들은 파주경찰서에서 인천 용현동에 위치한 전쟁난민수용소에 이송되었다.

강원도 횡성에서 1925년 6남매의 막내로 태어났다. 193X년 4월 청일보통학교에 입학했다. 6학년 때 할아버지가 보증을 서준 것이 문제가 되어 집안 형편이 기울었다. 중학교 진학을 포기하고 돈을 벌기 위해 춘천으로 나갔다. 춘천에 있는 봉래상사에 취직해 심부름을 해주고 숙식을 해결했다.

그 무렵 춘천에 춘천농업학교가 5년제로 개교했다. 봉래상사 사장이 근면성과 정직함을 헤아려보고 춘천농업학교에 보내주었다. 학교를 마치고 오면 봉래상사일을 보라고 했다. 할아버지가 보증을 잘못서서 가세가 기울어 가자 집안 형제들도 귀찮게 여기는 상황에서 공부까지 시켜주는 사장이 아버지에게는 친척보다 고마운 분으로 여겼다.

춘천 농업학교 5학년 졸업을 앞두고 징병제가 실시되자 징집되었다. 194X년 4월에 징집되어 길림성 관동군 육군훈련소에서 2개월 동안 군사훈련을 받았다.

입대할 때 '무운장구(武運長久)'라고 수놓은 '센닌바리(千人針)'를 고모가 만들어주었다. '센닌바리'는 헝겊 한 조각에 여성 1천 명이 한 올씩 빨간 실로 수를 놓은 것이다. 말이 천 명이지 어떻게 천 명이 수를 놓았겠는가? 대부분 고모가 하고 속실 마을고모가 아는 여자 몇 명 성의로 수를 한두 수 부탁해서 만든 것이었다. 그 천 한 조각을 부적처럼 믿고 몸에 늘 지니고 다녔다.

그래서인지 관동군이 패망해도 포로가 되긴 했어도 죽지 않고 살았다. 늦었지만 귀국해 결혼하고 자식을 낳아 내가 존재하게 된 것이다. 술만 드시면 내 인생 군대를 두 번 다녀오고, 의용군으로 근무한 것까지 치면 군복만 세 벌이다. 내 청춘은 군복에 다 실려 보냈다고 한탄했다.

194X년 8월 1일 춘천에서 청일을 향해 목욕하고 부모님께 인사도 못하고 불효자는 징집되어 간다고 하직 인사를 하고 입영열차를 탔

다. 무단장에 도착해서 다른 지역서 온 장정들과 광장에서 밤을 지새웠다. 아침을 먹고 다시 징병 열차를 타고 간 곳이 하얼빈이었다. 하얼빈 중학교 강당에서 잠을 자고 운동장에서 밥을 먹었다.

194X년이 되자 일본은 급격히 불리하게 되었다. 미국이 B-29 폭격기로 일본 본토를 융단폭격을 하였다. 일본은 미군의 공중 폭격으로 사상자 12만여 명 이재민 100만 명이 발생하였다. 미 공군이 태평양 섬에서 발진한 폭격기가 동경을 처음 공습한 것은 1944년 11월이었다. 마리아나 군도를 점령해 비행장을 확보했기 때문이다. 이 비행장 확보 전에는 중국의 쓰촨성 청두(成都) 비행기지에서 이륙해 일본 본토를 공습했다. 왕복 비행거리를 감안하여 폭탄 무게를 가볍게 할 수밖에 없었는데, 마리아나 군도에서 이륙을 하면 무장을 최대한으로 하고도 되돌아오는데 전혀 문제가 없었다.

학교 강당에서 잠을 자고 동이 트자마자 인솔 장교가 일행을 인솔하고 간 곳은 송화강(松花江) 유역의 '구마모토 부대'로 입대했다.

군대는 새벽6시 기상나팔소리에 기상을 하고 밤10시 취침나팔 소리에 취침을 했다.

새벽에 기상을 하면 연병장에 모두 모여 천황이 살고 있는 동경 방향으로 향해 머리를 숙이고 '궁성요배(宮城遙拜)'를 하고 '군인칙유(軍人勅諭)'를 제창했다. 함께 구보를 하고 조식을 먹고 군사훈련을 하였다.

일본은 조선 주둔 일본 부대를 '조선군'이라 부르고 만주 일대 주둔하는 부대를 '관동군'으로 불렀다. 조선군은 2개 사단 외에 영흥만 요새 사령부, 진해만 요새 사령부, 조선 헌병대 등이 있었다. 용산 주둔 20사단은 한반도 남부를 담당했고, 나남 19사단은 북반부를 담당했다.

태평양 전쟁이 장기화 되자 20사단은 1943년 뉴기니 전선에 투입했으나 전멸했다. 1944년 19사단은 필리핀 루손으로 이동하여 산악 전투를 하다가 해방을 맞이했다. 관동군을 중국도 소련도 힘겨워했다. 그만큼 관동군은 훈련의 강도가 높았고 일본 본토에서 진행하는 군인 유도 대회에 관동군이 본토 주둔 일본군과 겨루어 체급별 유도 우승 트로피를 휩쓸어 왔다. 유도를 잘 하는 것 하나로 군대 사격이나 다른 모든 것을 잘 한다고 할 수는 없지만 관동군의 사기와 소속 군인들의 자긍심은 높았다.

일본군 전쟁지도부는 1945년 5월 나치 독일이 연합국에 무조건 항복을 하고 소련이 참전한다고 선포하자 신경이 극도로 예민해졌다. 구마모토 부대는 소련과 만주 국경지대의 산악 깊숙한 곳으로 이동했다.

중대 병력이 숨을 수 있는 정도의 큰 동굴을 구축했다. 전투에 대비한 개인호도 팠다. 흥안령(興安嶺) 산맥줄기를 따라 8월까지 참호를 구축하라는 명령이 떨어진 것이다.

전황이 불리하면 유언비어도 늘어나는 것이 전쟁이다. 소련군 무장 첩자가 중국인 길 안내 잡이와 노새를 끌고 흥안령에 나타났다는 것이다.

온 부대가 중국인 길잡이와 소련군 첩자를 잡아내라는 지시에 온

부대가 발칵 뒤집어졌다. 부대원끼리 인심만 나빠지고 얻은 것은 아무 것도 없었다.

194X년 8월 9일 오전 00시 소련은 전격적으로 100만 명이나 되는 대규모 군단을 꾸려 만주 관동군을 공격했다. 일본은 지난 주 나치 독일이 연합국에 항복을 한 상태라서 도와 달라 요청도 못했다. 일본은 만 45세 이상의 예비역까지 총동원령을 내렸다.

외치는 구호가 강경해질수록 일본의 패망은 다가오고 있었던 것이다. 170만 명의 병력에 화력까지 갖춘 소련군의 공격은 일본에게는 버거운 상대였다. 미국은 일본본토를 초토화시키고 일본의 관동군은 소련군에 패배하였다.

일본 황궁에서 전쟁지도부 최고회의가 있었다. '스즈키간타로(鈴木寬太郎)' 총리는 드디어 올 것이 왔다고 생각했다. 더 이상 전쟁은 의미가 없다고 끝내야 한다고 말하자 '미나미 고레치카(阿南惟幾)' 육군 장관이 결사항전을 주장했다. 매파목소리에 비둘기파 스즈키 간따로의 말은 묻혀버렸다.

1945년 8월 9일, 소련은 육군 공군 합동으로 관동군을 공격했다. 관동군 주둔지 상공에 폭격기가 폭탄을 투하하고 지나갔다. 관동군이 이미 산악지대에 대피호와 갱도 진지를 구축한 상태였으나 소련군 공습은 큰 타격을 주었다. 여기저기 시체가 나뒹굴었다. 차량도 파손되고, 군수품 창고도 부서지고 불이 났다. 철도도 파손 되어 기차 수송이 중단되었다.

히로히토 천황의 항복조서가 8월 15일 정오, 라디오를 통해 전 세계에 발표되었다. 일본의 극우파가 천황의 녹음테이프를 탈취하여 항복 발표를 막으려했다. 하지만 실패했다. 일본군 지휘부는 일본군 각 부대에 기밀문서를 소각하라는 지시를 했다.

1945년 8월 15일 정오, 라디오를 통해 히로히토 천황의 항복조서가 발표되었다. 그러나 만주 관동군 군부에는 바로 시행되지 않았다. 소련의 공습에 통신망이 두절되었기 때문이었다. 지상군 전투에서도 소련군과 싸워 패한 관동군이 여기저기 생겨났다. 일본군 지휘관은 여기저기 패잔병을 모아 새로운 부대를 구성해 보려 애를 썼다.

만주 흥안령에서 참호를 파고 지탱하던 73XX부대는 8월 16일에도 일본 패망 소식을 모르고 지냈다. 소련군 전차가 눈에 띄게 많이 움직이고 산악은 쳐다보지도 않고 큰 도로와 대도시 주변으로 탱크를 몰고 질주했다. 흥안령 이남은 대전차 장애물도 없었기 때문에 소련군 전차는 더욱 속도를 내고 달렸다.

아버지가 일본인 선임 병에게 '왜 요즘 중대장 얼굴이 표정이 밝지 못하냐?'고 물었더니 '너만 알고 절대 소문내지 마라.'라고 하면서 '일본이 연합군에 패해서 천황이 항복했다.'고 말했다. 이제 부모님과 가족을 만날 수 있다는 생각을 하니 눈물이 왈칵 쏟아졌다. 일본인 병사가 다가와서 전쟁에 질 때도 있는 법이니 너무 슬퍼하지 마라 위로해 주었다.

일본이 패망해 자신이 고향에 갈 수 있다는 기쁨과 부모님 생각에 눈물 흘린 것을 일본인 병사는 일본 패망이 서러워 눈물을 흘리는 것으로 착각했다. 73XX부대에는 만주 일대에서 징용된 청년도 있었다. 치치하얼에서 무장해제를 당했다.

중대 별로 소총과 수류탄을 일정한 장소에 집결시켰다. 병사 한 명이 집결시킨 소총 대열에 자기 총을 집어 던졌다. 총이 도미노 넘어지듯 넘어지면서 탄알 1발 장전되었던 총 하나가 격발이 되었다. '탕!' 소리와 함께 대열 중 한 명의 병사가 즉사했다. 오발은 명중이라고 했던가. 그 탄알은 바로 턱밑에서 오른쪽 귀를 관통했다.

총을 던진 병사를 일본군 장교가 개머리판으로 개패 듯 팼다. '빠가야로, 조센징!' 병사 입에서 코에서 피가 흘렀다. 일본말을 잘 하는 엄태흥이 일본어로 항변했다.

일본 천황이 항복했다는데 조용히 일본으로 귀국하고 싶으면 이런 행패 부리지 말고 조용히 지내라고 했다. 그 말에 일본장교가 '그 소리 어디서 들었느냐?'고 물었다.

그게 뭐 그리 이 시국에 중요하냐? 내가 라디오를 통해 천황이 항복하는 방송을 들었다고 대답했다. 그 라디오 가져오라고 했다. 그 라디오는 내 라디오가 아니라 총에 맞아 죽은 병사 거라고 말했다.

일본장교는 할 말을 잃었다. 라디오를 가져오면 '왜 소지했냐?'고 혼내려 했는데, 죽은 자는 말이 없다고 죽은 병사의 라디오라고 하니 확인할 방법이 없었다. 중국어를 모르니 허허벌판 넓은 중국 땅에서 도망치기가 쉬운 일이 아니었다. 조선으로 가기는 해야 했으나 갈 길이 막막했다. 들리는 소문에 다른 지역의 일본군 지휘관은 솔직하게 '일본이 연합군에 이번 전쟁에서 패했다. 여기 일본인 병사가 아닌 병사는 조선으로 돌아가도 좋다.'는 지시를 했다고 한다. 구마모토 부대장은 끝까지 조선인 출신 병사도 일본인 병사와 똑같이 대열의 이탈을 막았다.

만주로 이주한 조선인들은 만주인 중국인들과 사이에 좋지 않은 감정이 있었다. 일본이 만주를 지배하면서 조선인을 교묘하게 이용했다. 일제가 세운 만주국은 '오족협화(五族協和)'를 지향한다고 선전했다. 유색인종을 학대하고 차별하는 백인들의 식민주의와는 다르게 만주국은 일본, 조선족, 한족, 만주족, 몽골족 이렇게 5개 민족 사람들의 협력으로 유토피아를 건설한다고 했다.

그것은 선전뿐이었다. 식량배급에서도 일본인과 조선인, 한족, 만주족, 몽골족의 배급표의 색깔이 달랐다. 일본인에게는 쌀과 설탕을 많이 주고, 만주족, 한족, 몽골족은 쌀은 없고 수수, 콩 같은 잡곡을 지급했다. 조선인은 쌀도 약간 설탕도 조금, 잡곡도 주었다. 그러니 만주족과 한족, 몽고인이 조선인을 미워할 수밖에 없었다. 반대로 조선인은 만주족, 한족에 대하여 자신이 일본인도 아니면서 만주족 한족을 경멸하고 조금만 이상해도 일본 간수나 공직자에게 밀고를 하게 만들었다. 일본이 교묘하게 5족을 이간시켜 통치하는 것을 모르는 우매한 조선인은 만주에서 그렇게 생존했다.

일본군은 일·러 전쟁에서 승리하자 러시아 후손인 소련 군대를 깔보고 있었다. 일본이 독도 앞바다에서 물리쳤던 그런 군대가 아니었다. 1938년에서 1939년 사이 일본과 소련은 '장구펑(張鼓峰)'에서 치열한 전투를 했다. 이 전투에서 관동군은 소련군에게 큰 타격을 입었다. 소련군은 일본 관동군보다 병력과 장비 모두가 비교가 안 될 정도의 격차가 있었다. 소련은 나치 독일과 불가침 조약을 일본과는 중립조약을 체결하면서 자구책을 모색하고 2차 대전에 연합국을 상대로 전쟁을 했다. 독일은 1941년 6월 불가침 조약을 깨고 소련 영내로 파죽지세로 밀고 들어갔다. 모스크바 도시의 접경까지 진격을 했다. 소련은 국가 존망의 위급한 상황에도 극동지역에서 병력을 이동시킬 수가 없었다. 일본이 소련으로 공격해오는 것을 경계했다.

소련군 극동군사령부 예하에 병력 110만 명, 전차와 자주포 2,000대, 비행기 3,400대의 전력을 보유했다. 1945년 5월 독일이 항복한 이후에는 서부전선의 병력과 군수물자를 극동지역으로 이동시켰다. 반면 일본 관동군의 병력은 70만 명, 야포 1,000문, 전차 200대 비행기 200대 정도였다. 1945년 들어 일본은 전시 총동원령을 내려 소년병과 나이든 예비역까지 모두 징집시켰어도 일본군 군사력은 소련군에 미치지 못했다. 관동군 지휘부 장군들도 전투력의 열세를 알고 있었다. 하지만 천황의 부대는 패배해서는 안 된다는 강박관념이 있었다. '일당백', '일당천'을 구호로 외쳤다.

하지만 전투는 아무리 구호가 '일당백'이라고 한 명의 일본군이 백 명의 소련군을 이길 수는 없었다. 일본군이 항복하고 소련군이 탱크를 앞세우고 진입하자 만주는 일종의 치안공백이 생겼다. 일본이 8월 15일 항복했을 때, 미국은 만주와 동남아시아와 태평양 여러 섬에 흩어져 있는 일본 병력을 누가 접수하고 무장해제를 시키고 포로를 다루는가를 고민하였다.

미국과 다른 연합국 지도자들이 모여 회의를 했다. 일본 본토와 조선은 맥아더 원수가, 중국 대륙은 장개석 총통이, 동남아시아는 마운트배튼 경이, 대만은 웨드마이어 장군이 맡기로 했다. 대일본 전쟁에 늦게 참전한 소련은 작전이 종료될 때 지배하는 지역에서 일본군을 접수하기로 했다. 중국군 관할이 135만 명으로 가장 많고 소련군 관할이 68만 명 정도였다.

1945년 9월 2일 미 극동군 총사령관 맥아더 장군은 포고령 1호를 발표했다. '일본은 패망했고, 38선 이남 지역은 미군이 점령 통치한다. 남조선 사람들은 경거망동 하지마라. 영어가 공식 언어로 사용될 것이다.'라는 내용이었다. 포고령 2호는 '한국인은 미 군정청에 소속되는 법정에 의해 재판을 받을 것이다. 미국에 반대하는 사람은 사형이나 그밖의 형벌에 처할 것이다.'였다.

포고령 제3호는 미군정에서 화폐는 조선은행권과 미군표(MPC: Military Payment Certificate)가 공용화폐가 된다고 했다.

한편 소련군 사령관 치스차코프(Ivan M. Chischakov)의 북조선에 포고문을 내렸다.

- 조선 인민들이여!
붉은 군대와 연합국 군대는 조선에서 일본 약탈자를 추방했다.
조선은 자유국이 되었다.
조선 인민들이여!
기억하라 행복은 당신들의 수중에 있다.

당신들은 자유와 독립을 찾았다.
이제 모든 것이 당신들에게 달렸다.
해방된 조선 인민 만세!' -

194X년 8월 XX일 우메즈 요시지로(楳津治郎) 참모총장은 천황의 지시를 받들어 지난 8월 15일 천황의 조서 발표 이후에 적군의 영향권에 들어가 있는 제국군인과 군속들은 포로를 인정하지 않는다는 명령을 하달했다.

솔직히 말하면 자결하거나 결사항전 하라는 지시였다. 천황의 군대에 포로는 없다는 정신을 잘 보여주는 것이 '전진훈(戰陣訓)'이다. 육군성이 194X년 1월 제국군인의 행동규범으로 발표했다. 언론은 대대적으로 군국주의 정신을 고양시키느라 과대 보도를 했다.

도조히데키(東條英機)가 군인칙유를 실천하는 세부행동강령으로 천황의 군인이라면 지켜야할 행동규범을 만들었다.

제1장 제1조는 황국이다. 대일본국은 황국이다. 만세일계의 천황이 위에 계시면서 조국의 황모를 이어받아 무궁하도록 군림하신다. 황은이 만민에게 미치고 있다.

제2조 8항이 황국의 군인은 포로가 없다. 일본군은 포로가 되면 자결하는 간부가 많았다. 관동군 장교들은 자신들이 포로라는 것을 인정하지 않으려 했다.

194X년 8월 XX일 스탈린은 극동군 사령관에게 지령 86-03727 호를 내렸다. 일본인 포로 50만 명을 소련 내 포로수용소에 보내 노

역을 시킨다는 지시였다.

포로 숙소와 수송수단의 확보, 포로에 대한 식량배급표도 미리 작성했다. 그 지령에 따라 일본군 포로 60만 명이 시베리아로 이동했다. 모스크바에서 수천 킬로미터 떨어진 극동 시베리아 하바롭스크 지역의 공단 개발에 포로들의 노동력이 투입되었다.

포로 중에는 사할린까지 이동하여 노역을 하는 포로가 있었다. 포로는 군대 조직이 아닌 포로 작업 단위별로 200여 명을 한 조로 만들어 각 공장지대 작업이나 철도 보수 작업, 신규 도로 공사 등에 투입되었다.

루즈벨트와 스탈린이 밀담을 했다. 스탈린은 대일 전쟁에 참가한 반대급부로 사할린과 쿠릴열도를 소련이 지배하게 편입을 요구했다. 미국은 동남아시아와 일본 본토를 점령했다. 미국이 일본 본토를 공격했다. 일본군 수비대는 부녀자까지 동원하여 미군의 본토 진입을 막으려 저항했다.

일본군이 전진훈(戰陣訓)을 암송하고 탄약이 떨어지면 대검과 수류탄으로 자폭하라는 명령이 하달되었다. 오키나와 주민들은 그렇게 자결을 감행했다. 오키나와 청년들은 인간 폭탄도 되었다. 미군들의 전차가 오키나와 시가에 등장하자 자기가 등에 질 만큼의 상자를 짜서 폭탄을 담고 전차로 돌진해 전차와 함께 산화했다. 사람 한 명이 전차 한 대와 같이 생명을 버린 것이다.

두만강 압록강을 건너면 '월강죄(越江罪)'라는 노래가 있었다.

월강죄(越江罪)

월편에 나부끼는 갈대 잎
아직은 애타는 내 가슴을
바라보건만
이 몸이 건너면
월강죄란다

기러기 갈 때마다
일러야 보내며
꿈길에 그대와는
늘 같이 다녀도
이 몸이 건너면
월강죄란다

새벽 일찍 건빵으로 배를 채우고 후임 병들에게 사격을 가르쳤다. 신병교육대에서 1개월의 훈련을 받았지만 194X년 오는 병사들은 그런 신병교육 없이 바로 7396부대로 오는 신병도 많았다.
태평양 전쟁초기 일본군의 기세는 거대한 파도처럼 구미 열강의

식민지를 하나하나 점령했다. 필리핀의 많은 섬을 점령하고 대영제국의 동아시아 성채였던 싱가포르에서 영국군의 항복을 받을 때 일본군이 세계 최강 군대임을 실감했다. 전쟁지도부는 흥분했다.

눈사람 만들 때 붙어나는 눈덩어리처럼 연합국의 포로가 늘어났다. 일본군은 승리의 함성과 즐거운 비명을 질렀다. 반년 후 연합국의 반격이 시작되었다. 이번에는 일본군의 포로가 눈덩이처럼 불어났다.

남방 군 총사령관 '데라우치 히사이치(寺內壽一)'는 포츠담선언의 수락을 거부했다. 관동군 장교들은 자신들이 포로가 된 것을 인정하지 않고 천황의 명령으로 잠시 전투가 정지한 것이라는 궤변을 늘어놓았다. 하지만 소련군은 일본군을 무장해제 시켰다. 극비 지령을 실행하였다. 관동군 포로를 열차에 태워 시베리아로 이동했다.

포로는 50만 명이 넘었다. 소련에서 죄수들에 대한 강제 노동은 제정러시아시대에도 있었다. 러시아는 동방진출을 위해 시베리아 유형지에 죄수나 정치범을 이송해 강제노역을 시켰다. 쥐꼬리 정도의 적은 노임이지만 노임도 지불했다. 스탈린은 극동지역 공업화 추진에 부족한 노동력을 죄수들로 충당하다 전쟁이 끝나자 전쟁 포로를 이용했다.

전진훈에서 '명(名)을 안다.'는 제목으로 '명이라는 것은 부끄러움을 아는 자는 강하다. 항상 집안 친족의 명 즉 이름을 생각하고 고향 어디 출신의 이름을 더럽혀서는 안 된다.'는 점을 강조했다. 이것은 은연중에 포로로 치욕스런 생을 유지하기보다 자신의 이름을 빛

내고 가문의 명예를 위해 고향의 이름을 위해 자결하라는 뜻이 숨어 있었다. 실제로 일본 천황의 항복 선언 이후 전선의 여러 곳에서 일본군 간부와 장교들의 자결이 이어졌다.

스탈린의 극비지령으로 아버지가 속한 부대도 이동명령이 떨어졌다.

소련은 1,000명 단위로 포로 작업부대를 편성했다. 포로들로 가득 찬 화차 행렬은 북쪽으로 달렸다. 일본군 장교와 병사들은 시베리아 횡단철도를 타고 동쪽으로 이동하여 연해주 항구에서 배를 타고 일본 본국으로 귀향하게 될 것이라고 그럴듯한 소리를 하였다. 기차가 이동하면서 기차 창밖으로 자작나무 침엽수 행렬이 끝없이 이어졌다. 바다처럼 보이는 곳에서 기차가 정차했다.

일본 병사들은 일본해라고 외쳤다. 정말 바다처럼 넓은 시퍼런 물이 잔잔하게 물결을 일으켰다. 바이칼호였다. 얼마나 넓은지 끝이 안 보여 일본 병사가 일본해라고 소리를 지를 만했다. 모스크바에서 출발하여 시베리아를 횡단하는 철도에서 바이칼 연안을 지나는 구간이 거의 200킬로미터에 달했다.

시베리아 횡단 철도로 열흘 정도 달려서 크라스노야르스크에 도착했다. 모스크바에서 5천 킬로미터를 달려온 것이다. 함재석은 5 포로수용소에 배정되었다. 제정러시아시대부터 정치범들의 수용소로 이용했던 곳이다. 크라스노야르스크 제5수용소는 창문도 이중창으로 되었다. 그 만큼 한기를 막아주었다. 재수가 없는 포로부대는 1천 명의 포로가 막사가 아닌 텐트생활을 하는 부대도 있었다. 8월 15일

천황이 항복을 선언하고 유언비어가 나돌았다. 조선인 징용병사들이 반란을 일으켜 일본장교와 병사를 무차별 죽창으로 찔러 죽인다는 유언비어였다.

조선인 징병포로는 현지서 은밀히 총살시키라는 극비 지시가 내려졌으나 소련이 먼저 일본군 무장해제로 총기를 압수해서 그 지시가 시행할 수 없었다는 말도 돌았다. 시베리아 각 지역으로 분산 배치된 포로들은 1945년 12월에서 1월 겨울에 수용된 포로의 4분의 1 정도가 사망했다는 소련 극동군 사령부의 통계가 있다.

사망 이유는 혹한, 기아에 중노동이 원인이었다. 일본군 포로는 59만4천 명이었고 그중에 장교가 12만 명이었다. 1945년 겨울에 4만3천 명이 얼어 죽었다. 급식이 부실한 상태에서 중노동으로 허약해진 포로에게 장티푸스와 이질이 돌아 떼죽음을 했다. 아버지의 제4포로수용소도 마찬가지였다. 처음 1천 명으로 시작한 포로 작업대가 900여 명으로 줄었다.

작업부대는 감자 수확에 동원되었다. 작업을 하다 겨울에 죽은 포로는 매장을 하지 못했다. 일정한 장소에 모아 두었다가 이듬해 4,5월 쯤 완전한 해동이 풀리면 그때 땅을 파고 매장을 했다. 포로수용소의 식량사정도 어려웠다.

소련은 김일성을 북조선을 통치자로 내세웠다. 1945년 9월 19일 김일성과 유성철은 소련 프카초프호를 타고 블라디보스토크에서 출항해 원산항으로 입항했다. 유성철은 인민군 작전국장 육군 중장으로 6.25전쟁에 참여했고 1959년 김일성의 탄압을 피해 고향인 타슈

켄트로 망명했다. 1990년 한국에 초청되어 6.25전쟁과 김일성 행적에 대한 역사적 증언을 했다.

88여단장 주보중, 참모장 소련인 쉬킨스키, 제1대대장 김일성, 그리고 김일성을 따르던 조선인 60여 명이 소련을 거점으로 활동했다. 여성대원이 20여 명 있었는데, 그중 김정숙이 김일성 눈에 들어 결혼을 하고 김정일을 출산했다.

일본군은 한반도 방위를 위해 1945년 1월 20일자로 '제국 육군 작전계획 요강'을 발표했다. 한반도에 제17방면 및 조선관구가 신설되었다. 제17방면군은 전투부대로 조선의 방위를 책임졌다. 조선관구사령부는 조선 내에서 부대를 통솔하여 병력보충, 교육, 보급품 조달, 위생업무 등을 담당했다. 194X년 3월부터 5월 사이에 조선에 병력이 대대적으로 증강되었다.

194X년 4월 1일 미군이 오키나와에 상륙했다. 일본은 본토의 위협을 느꼈다. 일본군은 연합국의 다음 상륙 목표가 제주도가 될 것으로 예상했다. 제주도 방위를 위해 서울의 제58군사령부를 신설했다.

사령관은 이노키 중장이었다. 194X년 4월부터 5월말까지 만주의 관동군에 있던 제111사단, 제120사단, 제121사단 등 세 개의 사단이 제주도로 이동했다. 제주도의 전략적 가치를 높게 평가한 일본군 전쟁지도부의 조치였다. 제58군 예하부대들은 제주도에 한국인 징용자들을 동원해 땅굴을 팠다. 제주도 주요거점을 거미줄 식으로 교통호를 팠다. 동서남북 주요 지점에 무기를 은닉할 수 있는 공간도 준비했다.

6월 25일 오키나와가 함락되었다. 일본과 제주해협의 해상보급로가 차단되었다. 7월부터 8월 6일까지 B-29기는 청진, 나진, 웅기 등의 앞바다에 수중기뢰를 투하했다. 1945년 5월 30일에 '만선(滿鮮) 지역 대소 작전계획 요령'에 관하여 관동군과 제17방면 군에 소련의 조선 침공에 대한 준비명령이 하달되었다. 제17방면군은 남조선에서 조선 남부에 미군이 상륙할 것에 대한 대비, 북조선에 대하여는 관동군이 막으라는 지시를 했다. 일본은 연합국이 38선을 기준으로 남과 북에 미국과 소련이 분할 점령할 것을 미리 알았다.

관동군은 제3군단을 연길에 군단사령부를 두고 제 119, 112, 127, 128 사단과 독립 혼성여단 및 기동1여단을 만주로 이동시켜 소련군의 북조선 침공에 대비했다. 연해주에서 만주로 침공한 제1극동방면군 중 치스차코프 대장이 지휘하는 제25군이 북조선으로 침공했다. 1945년 8월 8일 23시 조선인 80여 명을 길 안내 잡이로 이용한 소련군이 두만강을 건너 '토리(土里)주재소'를 습격했다. 9일에는 경흥에서 소련군과 관동군의 전투가 벌어졌다. 청학의 관동군이 소련군에 포위가 되었다. 조소(朝蘇) 국경일대 일본군은 철수하여 재편성에 들어갔다.

소련군은 8월 12일부터 남하하여 전차를 선두에 몰고 북조선을 진입했다. 일본군은 인간폭탄을 운영했으나 역부족이었다.

청진이 함락되고 일본군은 원산, 청진, 함흥 등 각 지역에서 패배의 연속이었다. 38선 전역을 석권한 소련은 일본군의 무장해제를 했다. 포로를 만주를 시베리아로 이동시켰다.

　아버지가 속한 포로 중대는 절반은 철도 선로보수작업에 동원되었다. 나머지 절반은 나무 벌목에 동원되었다. 철도 선로보수작업 간 인원 중에 운이 좋은 사람은 역에서 화물 하역조로 빠졌다. 선로보수 나간 사람은 역에 남는 포로들을 부러워했지만 하역작업을 하는데, 하얀색 석회 같은 물건을 나르는 일은 고역이었다. 마스크나 수건을 지급해주지 않고 작업을 시켜서 작업을 하고 나면 콧속으로 하얀 가루가 들어가 냄새도 꼭 멀미하기 직전의 빙빙 돌고 니글거리고 토하기 직전의 상태가 되었다. 소련은 최초의 사회주의 국가라는 것에 대한 자부심이 강했다. 8시간 노동을 국가의 법으로 정한 것을 포로들에게도 적용한다고 자랑을 했다.

　포로들은 아침 6시에 기상했다. 6시 30분까지 점호와 구보를 하고 아침 식사를 했다. 8시 전에 집합해서 정확히 8시면 각자의 작업 장소로 이동했다. 오후 5시 작업을 마치고 포로수용소로 돌아왔다. 고달픈 포로수용소 생활에 조선인은 더 고달프게 일본인보다 조선인이 더 차별을 받았다. 소련 말을 조금 익힌 조선인 포로들이 소련 포로수용소 간부들에게 항의를 했다. 우리는 조선인이니 조선으로 돌려보내달라고. 조선인 포로들은 대부분 징병1,2기들이었다. 계급도 대부분 말단 이등병이었다. 수용소 막사에서 식당청소 당번, 연병장 청소당번 등 궂은일은 조선인 병사들에게 시켰다. 일본이 패망했는데도 소련군은 포로들을 통제하기 쉽게 하느라 일본군 장교를 그대로 포로수용소에서도 지휘자로 이용했다. 궁성요배(宮城遙拜)[1]와 군인칙유2)를 묵인해주었다.

드디어 조선인 포로들이 참다 참다 폭발을 했다. 비교적 소련 말을 잘 하는 엄태흥이 유창한 소련 말로 내일부터 우리 조선인은 별도의 점호를 하겠다. 포로 작업반도 조선인끼리 편성해 달라. 국제법 규로 따지자면 일본이 패망했기에 일본인 포로는 포로지만 조선인이나 만주인, 또 한족은 각자 그들의 고향으로 돌려보내주어야 하는 것 아니냐?]고 따졌다. 조선인 포로들이 엄태흥의 그 말에 박수를 쳤다. 포로수용소장은 엄태흥의 말을 들어 조선인 별도의 포로중대를 만들고 막사를 조정해서 조선인 막사를 별도로 해주었다. 이에 신이 난 조선인 포로는 막사 입구에 태극기를 걸자고 제안했다. 하지만 태극기를 정확히 그릴 줄 아는 포로는 한 명도 없었다.

엄태흥과 아버지가 대충 어린 시절의 기억을 더듬어 태극기를 그려 조선인 포로 막사 입구에 게양을 했다. 아침 점호에 궁성요배 대신 태극기에 대한 경례를 했다. 애국가는 찬송가 곡조에 맞추어 애국가를 불렀다. 점점 조선인 포로들의 단결심은 굳어졌다. 엄태흥의 주장에 따라 여기 포로수용소장이 조선인 포로에 대한 포로 기록부를 다시 작성했다. 본인 이름, 부모 이름, 출생지, 본적, 일본군 복무 부대명 등을 기록했다. 포로수용소장은 조선으로부터 소련에 포로를 귀환시켜달라는 요청이 오면 조선인 포로를 일본인 포로 보다 먼저 보내주겠다는 말을 했다. 조선인 포로들은 만세 삼창을 했다.

---

1) 일본천황이 있는 쪽으로 매일 절을 하도록 하는 것
2) '우리나라의 군대는 대대로 천황이 통솔하고 있다.'는 내용의 일본제국주의식 군대통솔문

"만세!"

"만세!"

"만세!"

그렇게 포로생활을 하던 중에 1948년 10월 시베리아 각지에 흩어져 노역을 하던 포로들이 하바롭스크에 집결했다. 함재석과 엄태홍이 속한 포로부대도 포로집결소로 이동했다. 조선인 포로들은 준비된 배에 올랐다. 목적지는 북조선 흥남 항이라고 했다. 포로들은 일제히 '시베리아 한의 노래'를 불렀다.

시베리아 물결아~
잘 있어라 자작나무야
너의 품에 자란 어린이들은
내 고향 찾아 떠나련다
시베리아여
우리들의 자유와 청춘 보람을
심어주던 정든 고향 시베리아여"

흥남으로 가는 배는 허름했다. 하지만 배가 무슨 문제인가 고향 찾아 조선 땅으로 가는 것에 포로들은 들떠 있었다. 흥남부두에는 군악대가 대기하며 배가 도착하자 연주를 했다. 배에서 내려 흥남여고 운동장과 강당에 마련된 임시 포로수용소로 갔다. 찬송가 곡조에 맞추어진 '애국가'와 '김일성 장군의 노래', '독립군가' 등이 연주되었다.

　흥남여고에서 포로심사를 받았다. 북한이 고향인 포들부터 고향으로 갈 여비를 주고 포로를 보내주었다. 남한이 고향인 사람은 1949년 1월이 되어서야 북한에서 마련해준 여비를 받아 출발했다. 가까운 개성은 500원, 서울 경기는 1,500원, 강원도 충북은 2,000원, 제주도는 3,000원, 경상도는 2,500원 등으로 여비를 차등지급 받았다. 북한의 인솔간부가 38선 부근 한탄강까지 안내해주었다. '남조선 국군 경비병에게 발견되면 사살당할 수 있으니, 밤에만 이동하라'고 간부가 일러주었다.

　아버지와 엄태흥 등 140여 명의 포로들은 밤이 되자 살금살금 38선을 넘어 남하했다. 하지만 보초 서는 군인들의 눈은 피했는데 아침에 파주를 순찰 중인 경찰에 붙잡혔다. 굴비 엮듯이 140여 명이 파주경찰서에 잡혀가고, 간단한 이름과 본적주소만 파악하고 바로 인천의 전재민 수용소로 이송되었다. 전재민 수용소에서 그동안의 행적에 대한 조사를 받았다. 아버지와 엄태흥에 대하여는 관동군 근무 경력과 포로 생활을 하면서 겪은 이야기를 털어놓으라고 해서 사실대로 진술했다. 아버지는 전재민 수용소에서 바로 풀려나 강원도 횡성군 청일면 고향으로 왔다.

　엄태흥은 전재민 수용소에서 대기자로 분류했다. 소련군 포로수용소에서 소련어로 의식적인 행동을 한 것이 문제가 되었다. 북한에서 엄태흥이 불의에 대한 저항한 경력과 공산주의 이론에 대해 많이 아는 것을 문제 삼았다. 엄태흥을 북한에서 간첩교육을 시켜 내려 보낸 것으로 판단한 전재민 수용소의 심문관이 엄태흥과 몇 명의 지식인 귀환자를 경기도 경찰국 정보과로 이첩했다.

아버지는 1949년 2월 25일 고향 강원도 횡성군 청일면에 와서 농사를 지었다. 그리고 한창 농사일이 바쁜 6월에 소집영장이 나왔다. 청일면사무소로 가서 '일본군 징용으로 끌려가 고생하고 소련 땅 시베리아에 포로로 강제 노역까지 했는데 나도 군대를 가야 하냐?'고 따졌다. 청일면 병무담당 면서기는 일제의 징병은 징병이고 우리나라 법에 따라 병역을 필하지 않은 젊은 사람은 다시 군대에 가야한다고 했다.

아버지는 하는 수 없이 논산훈련소로 입소를 했다. 사격이나 제식 등은 일본군에서 배운 것이나 다른 것이 없었다. 신병교육을 마치고 배치된 곳이 김석원 장군이 지휘하는 개성 근처의 수도 사단이었다. 이곳은 북한에서 흥남여고에서 포로 심사를 마치고 남으로 내려올 때 야간에 국군의 경계초소를 피해 은밀하게 내려온 곳이다. 그곳에서 군대생활을 하게 된 것이다. 여기서 아버지가 두 번째 군복을 입고 군 생활을 하는 도중 6.25가 발발했다.

변변한 무기도 없는 국군에 비해 북한군은 소련제 T-34전차를 앞세우고 개인 소총도 모두 휴대하고 밀려왔다. 수도사단과 전방의 국군은 북한의 공격에 제대로 방어전을 해보지도 못하고 서울을 포기하고 수원 이남으로 퇴각을 했다. 부대라고도 말할 수 없는 패잔병들이 삼삼오오 남쪽으로 이동했다. 함재석은 서울에서 한강다리가 폭파되어 한강을 우회하려는데 헌병에게 붙잡혔다. 헌병은 전방에서 철수해온 병력을 일정한 장소에 끌어 모았다. 용산고등학교 운동장에 전방에서 후퇴한 병력들을 모았다. 한편 후방에서 급히 소집되어 올라온 지원병도 용산고등학교 운동장에 집결시켰다.

중위 계급장이 번쩍이는 한 장교가 '삑······.'하고 호각을 불었다.

"제군들! 주목하라!"

"이곳에는 전방에서 전투 경험이 있는 후퇴한 장병도 있고 후방에서 소집되어 지원군으로 올라온 신병들도 있다. 우리는 이승만 대통령님의 명령으로 수도 서울을 사수하라는 명령을 받았다. 지금부터 이곳 용산고등학교를 떠나 미아리고개 방어지원을 위하여 이동한다. 대열을 이탈 시는 이유 여하를 불문하고 총살이다! 알겠는가?"

"예······."

"목소리가 작다, 알았는가?"

"예엣!"

"좋다! 이 목소리처럼 사기충천한 우리가 서울을 사수한다. 가자!"

"앞으로!"

"앞으로!"

아버지와 500여 명의 군인들이 2열종대로 이동했다. 용산, 갈월동, 서울역, 명동, 종로, 혜화동을 지나 미아리로 향했다. 아리랑 고개에 배치된 군인들과 500여 명의 새로 도착한 군인이 방어진지를 재구축했다. 분명히 전방에서 우리 국군이 패하여 퇴각을 한 것인데 라디오 방송은 우리 국군이 반격을 하고 있다고 방송이 나왔다. 국방부 선무 방송은 지프차에 확성기를 달고 다니면서 서울 시민을 안심시키는 방송을 했다.

"친애하는 애국시민 여러분! 6월 25일 새벽을 기해 남침한 공산군을 우리 국군은 격퇴하고 추격전을 펼치고 있습니다. 애국시민 여러분은 추호의 동요되심이 없이 각자의 생업에 복귀하여주시기 바랍니다. 다시 한 번 알려드립니다. 애국시민 여러분!"

"저 새끼들은 국군이야, 공산군이야?"

"시민들이 빨리 피난을 가야 우리 국군이 마음대로 시가지 작전을 하지 시민들 피나 못 가게 저러 방송하고 서울이 공산구에 포위되면 어떻게 하려고 저 지랄이야?"

"씨팔……."

"병신들, 우리가 탱크가 있어 포가 제대로 있어?"

"야, 총도 모자란다. 전방서 후퇴하여 여기 미아리 고개까지 왔는데, 공산군을 추격한다고 거짓 방송을 하니……."

"국방장관 그 새끼는 각하! 명령만 내리시면 평양에서 점심을 먹고 신의주에서 저녁을 먹는다고 하고 어디로 도망갔어?"

"야, 그만 해라. 여기서 우리 싸우다 죽고 다음 생에 태어나면 권력 있는 집안 자식으로 태어나자?"

미아리 지역에 여기저기 '쿵!', '쾅!' 산발적으로 적의 포탄이 떨어지고 있었다. 500여 명의 지원군이 와서 미아리 고개 방어진지 구축은 빨리 구축되었다.

미아리 고개 약수터에 피난을 안 간 시민들이 약수터에 물을 뜨러

왔다. 아버지도 모처럼의 휴식을 하면서 약수터 시민과 담소를 했다. 시민들은 주머니에 넣고 온 주먹밥을 군인들에게 주고 갔다. 선무방송을 하는 지프차가 지나갔다. 여전히 애국시민으로 시작해서 국군의 반격이 시작되었다는 내용이었다. 다른 선무방송 차량이 왔다. 미군의 B-29폭격기 편대가 평양과 원산을 폭격하기 위해 태평양을 건너 동해 상공을 지나고 있다고 했다. 약수터에 나온 시민들이 박수를 쳤다. 만세를 불렀다. 하지만 미아리 북방에서 대포소리가 다시 들렸다. 약수터 시민들은 순식간에 흩어져 내려갔다.

라디오 방송으로 아나운서의 비장한 목소리가 흘러나왔다.

"맥아더 군사령부가 한국군을 돕기 위하여 작전본부를 한국에 두기로 결정했습니다. 애국시민 여러분! 우리 국군과 미군이 공산군을 곧 퇴각시킬 것입니다."

그런 방송이 나올 때 어디서 숨었다가 나타났는지 좌익청년들이 서대문 형무소를 습격했다. 문을 부쉈다. 좌익청년들은 죄수들을 풀었다. 카빈총 끝에 붉은 천을 달고 반동분자들을 색출한다고 시내를 누비고 있었다. 서울에 T-34전차가 나타났다. 인민군 서울 입성 대회가 열렸다. 노인, 아이, 부녀자들은 큰 도로변에 집결해 인민군 탱크와 도보부대가 지나갈 때 박수와 만세를 부르도록 사전 교육을 시켰다. 어디선가 지프차에 확성기를 부착한 선무 방송이 들려왔다.

"남조선, 서울시민 여러분! 미제의 압제에서 이제 우리 민족은 해방되었습니다. 위풍당당한 탱크와 인민해방군이 지나는 길의 '애국시민 여러분 만세'와 '김일성 장군 만세'를 외쳐주기 바랍니다."

서울 시내 큰 도로에는 '김일성 장군 만세'라는 현수막이 걸렸다. 그리고 '인민 공화국 만세'라는 삐라가 뿌려졌다. 서울이 온통 붉은 깃발로 넘쳐났다. 어디서 나타났는지 여맹원(女盟員)이 '김일성 장군 만세' 선창을 하면 시민들은 '김일성 장군 만세'를 복창을 하고 있었다. 여맹뿐만 아니라 빨강 완장을 두른 청년단이 여기저기 골목을 누비고 있었다.

길거리에는 '조선인민보'와 '해방일보'의 호외가 뿌려졌다. 신문은 김일성의 대형 사진과 함께 '미제국주의 압제에서 남조선을 해방하였다'라는 제목의 기사가 헤드라인을 장식했다. 3일 만에 서울을 해방한 것은 감격이라고 표현했다.

김일성 사진과 스탈린 사진을 나란히 실은 유인물이 공산군이 점령한 남한 지역에 뿌려졌다. 표어는 김일성과 소련을 찬양하는 내용들이었다.

'조선인민의 경애하는 수령이시며 민족의 영웅이신 내각수상 김일성 장군 만세!'

'진정한 인민정권 기관인 인민위원회 만세!'

'서울시 전체 남녀 공민들이여! 조선인민들의 가장 우수한 아들 딸들인 인민군을 힘을 합하여 도와주자!'

김일성에게 보내는 감사의 편지, 충성의 편지가 쇄도했다. 민족해방전쟁이 끝나면 군사재판에 회부될 민족반역자의 명단이 소개되었다. 이승만, 이범석, 김성수, 신성모, 조병옥, 백욱, 윤치영, 신흥우, 신익희, 장면 등이었다.

서울시 임시인민위원회는 과거에는 조선민주주의인민공화국 주권에 적대행동을 한 자라도 지금 과거의 죄과를 청산하고 조선민주주의 인민공화국 정책을 적극 지지하고 조국통일 성업에 진심으로 동참하려고 하는 자들은 모두 자수청원서를 제출하라고 했다. 이번 자수청원서를 제출하는 자들은 과거의 죄가 아무리 커도 다 용서한다고 했다.

제일 먼저 자수청원서를 제출한 사람은 송호성(宋虎聲)이었다. 송호성은 선무방송을 통해 "나는 국군 2사단장을 지냈고 호국군의 총사령이었습니다. 인민군대가 인민의 이익을 철저히 옹호하는 군대라는 것과 인민정권은 조선인민을 위한 정권이라는 것을 똑똑히 알게 되었습니다. 3천만 동포 여러분! 인민군을 나처럼 도와 총부리를 인민의 원수 미제와 매국노 이승만 괴뢰도당을 타도합시다!'라는 내용의 선무방송을 했다.

송호성의 자수에 이어 안재홍(安在鴻)이 나타났다.

"나는 미 군정시기에 군정장관을 지냈습니다! 나는 미제의 주구였습니다! 오직 미제의 침략적 야망의 도구로 이용된 것을 진실로 뉘우치고 고백합니다. 우리 모두 조국 해방 전선에 동참합시다!"

1950년 9월 15일 맥아더 장군은 인천상륙작전을 감행했다. 이 작전으로 밀리던 6.25전쟁에서 역전의 발판을 마련했다. 인천상륙작전이 극비리에 추진되었다고는 하나 화석처럼 굳어버린 인천자유공원의 맥아더 장군 동상처럼 굳은 화석을 깨버리는 한마디 말을 하자면 인천상륙작전은 기습이 아니었다.

  이 작전은 미국이 보존기간이 끝난 비밀을 해제한 문건에 보면 이미 미국은 한국에서 전쟁이 발발할 시에는 한반도의 어느 정도까지는 후퇴했다가 인천 정도에서 상륙을 하여 이미 남하할 만큼 남하한 공산군을 쌀자루에 담아 버리듯이 포위작전을 미리 수립했던 것이다. 일방적으로 밀리던 국군이 유엔군의 '인천상륙작전'과 공군의 우세를 앞세워 연합군이 북진을 하는 계기를 마련했다. 낙동강까지 전진한 북한군의 선두는 인천상륙 작전과 수도 서울의 탈환으로 후방 보급로가 차단되었다.

  아버지는 미아리 전투에서 인민군의 포로가 되었다. 처음에는 포로였는데 의용군 자원입대 원서를 쓰고 인민군대의 포탄 운반과 장전을 도와주는 탄약수가 되었다.

  그리고 인민군 복장과 포탄을 들고 있는 상태에서 또다시 국군의 포로가 되었다. 포로수용소로 이송이 되고 포로 심문과정에서 '나는 원래 국군이었다. 국군 이전에는 일본군 징용으로 만주에서 관동군의 일원으로 소련과 싸웠다. 일본이 패망하고 나는 일본군으로 분류되어 시베리아로 잡혀가 포로로 강제 노역도 했다. 고향에서 농사를 짓다가 군대 소집 영장이 나와 입대를 했고 미아리 전투서 패하여 공산군의 포로가 되었다. 총구를 들이대고 의용군 입대 원서를 강요해서 원서를 쓰고 탄약 운반을 하다가 국군의 포로가 되었다.'라고 진술했다.

1953년 7월 27일 휴전이 되었다.

얼마 후 아버지는 거제도 포로수용소에서 풀려나 고향 땅 강원도 횡성군 청일면 유동리 775번지서 농사를 지었다.

아버지는 농사를 지으면서도 자식의 교육에 대해서 남다른 집념이 있었다. 촌에서 공부 잘 해봐야 도시로 가면 중간 정도도 힘들다고 나를 일찍 초등학교 6학년 때 서울로 위장전학을 시켰다. 정말 청일초등학교에서 1등 하던 내가 서울 XX초등학교에 전학을 해서 첫 시험이 77명 중에 35등을 했다.

아버지는 술만 드시면 내 청춘은 3벌의 군복에 흘러갔다고 한탄하셨다. 처음은 일본군 군복 다음은 우리 국군의 군복, 마지막은 공산의용군 군복을 입었다. 아버지는 의용군 군복을 소지한 것만으로도 중앙정보부에 잡혀갈 시절에도 3벌의 군복을 꼭꼭 숨겨두셨다. 그 군복은 집안 장롱이 아닌 소를 키우는 축사 건초를 저장하는 천장에 3벌의 군복을 삼베 보자기로 싸고 겉을 볏짚으로 싸서 완전히 나와 아버지 이 외는 찾을 수 없게 숨겼다.

장남이기에 아버지가 나에게만 가르쳐주었다. 그때가 횡성서 서울로 전학을 가기 하루 전날일 197X년 3월 4일이다. 전학 수속을 다 마친 아버지는 서울 가면 여기 횡성서처럼 공부하면 중간도 간한다. 정신일도 하사불성(精神一到 何事不成)이라고 했다. 집중해서 열심히 공부하고 서울로 공부하러 가면 내가 죽을 때나 고향을 온다는 각오로 공부면 공부 일이면 일을 해야 한다.

'이건 네 동생들과 엄마에게도 비밀이다. 내가 죽으면 내 관에 3벌의 군복을 함께 넣어 다오.'하시면서 아버지는 군복이 있는 장소를 나를 데리고 갔다.

외양간 옆 농기구 걸어두는 헛간으로 갔다. 비스듬하게 사다리가 놓여있다. 사다리를 오르니 대들보 끝에 삼배 보자기로 세 벌의 군복이 싸여있었다. 세 벌은 '관동군 군복, 국군 군복, 의용군 군복'이었다.

197X년 고 3이었다. 고향에서 아버지가 땅을 야금야금 팔아서 서울 생활과 학비를 조달하는 것을 알고는 국비로 공부하는 육군사관학교에 시험을 봤다. 198X 대학입시를 19XX년 가을에 육군사관학교 3X기 국어, 영어, 수학 필기시험을 봤다. 필기시험에 합격하고 예비고사 성적도 합격자의 평균 점수를 넘는 점수를 받았다.

그런데, 3차 신원조회라는 것이 있었다. 청일면 지서장이 아버지를 불렀다.

"함재석씨 아들 근호 학생 공부 잘해요?"

"잘하지요. 청일서도 항상 1등만 하다 전학시켰는데, 전교 10등 안에는 들어요."

"그러시면 서울대학교를 보내지 왜 육사를 보내셨어요?"

"아니, 육사 안 보냈어, 서울대학교 갈 겁니다."

"에이, 어르신 어제 원주에 있는 보안부대서 간부 한 명이 다녀갔어요. 우리 집안이 보안 분야에 뭐 잘못 한 것이 없는데, 간부가 나타나 얼마나 걱정했는지 몰라요. 알고 보니 어르신 자제가 공군사관학교 필기시험, 예비고사 점수 다 이상이 없어서 신원조회 차 왔는데 모르게 갈 수도 있으나 그 대위 보기에 점수가 좋은데 신원조회 안 되니 혹시 공사 하나만 바라보고 본고사 준비 안 하면 성적 좋은 학생이 낙방한다고 미리 일반대학 본고사 준비시키라고 알려주라고 해서 이렇게 찾아뵌 것입니다."

"그놈, 고집이 내가 육사나 해사나 공사는 절대로 애비 의용군 전력 때문에 신원조회 보는 곳은 안 된다고 일렀거늘……."

"그러니, 어르신 아드님 기분 나쁘지 않게 본고사 준비 잘 시키세요."

"고맙습니다."

"뭐요, 다 아드님이 공부 잘하니 다들 옆에서 도와주려고 하는 거 아닙니까?"

"사실 보안부대 간부에게 어르신 젊은 시절 새마을지도자도 했고, 청일면 발전 위해 기부도 많이 하고 좋은 분이라고 어필했는데, 그 대위 말이 이미 의용군 자원입대 기록이 있어 장교는 절대로 안 된다고……."

"그렇죠. 그럼 뭐 점심 잘 먹었습니다. 안녕히 계시오."

"네, 조심해 넘어가세요."

S대만 응시하다 안 되어 고졸학력으로 눈물겨운 사회생활을 했다. 처음에는 아버지가 보내준 돈으로 먹고 지내면서 아버지에게 서울 신촌 대학에 다닌다고 편지를 했다. 재수를 했으나 S대학교에 또 떨어졌다. 그러다 전두환정권시절 입영 나이를 줄이는 바람에 삼수(三

修) 중에 군대를 갔다.

제대하여 다시 대학시험에 응시해봤으나 머리도 굳고 시험방식도 차이가 나서 좋은 점수를 받을 수 없었다. 대학을 포기하고 작은 회사를 전전하다 건설 일용직 근로자가 되었다. 강원도 화천에서 건설 일용직 근로자로 일하던 중에 아버지의 부음을 들었다.

숨겨둔 군복을 헛간 지붕 아래 사다리를 타고 올라가서 찾아 관에 넣었다.

* 빽과 돈으로 병역미필자가 득실거리는 나라에서, 묵묵히 만기전역한 분들에게 이 글을 바칩니다.

기미정란
己未靖難

기미정란(己未靖難)

"각하! 시해사건을 조사하는 과정에서, 육군참모총장이 관련 있는 혐의를 새롭게 발견했습니다. 정승화 총장을 연행조사를 재가해주시기 바랍니다."

"현재는 비상계엄 중입니다. 계엄사령관의 연행은 중대사안인 만큼 국방부장관의 보고를 들어 신중히 처리할 것이니 장관을 오라고 하시오."

"각하! 윤필용 사건 때에도 장관 배석 없이 재가하셨습니다."

"비상계엄 상황이고 계엄사령관을 겸직하고 있는 총장의 연행은 신중해야 됩니다."

접견실 밖에서 서성거리던 김성덕 중령이 보안사령관에게 귓속말로 육군참모총장을 연행과정에서 우 대령이 부상을 당했지만 연행은 성공했다고 보고했다. 보안사령관이 대통령에게 정 총장은 이미 연행되어 조사실로 이동 중입니다. 재가하셔야 한다고 했다.

최규하 대통령은 검은 안경테를 만지면서 어눌한 소리로 장관을 배석시키라고 재차 강조했다. 공관에서 마냥 시간을 끌 수 없던 전두환 보안사령관은 경복궁으로 돌아갔다.

육군참모총장은 공관 2층 거실에서 식사를 마치고 외출준비를 했다. 군복 대신 간편복을 입고 나서려는데 전속부관이 보안사 정보처장이 들어온다고 보고했다. 낮에 육군참모 총장실에서 그를 만났을 때는 말이 없었는데 무슨 일이지 생각하는 순간 허 대령과 우 대령이 '충성! 총장님을 모시러 왔습니다.'라고 했다.

"야, 계엄사령관을 수사하려면 대통령 재가가 필요한 거 알아?"

"네, 저희 사령관께서 삼청동 결재를 받았다고 연락을 받고 나왔습니다."

"부관! 당장 전화 연결해봐? 국방부장관이나 대통령을 연결해!"

"알겠습니다."

전화를 연결하려 했으나 국방부장관은 행방을 알 수 없고 공관에는 전화가 불통이었다. 그 사이 두 대령이 정 총장의 양팔을 끼고 공관 밖으로 나왔다. 공관에서 총격전으로 우 대령이 쓰러졌다. 우 대령을 대신해서 김 소령이 허 대령과 참모총장을 차에 태웠다. 서빙고 분실로 향했다. 조사관은 백지에다 그날 일을 적으라고 했다.

"야, 이놈들아 너희가 고문을 하려거든 나를 육군참모총장에서 사표를 낸 다음에 고문을 해야지 난 참모총장으로 고문 받을 수 없다!"

"아직도 참모총장인 줄 아나? 넌 이미 끝났어! 범인은 사형이고 넌 최소한 무기야!"

수사관들은 '대통령 시해에 무슨 밀약을 했는가?'에 대하여 쓰라고

기미정란(己未靖亂) · 119

했다. 일단 '시해하고 계엄을 선포하고 당신이 계엄사령관이 되면 계엄사령부를 혁명위원회로 바꾸려하지 않았느냐?'고 했다.

경복궁으로 돌아온 전두환 보안사령관은 모여 있는 장성들에게 대통령이 참모총장 연행문건에 국방부장관을 배석을 시키라고 하면서 결재를 미룬다고 털어놓았다.

황환택 중장이 입을 열었다.

"마냥 국방부장관을 기다릴 수 없으니 집단으로 정 총장 연행 재가를 요구하고 만약에 안 될 경우에는 육군본부 지휘계통을 제압해서 사태를 해결합시다."

"예, 맞습니다. 우리 모두 삼청동 공관으로 갑시다."

"그럽시다!"

밤 9시 30분에 합동수사본부장과 장군 6명이 공관으로 왔다. 대통령에 추대되었어도 과도정부이고 국민투표로 대통령이 탄생되면 청와대에서 살게 하려고 청와대는 집무실만 쓰고 출퇴근을 총리 공관으로 했다. 공관에서 6명 장군들이 참모총장의 연행 재가를 요구했으나 국방장관을 배석시키라고 되풀이 했다. 밤은 깊어 11시가 되었다. 황 중장은 재가 지연은 전쟁을 부를지도 모른다고 불경한 말을 했다. 치밀어 오르는 분을 억지로 참았다. 밤 11시가 넘어서 국방부장관이 합동수사본부장과 통화를 했다.

"장관님, 총장 연행조사 문건에 장관결재를 받고 보고하라는데 오셔 결재하셔야겠습니다."

"아니요, 국방부장관실에서 자세한 설명을 듣고 결재를 받아야지

각하 앞에서 설명을 들을 수는 없는 일이오."

"그러시면 보안사로 오십시오. 보안사로 가겠습니다."

사태가 정상적인 방법으로 처리할 수 없게 흘러가는 것을 감지한 보안사령관은 제1공수여단장에게 부대를 출동하여 국방부와 육군본부를 점령하고 노재현 국방부장관을 보안사로 연행해오라고 지시를 했다.

국방부 보안부대장 문상옥 대령에게는 1공수여단이 국방부 진입시에 국방부 경계 병력과 충돌이 생기지 않도록 국방부 당직사령에게 협조를 잘 하라고 지시했다.

공관에 6명의 장군들이 우르르 몰려와 참모총장 연행 조사 문건에 결재를 하라는 압박이 불쾌했지만 인내했다. 국방장관을 찾아서 배석하라는 말만 반복했다.

그날 육군참모총장이 궁정 안가에 간 것이 문제라면 바로 연행체포 조사를 했어야지, 이제야 연행조사를 한다는 것이 이상했지만 누구도 지적하지 못했다.

저녁 7시가 되어 육군참모총장 공관에서 총성이 나자 장관은 아내와 아들을 데리고 담을 넘어 단국대학교 체육관으로 피신했다. 합동참모본부 안광수 소장을 만나 그의 승용차로 여의도에 있는 샛강아파트에 아내와 아들을 임시 묵게 해달라는 부탁을 하고 육군본부 지하 벙커로 갔다. 자정이 넘도록 국방부장관은 보이질 않았다.

국무총리와 중앙정보부장 서리를 국방부로 보냈다. 국방부장관을 만나서 같이 총리공관으로 오라고 했다. 새벽 5시가 되어 국방부장관이 공관에 왔다. 사후 결재지만 결재를 하셔야 한다고 했다. 결재란에 서명을 하고 벽시계를 힐금 보고는 5시 10분이라고 명시했다. 대통령이 아무도 예측하지 못한 시기에 총탄에 가신 후에 대통령에 추대는 되었지만 빨리 무거운 짐을 벗고 싶었다.

아무리 유신헌법이라 해도 국민 대다수가 대통령을 내 손으로 직접투표로 하고 싶은 것을 알고 있었기에 헌법이 국회서 새로 만들어지고 그에 따라 선출되면 자리를 물려줄 것으로 예상했다. 국가의 일은 나의 계획처럼 되지 않았다.

보안사 분실에서 고문을 당하면서 조서를 쓰고 다시 쓰고 반복을 한 그는 조사관들이 집요하게 정보부장과 작당해서 대통령을 시해한 것으로 몰고 갔다. 궁정 안가에서 중앙정보부로 가는 차를 육군본부로 가도록 한 것이 계엄을 선포하고 김재규 시해범을 보호할 목적이 아니냐고 따졌다. 보호했으면 저렇게 군법회의에 수감 되었겠냐고 반문했다.

그날 밤 결재요구를 결재 없이 돌려보내고 최 대통령은 가죽의자에 목을 뒤로 젖히고 눈을 감았다. 잠을 청한 것은 아니다. 그냥 눈을 감고 싶었다. 머릿속으로 한 장면이 지나갔다.

계유정난(癸酉靖難)이었다.

수양대군이 심복을 대동하고 김종서 대감 집을 향했다.
"이리 오너라!"
부르는 소리에 하인이 나와 인사를 하고 수양대군이 찾아왔다고 기별을 고하자, 김종서 대감과 아들이 나왔다. 그리고 수양대군 심복의 칼에 김종서 부자는 목숨을 잃었다.

이 밤 국방부장관의 심정이 김종서 심정일까? 인생을 살만큼 살아 한 목숨 버려도 아깝지 않은 이 나이에 이 밤이 이렇게 먹먹한 밤이 될까? 유신을 종식시키는 것에 한 목숨 버린다고 한 범인이 오히려 부럽게 느껴지는 순간이다.

자신이 그 입장이라면 거행할 수 있었을까? 범인이 대법원에서 사형선고를 받으면 감형을 시켜야 하나? 사형을 바로 집행해야 하나? 지금이야 그가 천하 역적 못된 놈이지만 이 나라 유신독재 종식을 위해서 이런 방식으로 종언을 고하지 않으면 유신은 정말 백수(白壽)까지 갈 것이다.

얼마 전 부산 마산에서의 시위가 전국적으로 퍼져갈 것이고, 그놈 차지철 말대로 탱크로 300만 명을 깔아버릴 것을 생각하면 할수록 끔찍하다. 감히 적절한 시기에 잘 했다고 할 수 있겠는가? 어떻게 나라가 되었을까? 생각할수록 끔찍하다.

김재규가 한 일이 잘한 일일까?

계유정난(癸酉靖難)에 임금은 어떻게 그 밤을 보냈을까? 그날도 이 밤처럼 먹먹했을까? 13세 어린 나이에 등극한 임금, 국정을 수행하기에 너무 나약한 인간이 그날 밤을 지금 나처럼 눈을 감고 무겁게 보냈을까? 아주 짧은 순간이었지만 수양대군과 보안사령관 환영이 파노라마처럼 지나갔다. 김종서 대감과 국방부장관의 얼굴이 겹쳐 멀어진다. 눈을 떴다. 꿈도 아니고 잠시 지나간 망상이었다. 망상으로 치부하기에는 이 순간 이 먹먹함이 닮아도 너무 닮았다.

역사적으로 국난이 생겼을 때 판단의 기준은 무엇인가?

헌법에는 국가의 위험이 있을 때 안전보장 회의를 소집한다고 명시되었다. 이 밤에 '국방부장관 행방이 오리무중인데 안전보장회의를 소집한들 몇 명이 소집될 것인가?'라는 의문이 들었다. 계엄이 선포된 상태에서 계엄사령관을 결재도 안 받고 체포하는 무법천지에 공자님 또는 부처님이 국군통수권자라고 해도 진정이 될 수 없는 상태였다.

대통령이 국방부장관을 불러 체포한 참모총장을 풀어서 원위치하라고 명령한다면 어떻게 될 것인가? 완전히 나라가 내란의 소용돌이에 빠질 것이다. 그렇다면 참모총장 연행조사 문건결재를 하는 순간 모든 책임은 내게로 전이된다.

둘이 공모한 정황이 있다면 제대로 처리될 것이지만 공모관계가 아니라면 후세 역사가들이 비겁한 대통령으로 평가할 것이다. 긴박한 시국에 장관은 어디에서 무엇을 하고 있기에 자정이 되어도 오지 못하는 것일까? 김종서 대감처럼 이미 죽여 놓고 나에게 결재를 강요하는 것은 아닌지? 별별 망상이 떠올랐다. 국방부장관이 자정이 넘도록 총리공관으로 오지 않아서 국무총리와 중앙정보부장 서리를 국방부에 보냈다.

국방부장관을 만나거든 함께 공관으로 오라고 했다. 새벽 5시가 되어 공관에 나타난 국방부장관이 참모총장 연행조사문건에 자신이 협조 서명을 하고 나에게 사후지만 결재를 하셔야 합니다. 서명을 받자 급히 결재서류를 들고 나갔다.

대통령으로 추대되었지만 유신헌법을 폐기하고 새로운 헌법으로 국민이 직접투표로 대통령을 선출하면 물려주고 횡성 태종대 옆 가경 선생에게 가고 싶었다.

시간적 여유가 있다면 가경서당 출신이 대통령까지 지낸 일련의 이야기를 써서 후세 사가들에게 연구에 보탬이 되고 싶었다. 태종대 옆에는 가경 선생이 살고 있다.

어린 시절의 한 친구는 신학문을 거부하고 한학만 공부했다. 그는 중학생 나이에 사서삼경을 마치고 원천석 이야기와 정도전, 정몽주 이야기를 했었다. 태종은 왕자 시절에 각림사(覺林寺)에서 공부를 했다. 지금은 각림사가 기와조각 하나 남은 것이 없지만 조선초기에는 학승도 많았던 절이다. 방원은 왕자시절 원천석의 가르침을 받았다. 불교가 득세하던 시기에 원천석은 유학의 대가였다.

방원에게 인의예지신(仁義禮知信)을 五常이라고 하는데 그것은 의(義)하나에 귀결된다고 가르쳤다. 중용의 도라고 하면서 그것이 중간쯤 어디에 있다고 생각하는 엉터리 유생들이 수두룩하다고 개탄했다.

"방원은 들어라. 네가 의(義)에 살고 의(義)에 죽으려거든 제자가 되고 그럴 생각 없이 적당히 세상에 타협하고 좋은 것이 좋다고 눈치껏 살려거든 공부랑 생각을 말고 한양으로 돌아가라."

"아닙니다. 스승님 저를 잘 지도해주십시오. 스승님의 가르침을 실천하는 제자가 되겠습니다. 의에 살고 의에 죽겠습니다. 구차하게 목숨을 길게 사느니 목숨 걸고 싸울 때는 싸우고 저의 뜻을 펴 보겠습니다."

그 답을 듣고서야 천석은 소학, 논어, 맹자, 대학, 중용을 가르쳤다.

세월이 지나 절에서 공부를 마치고 방원은 왕자의 난을 평정하고 태종이 되었다. 배움의 시기에 의(義)에 대해서 인의예지신이 별개의 것이 아니고 의(義) 속에 인의예지(仁義禮智)가 다 들어있음을 알려주신 스승을 조정으로 모시고 싶었다.

태종 수레가 원주 감영에서 강릉 가는 길을 따라 안흥을 경유하여 각림으로 들어왔다.

주천강 강변을 따라 송실을 지나 강 상류로 가다가 빨래하는 노파를 발견했다. 노파에게 "나를 찾아오는 사람들이 '앞에 가던 선비가 어디로 갔느냐?'고 물으면 우측으로 돌아갔다고 말해주시오."라고 부탁을 하고 바위로 올라갔다. 뒤에 수레를 타고 오는 사람들이 노파에게 앞에 지나간 선비가 어느 쪽으로 갔느냐? 물었다. 노파는 우측으로 갔다고 말했다.

제자가 임금이 되어 스승을 찾아왔으나 노파의 거짓말로 만나지 못하고 수레가 덜컹거리고 넘어갔다. 노파는 태종의 수레가 지나가는 것을 보고 기겁을 했다. 일반 관리의 수레로 생각했는데 용이 그려진 임금의 수레였다. 앞서 간 선비는 좌로 갔는데 자신의 말로 수레가 우로 가는 것을 보고 임금에게 거짓말을 했으니 죽음을 면할 수 없다고 빨래를 하다 말고 물에 빠져 자진했다.

물 맑고 깨끗한 횡성 태종대 옆에서 회고록이나 쓰고 노년을 보낼 계획이 이 먹먹한 밤, 기미정란으로 모든 것이 사라졌다.

보안사 서빙고 분실로 총장이 끌려갔다. 수사관들이 몽둥이로 엉덩이와 목을 때렸다. 공모한 사실을 쓰라는 것이었다. 결재도 없이 체포하고 사후 결재를 한 이후 무력감에 빠졌다.

국방부장관이 군 인사 서류를 가지고 와도 사실은 보안사 부하들이 만들어준 것을 그대로 시행하는 것이 눈에 보였다. 사태가 진압된 이후는 공직자들이 노골적으로 그자에게 잘 보이려고 애쓰는 것이 눈에 보였다. 이들이 천자문이나 똑바로 읽고 공직을 수행하나? 인의예지신(仁義禮知信)이 별개의 것이 아니고 하나의 도(道)라는 것을 아는 공직자가 몇이나 되려나?

국가 보위 비상대책 위원회라는 것을 만들어서 부처장관이 있어도 장관은 허수아비가 되었다. 비상대책 위원회의 기안이 정부정책이 되었다.

최 대통령이 비서실장이 만들어준 유시를 발표했.

"지금 우리나라가 처한 난국을 극복하고 국가 보위에 만전을 기하기 위해 선포된 전국 비상계엄 하에서, 내각과 계엄 당국 간의 협조체제를 긴밀히 유지하기 위해서 <국가보위비상대책위원회>를 설치하게 된 것을 매우 뜻깊은 일입니다. 우리는 지난해의 10·26사태 이후 대내외로 어려운 상황에 직면하였으나, 그간 축적된 국력을 바탕으로 한 대다수 국민의 이해와 협조로 질서와 안정을 유지하면서 여러 난제를 하나하나 착실하게 해결할 수 있었습니다. 정부는 국가의 안전보장을 강화하고 사회 안정과 질서를 유지하면서, 국민 생활의 안정과 경제의 지속적 성장을 기하는 한편으로 질서정연하고 착실한 정치발전 등을 올해 시정목표로 설정하고 국정 전반에 걸쳐 이 목표 달성을 위한 노력을 경주하여 왔습니다.

근래 사회 일각에서는 시국의 중대성을 외면한 채 사회불안과 혼란을 야기하는 언동을 일삼는가 하면 현실 정치문제에 관여하기 시작한 학생들의 시위가 점차 격화되어 마침내 공공의 안녕질서를 파괴하고 사회불안을 조성하는 집단적인 가두시위로 확대되었습니다.

특히 이번 사태는 그 원인이야 어떻든 결과적으로 국법질서를 문란하고, 국기마저 위태롭게 하는 위험성을 내포한 중대한 사태입니다. 불행 중 다행으로 대다수 선량한 광주시민들의 자제와 우리 군의 인내성 있는 대처로 사태가 일단 수습되었다. 사태의 불행을 깊이 자성하여 이를 전화위복의 전기로 삼아, 관용과 호양으로 화합단결함으로써 공공의 안녕질서를 회복하고 사회 안정을 이룩하는데 상호 협력해야 되겠습니다.

5월 17일 학생들의 가두시위와 소요 사태 악화로 공공의 안녕질서가 파괴되는 심각한 상황에서 국가를 보위하고 국민의 생존권을 수호해야할 정부의 책임을 다하기 위해 지역 계엄을 전국계엄으로 전환 선포하였습니다. 안전보장 태세의 강화와 국가 보위를 위해서는 물론, 국민 생활의 안정과 경제난의 타개를 위해서도 공공질서의 유지와 사회의 안정이 긴요함은 더 말할 나위도 없습니다. 정치발전도 국법질서 유지와 사회 안정의 바탕 위에서만 추진될 수 있다. 대통령으로서, 또한 국군통수권자로서 헌법에 명시된 바 국가보위의 책임을 완수하고 국민의 생명과 재산을 보호하기 위해 헌법과 관계 법령에 입각하여 대통령자문 보좌기구로 <국가보위비상대책위원회>를 설치한 것입니다.

대책위원 여러분은 이러한 나의 뜻과 여러분에게 부가된 사명을 깊이 인식하여 군·관·민이 한 덩어리가 되어 질서와 안정 속에 난국을 극복하고 지속적인 국가발전을 이룩할 수 있도록 애국심과 슬기를 발휘해 주기를 당부합니다.

지금이야말로 우리가 장구한 역사를 통하여 수많은 국난을 겪으면서도 민족사의 정통성을 연면히 수호 발전시켜 온 우리 조상들과 선배들의 애국 애족의 정신을 일깨워 애국심과 단합된 힘을 발휘할 때입니다. 대책위원 여러분은 당면한 비상시국에 임하여 헌신의 각오로 사를 버리고 공을 위해 맡은 바 임무를 완수해주기 바랍니다."

어려운 경제 사정 속에 국민 생활의 안정에 힘을 기울이는 한편, 국민이 원하는 바가 어디에 있는가를 헤아려 행정 전반과 계엄 업무 수행에 반영되도록 노력하여 지속적인 국가발전에 기여해야 할 것이다. 국가보위비상대책위원회의 제1차 회의에 즈음하여, 나는 무엇보다도 공공질서 유지와 사회 안정의 중요성을 거듭 강조하면서, 모두가 국가를 보위하고, 3천 7백만 국민의 생존권을 수호하는 데 합심 노력할 것을 대책위원들과 함께 다짐하고자 한다는 내용으로 유시를 했다.

서빙고 분실에 연행되어 조사를 받는 참모총장은 고문실에 들어가 철제 의자에 결박당했다. 조사관이 몽둥이로 구타를 했다.

"이 자식, 공모했지? 다 알고 있으니 거짓말 말고 진술해!"

"공모했으면 김이 체포되게 했겠는가?"

"김을 체포하는 데 미온적 태도를 취한 이유가 뭐야?"

"……."

총장이 묵비권을 행사하자 얼굴에 물수건을 씌우고 주전자로 수건에 물을 부었다. 그는 숨이 막혔고, 즉시 실신했다. 거사 공모 자백을 받아내지 못하자 조사관은 김에게서 돈을 얼마나 받았는지 물으며 금전 문제로 선회했다.

그는 국방부장관과 나를 원망했을 지도 모른다. 나는 군대에서 장교생활을 안 해봐서 그렇다고 치자 국방장관은 장군을 지낸 사람이 그렇게 상황판단을 못하나 섭섭한 마음을 금할 수 없다. 역사적으로 봐도 쿠데타를 일으키는 쪽과 막는 쪽의 무력의 힘은 정신적 태도에서부터 다르다. 쿠데타를 하는 쪽은 성공하면 다행이고, 실패는 죽음이고 역적이기에 목숨을 걸고 하는 것이고 진압하는 쪽은 목숨 걸고 하다가 쿠데타가 성공하는 날에는 반혁명분자로 낙인 찍혀 교도소에 가게 된다.

5.16군사반란에서 이미 경험했다. 5.16을 혁명이라고 배운 장교들

이니 기미정란도 성공하면 기미혁명(己未革命)으로 둔갑할 것을 미리 염두에 두고 적극적인 진압을 하지 못한 것은 아닌지.

역사적으로 쿠데타를 목숨 바쳐 저지한 사례도 있다. 스페인 왕국에서 안토니오 중령이 중무장 병력 140여 명을 이끌고 군사쿠데타를 일으켜 국회의사당을 점령했다. 국왕은 '나를 죽여라!'라 외치며 쿠데타 병력 앞에 나갔다. 국방장관이 '무엄하다. 지금 당장 철수하라!'라고 호통치며 명령을 내려 마침내 반란군을 굴복시켰다.

칠레의 아옌데 정부에 대하여 피노체트의 쿠데타가 있었다. 자유선거를 통해서 수립된 세계 최초의 사회주의정권의 아옌데 대통령을 피노체트 쿠데타군이 대통령궁을 공격해 오자 대통령 스스로가 기관총을 들고 용감하게 싸우다가 장렬한 죽임을 당했다. 조선 땅에는 피노체트가 없었다.

사전 모의를 했다면 시해 후 곧바로 계엄사령부 간판을 혁명위원회 간판으로 바꿀 것이지 순리대로 통일주체국민회의에서 나를 대통령으로 추대할 이유가 없었을 것이다.

서빙고 분실에서 고문을 당하면서도 공모를 부인하자 이상화 중령이 찾아와 조사관들이 하라는 대로 협조하라고 회유했다. 역사의 죄인이 될 수 없다고 회유를 거부했다. 역사는 승자의 기록이라 기미정란을 참모총장을 연행 조사하는 과정에서 우발적으로 발생한 단순 사건이라고 하겠지만 세월이 40년 흐른 뒤에는 새로운 시각으로 평가될 것이다.

국방부장관은 공관에 도착하여 국무총리와 참모총장 연행과정에서 공관의 병력들과 국방부 병력 체포 병력 간에 총격사건이 있었다고 보고했다. 이미 참모총장이 재가 없이 연행되었으니 사후 조치로 재가하심이 타당하다고 해서 결재를 했다.

최 대통령은 서명 옆에 시간을 기록했다. 후세 사가들이 어떻게 평가할 지 두려웠다. 결재하는 만년필을 든 손이 부들부들 떨렸다.

5월 26일 사태가 진압된 후 이 두 명의 중령을 대동하고 청와대 집무실로 찾아왔다. 국가보위비상대책위원회 설치에 대한 보고였다.

"각하, 비상계엄을 전국으로 확대함에 따라 대통령의 통수 및 감독권이 대폭 추가되어 계엄업무를 관장하기 위해서는 별도의 자문 보좌 기관이 필요합니다."

"그 보좌기관이라는 것이 법적 절차에 타당한 것인가?"

"예, 계엄법 제9조와 정부조직법 제5조, 계엄법시행령 제7조에 따라 국가보위비상대책위원회를 꾸릴 수 있습니다."

"그럼, 시행할 수 잇도록 보고서를 준비하시오."

"예, 미리 준비하였습니다. 여기 서명만 하시면 바로 시행하겠습니다."

서명하자 일사천리로 진행되었다. 대통령은 국보위의 의장이 되었고 16명의 당연직위원에는 국무총리, 부총리, 외무, 내무, 법무, 국방, 문교, 문공, 중앙정보부장, 대통령비서실장, 계엄사령관, 합참의장, 각 군 참모총장이 들어갔다.

대통령이 10인 이내로 명해서 총 26명이었다.

기미정란에 경복궁에 있었던 인원을 모아 '경복전우회'라는 친목모

임을 만들었다. 이 나라 최고 친목단체는 해병전우회, 고대교우회, 호남향우회 순이라고 하는데, 그 중간 어디에 경복궁전우회를 넣어야 할 판이다. 대통령으로 권위와 행정력을 펼 수가 없었다. 비서실장과 연설문 담당자에게 하야성명을 준비하도록 하고 휴가를 떠났다. 휴가를 마치고 하야성명을 낭독했다.

"친애하는 국민 여러분!
작년 10월 26일 국가원수의 돌연한 서거로 헌법이 정하는 바에 따라 대통령권한 대행의 중책을 맡게 되었습니다.
저는 제10대 대통령에 추대되어 국정의 최고 책임자로 대임을 완수해왔습니다. 국군통수권자로 국가적 난국에 대처하여 철통같은 방위태세로 북한공산집단의 무력도발을 억지해준 우리 국군장병여러분에게 노고를 높이 치하합니다. 작년 11월 10일자 '국가비상시국에 관한 특별 담화'를 통해 나의 소신을 천명하였듯이 비상시국에 국가보위와 국민의 생존과 공공질서 유지, 경제적 안정 성장을 기하면서도 헌법 개정과 선거를 포함한 시대적 요청을 밝혀왔습니다.
불행히도 정치발전을 추구한다는 명목으로 일부에서는 불법적인 시위와 선동이 야기되고 있습니다. 이제 나는 자연인으로 돌아가고 싶습니다. 국민 여러분은 내가 없더라도 현재의 국가적 안정 바탕위에 정치발전에 혼신의 힘을 기울여줄 것을 당부합니다.
국민 여러분!
오늘 대통령을 내려놓으면서 다시 한 번 국민 여러분에게 대립과 분열이 아닌 이해와 화합으로 대동단결하고, 불퇴전의 의지와 용기로 부강한 민주국가를 건설하여 대한민국의 민족사적 정통성에 입각한 나라로 만들 것을 간곡히 당부합니다.

끝으로 국민 여러분의 깊은 이해와 아낌없는 협조에 심심한 사의를 표하면서 우리 대한민국 앞날에 평화와 안정 그리고 영광과 융성이 함께하기를 기원합니다."

최 대통령은 연설을 마쳤다.

하야성명은 8월 16일에 낭독했지만 1년 전 12월 12일 나의 재가도 받기 전에 정승화 참모총장을 체포연행 명을 받아 합리화하는 순간 하야를 결심한 것이었다. 이미 물 컵을 엎고 나서 나보고 물을 다시 담으라면 담을 수 없는 노릇이다. 시기만 고르고 있었다.

먹먹한 밤에 결재서류를 들고 온 전두환보다 유, 황, 차 3명의 중장들이 보안사령관보다 더 얌통머리 없어 보였다. 3성 장군이면 2성 장군에게 상급자답게 정도의 길을 가라고 하급자를 나무라자는 못할망정 낮은 자에게 아첨이나 하고 엄연히 국방장관이 있음에도 불구하고 공관까지 찾아온 것은 두고두고 잊을 수 없다. 이들 장군들이 천자문이나 제대로 읽었는지, 인의예지신(仁義禮知信)을 아는 장군인가 물어보고 싶었다.

기미정란(己未靖難, 1979. 12. 12) 그날 새 울고 먹먹한 밤에 유배지에서 어린 임금이 지었다는 자규시(子規詩)가 떠올랐다.

최 대통령은 하야성명을 발표하고 덕산(德山) 선생 있는 곳으로 왔다. 횡성군 강림면 태종대 바로 옆 강림막국수가 선생 댁이다. 젊은 시절에 부곡, 강림, 안흥의 수재들을 모아 덕산 서당에서 사서삼경을 가르쳤으나 나이 들고 젊은이들이 한학을 배우려하지 않아서 서당 문을 닫았다. 생계를 위해 막국수를 하였고 지금은 아들 며느리가 가업을 이어갔다.

선생은 반갑게 맞이했다.

"천자문도 모르는 놈들에게 얼마나 수모를 많이 당했소? 이제 누추하지만 누구 하나 전화도청도 할 수 없는 이곳에서 하고 싶어도 못했던 말을 마음껏 하시게?"

"일단 밀주나 한 사발 주시오?"

"한 사발이 뭐야? 한 말이라도 드시게?"

선생은 촌에 살고 있지만 서울에서의 그 일을 손금 보듯이 다 알고 있었다.

"기미년이 참으로 이 나라 국운을 바꾸는 해는 해야. 일본이 미국의 원자탄으로 망했지만 이미 기미년의 조선의 인민들이 전국적으로 일어나서 기가 죽었어. 그 3.1혁명의 기운이 다시 기미년에 발현된 것일세, 일인혁명이야. 조선시대도 사육신 거사에 배신자가 생겨 실패했는데 혼자서 잘한 것이야 그걸 장군들 몇 몇 뜻을 모아 진행했으면 그중 한 놈 변절자 생겨서 일망타진되고 수포로 돌아갔을 지도 몰라. 혼자서 아니 그의 심복들 다섯 명이 함께 사형되었지만 성공은 성공이야. 이 나라에 민주화가 40년은 앞당겨질 걸세. 국민들이 그걸 이해하려면 50년은 걸리겠지만……."

"난 이해가 안 돼? 왜 3선만 하고 그만두었으면 두고두고 칭송받을 것을 헌법을 개정하면서 영구집권을 하였는지가……."

"신이 아닌데 신으로 착각했거나 추종자들이 교주로 생각해서 그렇게 된 거라고 생각해. 작은 조선 땅에 세 놈이 잘못 태어나 나라가 이 지경이 된 걸세. 북에는 김, 남에는 박 사이비 교주가 죽을 때까지 통치하고도 나라가 안 망한 특이한 나라지?"

"박정희의 희(熙)가 파자를 하면 신하 신(臣) 몸기(己) 불화(火)의 결합이라고 신하에게 화를 입을 이름이라는 말이 돌았었지요?"

"그거 다 죽은 다음에 호사가들이 지어낸 말이지. 해방 직후에 여운형 선생이 건국준비위원회 만들었을 때 남이나 북이나 지도급 인사들이 뜻을 모았으면 나라가 이 지경 안 되는데 세 놈 별종이 조선을 송두리째 망가뜨렸어."

"그 세 놈이? 두 놈은 김일성 김정일인데 한 놈은?"

"한 놈?"

"북이 두 놈이지만 그건 세습이라 한 놈으로 치고, 남이 이승만이하고 박정희야."

"이승만은 나라를 망하기 직전까지 왔지만, 박정희는 도탄에 빠진 무능한 정부를 구출한 거 아닌가요?"

"18년 장기 집권하고도 나라를 이 정도 밖에 못 만든 건 무능 중상 무능이야. 다른 나라는 수시로 국민투표로 집권당이 좌로 우로 바뀌어도 발전하지? 그걸 변동 없이 18년을 하고도 이 정도라는 것은 완전 대기업 위주로 밀실 정치로 부패하고 또 부패해서 그런 것일세."

"그럼 다음 정권은?"

"다음 정권도 천자문도 모르는 놈들이라 큰 기대 안 해. 제대로 민주가 뭔지 아는 인물이 40년 후에나 나오겠지……."

선생은 그놈들이 하야를 부추기더라도 꾹 참고 일단 유신헌법을 폐기하고 새 헌법을 만들고 나서 하야를 하지 그렇게 맥없이 물러나면 고향 선비 원천석에게 미안하지 않느냐고 했다.

밤새 주거니 받거니 대화를 하고 옥수수 밀주 일명 앉은뱅이 술을 마시다 보니 동이 텄다.

동이 트자 선생은 망태기를 둘러메고 집을 나섰다.

"같이 가세, 이 초막에서 나 혼자 심심하게 있느니……."

초막을 나오니 태종대 아래 시퍼런 물이 눈앞에 보였다.

"태종 일행에게 원천석 방향을 반대로 가르쳐 주고 노파가 얼마나 기겁을 했을까?"

"그렇다고 죽어?"

"안 죽으면 잡혀가 사형인데?"

"이래 죽으나 저래 죽으나 죽을 목숨 스스로 내가 살던 고향 물에 빠져 죽는 것이 감영에 잡혀가 죽음 당하는 일보다 좋았겠지?"

산으로 올라갔다. 선생은 곰취, 도라지, 수리취, 딸기 등 먹을 것을 잘도 찾았다.

"선생 눈에는 보이는데 내 눈에는 왜 안 보일까?"

"아직 서울 물이 안 빠져서 그래?"

"서울 물이 뭔데?"

"서울 물은 자연을 자연으로 안 보고 사람이 마음대로 개조할 수 있다고, 국민들을 섬김의 대상이 아니고 내가 지배하고 통치하면 통치하는 대로 된다는 착각을 여의도 놈들이나 청와대 놈이나 그 생각에서 빠져나와야 나라가 나라다운 나라가 되는데 이거 그런 생각 있는 사람은 제대로 듯을 펴보기도 전에 죽으니 나라가 어찌 되려는지……."

그렇게 대화를 나누다 보니 어느새 정상에 다다랐다. 산에서 저 멀리 수리네미를 보면서 절을 올린 원천석의 마음이 어떤 마음이었을까 상상했다. 내려오는데 날이 저물었다. 태종대 숲에서 새들이 울었다. 새 울음소리와 어둠이 밀려오자 그는 그날 밤 먹먹했던 밤이 떠올랐다. 선생이 한마디 했다.

"이 밤이 지나면 동트는 새벽이 오겠지."

* 최 대통령은 서명을 거부하고 반란군을 진압하라 명령하고 자진했어야 청사에 빛 날 것을…….(덕산 선생의 말씀)

누구는 너만 못해서

누구는 너만 못해서

사성전자(四星電子) 관리소장 우병욱이 채용되기 전에는 이석순 경비반장과 김종옥, 허남태 2명이 경비 근무를 했다. 이석순 경비반장은 주간에 매일 07:00에 출근을 해서 오후 6시 최재석 회장과 임원들이 퇴근하면 10분 정도 후에 퇴근하고 이후는 야간 경비 김종옥과 허남태가 하루하루 번갈아 야근을 했다. 그러던 것을 관리소장이 오면서 근무형태가 바뀌었다. 경비 2명이 24시간 맞교대 근무가 된 것이다. 관리소장이라는 직책으로 경비와 청소하는 아주머니 2명 전기기사까지 인원관리와 시설관리를 총괄했다.

짝수일 야간 근무하던 김종옥이 관리소장과 다투고 회사를 그만두었다. 그 빈자리에 한상훈이 신입으로 채용되었다. 상훈은 육군 소령에서 중령으로 진급에 3회 누락되자 만 45세가 되던 해 전역을 했다. 그날이 20XX년 5월 31일이다.

전역 후 7년 동안 그는 시흥사거리 대우인력과 남구로의 한성인력, 조은인력, 남부인력, 금호인력 등을 전전하며 건설일용직 근로자로 지냈다. 일거리가 있으면 서울, 경기, 인천은 물론이고 심지어 강원도, 제주도까지 일당만 떼이지 않는 곳이면 남극에 가서라도 일할 각오로 일했다.

강원도 화천의 뉴-칠성아파트 신축공사장에서 다리를 다쳤다. 대퇴부 골절로 전치 19주의 진단을 받고 병원에서 수술을 받고 재활 치료를 마쳤다. 지상 1층에서 지하 3층으로 3명이 동시에 떨어졌는데 목수 김씨는 철근 삐쭉 나온 것에 안전벨트가 걸려 119에 구조되었고, 박씨는 현장에서 즉사했으며, 상훈은 떨어진 곳에 보온재가 있어서 대퇴부 골절이 되고 목숨을 건졌다.

건설현장으로 복귀하기에는 왼쪽 다리가 저는 것이 표시가 나서 지하철 안국역 5번 출구 옆에 있는 '서울시 어르신 일자리 취업센터'에서 '신입경비 교육'을 받았다. 129,000원의 교육비를 납부하고 교육을 받았다. 교육을 마치고 난 후에야 알게 된 사실이지만 군인이나 경찰로 10년 이상 근무한 사람은 신입 경비 교육을 받지 않아도 경비를 할 수 있는데, 이미 돈은 냈고 교육을 시작한 이상 꾹 참고 교육을 받았다. 다 아는 내용이지만 강사가 뻔히 다 아는 내용을 말해도 아는 척 하지 않고, 고난도의 질문을 해도 다 알지만 답을 안하고 마쳤다. 세상은 아는 체 하는 사람은 화살을 맞는다는 것을 군대나 사회나 마찬가지라는 것을 군대 생활 21년 3개월과 목수 경력 7년 동안 터득하였다.

어느 곳에서나 교육은 필요하다. 다 아는 내용이라고 생각한 신입 경비 교육에서도 얻은 것은 많다. 특히 경비는 인사를 잘해야 살아

남는다는 것을 강사가 강조에 또 강조했다. 아파트부녀회장을 몰라보고 인사를 안 해서 해고된 경우 회사의 전직 임원을 몰라보고 인사는커녕 문전박대했다가 해고 된 경우 이래저래 해고된 사연을 들어보면 요즘 젊은이들 말로 웃기는데 슬프다는 뜻의 '웃프다'라고나 할까? 그런 말을 교육과정에서 수없이 들었다.

신입 경비 교육과정을 이수하자 수료증이 수여되었다. 석·박사 학위 수여증도 아닌데 테두리가 금박으로 새겨지고 표지도 거의 중·고등학교 졸업장처럼 폼이 나는 표지로 되었다.

경비교육 수료증을 받자 경비도 전문직으로 여길 수 있다는 근거 없는 자신감이 생겼다.

어르신 취업센터의 윤보경 선생이 전화를 했다.

"여보세요?"

"한상훈 선생이십니까?"

"예, 제가 한상훈입니다."

"한 선생님, 신입 경비 한 명 뽑는데 지원하시겠어요? 지역도 한 선생 사는 은행나무에서 가까운 가산동입니다."

"예, 지원하겠습니다."

"그럼, 제가 세원통산에는 이력서를 보낼 테니 전화가 오면 본인이 이력서 보냈다고 대답하고 면접 일정 잡아달라고 하세요."

"예, 그렇게 하겠습니다."

"면접은 너무 걱정 마세요. 신입 경비 교육에서 받은 내용 물어볼 것이고 압박 질문도 여기서 연습한 범위 내에서 나올 겁니다."

"예, 감사합니다. 선생님!"

'사성전자'의 경비원 1명을 뽑는데 지원자가 8명이나 되었다. 나이는 54세에서 62세 사이였다. 전직이 다들 화려했다. 전직 은행 지점장도 1명 있었고, 예비역 중령이 둘, 예비역 소령이 셋, 두 마리 치킨 집을 운영하다 창업주의 호식이의 갑질이 뉴스에 나간 후에 주문이 떨어지자 사업을 접고 온 사람이 2명이었다.

윤 선생의 말에 따르면 1차 면접은 8명을 집단 토론식으로 토론하고 토론 과정을 녹화하여 임원들과 경영지원팀의 인사 담당자가 임원들과 같이 보고 점수를 매긴다고 했다. 2차 면접은 개별 면접인데 집단 토론을 하고 돌아가면 3명을 문자나 전화로 개별면접에 오라고 통보한다고 했다. 그러니까 집단 토론만 하고 문자나 전화 연락이 없으면 1차에서 떨어진 셈이다.

다행하게도 상훈에게 2차 면접을 보러 오라는 연락이 왔다.

일단 후보자 3명 중에 포함되었다는 뜻이다. 한상훈은 바로 관악노인복지센터의 이영선 팀장에게 문자를 보냈다.

"팀장님 한상훈인데요. 어제 집단면접 토론에서 통과되어 3명 중 한 명을 걸러내는 개별 면접이 금요일 10시인데, 대처 방안, 예상 질문 답변을 보내주세요"

1시간 쯤 지나자 이영선 팀장이 문자와 첨부 파일로 그동안 구로노인복지센터에서 면접 봤던 사례 중에서 전자회사의 면접 자료만 정리해 보내왔다. 상훈은 가까운 PC방에 가서 파일을 출력했다. 그리고 묻고 답하기 식의 음독(音讀)을 했다.

드디어 면접 당일이 되었다. 10시까지 오라고 했지만 40분이나 이르게 도착했다. 면접은 경영지원팀의 팀장 최현 부장이 하였다. 최 부장은 사성전자의 창업주 최재석 회장의 차남이었다. 장남은 경영보다는 대학교수를 하고 싶다고 해서 미국에 유학 보내 박사학위를 받고 박사 후 과정을 이수중이라고 했다. 최 부장이 질문을 했다.

"한상훈 씨, 나이가 어떻게 되죠?"

"네. 62년 호랑이 우리나이로 56세 만 나이로 55세입니다."

"55세면 아직 정정한 나이인데 급여가 적은 경비를 하려는 이유가 있습니까?"

"네, 건설 현장에서 일당 20만원의 해체공을 하다가 한 달 월급 130만원 경비는 턱없이 부족한 돈이지만 제가 다리가 불편해서 건설 일을 다시 할 수는 없고 경비는 할 수 있어 지원했습니다."

"이력서를 보니 20년 이상 군대서 장교로 복무했던데, 연금도 나오지 않나요?"

"네, 정상적으로 연금관리를 했으면 매월 220만 원 정도의 연금을 받을 수 있는데 제가 전역할 무렵 퇴직금 담보대출을 5천만 원 받았다가 변제를 못해서 연금수급대상에서 제외되었습니다."

"참 안 되었군요."

"뭐, 다 저의 복이 그것이 한계구나 생각합니다."

"우리 회사 경비는 24시간 근무, 24시간 휴무의 2교대인데, 3개월 정도 지난 후에 인접회사에서 3교대 근무자리가 있다고 오라고 하면 어떻게 하시겠습니까?"

"글쎄요 고민되는 질문이네요. 좋기야 2교대보다 3교대가 좋지요. 취직한 지 1년도 안 되어 메뚜기처럼 뛰는 것은 제 성격상 받아들이지 못할 것 같습니다. 그만두더라도 1년 이상은 근무한 후에 그만두겠습니다."

"그럼 1년 근무를 하였는데, 바로 옆에 있는 더존전자에서 경비 월급을 150만 원 준다고 하면 어떻게 하시겠습니까?"

"네, 130보다 150이면 우리 같은 사람에게 돈 20만 원이면 큰돈인데, 갈등이 생기네요."

"이건 합격 불합격과는 관계없는 질문이니 솔직한 한씨의 솔직한 대답을 해보세요."

"네, 돈 20만원에 현재의 근무하고 있는 곳에서 잘못을 저질러 해고 통보를 당한 것도 아닌데 경비에서 경비로 이직을 하지는 않을 겁니다."

"예, 잘 알겠습니다. 돌아가세요. 합격자는 경영지원팀의 노소영 대리가 전화로 알려드릴 것이고 혹시 안 되어도 그런 진실한 마음으로 다른 회사서 근무하시면 좋은 경비라는 소리 들을 것입니다."

"그럼, 이만 안녕히 계십시오. 돌아가겠습니다."

이틀 후 문자가 왔다.

"한상훈 님 합격을 축하드립니다. 사성전자 노소영 대리 드림"

막 문자를 확인하는데 전화가 왔다.

"예, 한상훈입니다."

"문자 보셨지요? 사성전자의 노소영 대리입니다."

"예, 감사합니다."
"다음 주 월요일 오전 8시까지 경영지원팀으로 오세요."
"예, 준비물은요?"
"주민등록 등본 1통, 명함판 사진 한 장 준비해 오세요."
"예, 알겠습니다."

면접은 경영지원 팀장 최현 부장이 봤지만 경비직과 청소원 그리고 시설물 관리와 전기를 담당하는 관리소장과 전기기사는 세원통산 주식회사라는 인력 파견 업체에서 사성전자로 파견을 보내는 구조였다. 근로계약서는 사성전자의 노소영 대리가 쓰는 것이 아니라 세원통산의 송기철 대리가 상훈을 만나 작성했다.

경영지원팀에서 사원 출입증을 발급 받고 근로계약서 작성을 마치고 노소영 대리와 송기철 대리가 상훈을 우병욱 관리소장에게 소개했다.

"관리소장님, 신입 경비 한상훈 씨입니다."
"반갑소, 관리소장 우병욱이오. 환영합니다!"
"한상훈입니다. 잘 부탁드립니다."
"여기는 경비로 7년 동안 근무하신 허남태 씨입니다."
"잘 부탁드립니다. 신입 경비 한상훈입니다."

나이로 따지면 허남태 경비가 65세이고 관리소장이 63세라서 나이가 위지만 허 경비는 관리소장에게 꼭 '소장님'이라고 호칭했다.

"허씨?"
"네, 소장님!"

"오늘부터 신입경비 교육을 시켜야 하니까 한 주 동안은 내가 시키고 다음 주는 허씨가 시켜요."

"예, 알겠습니다. 소장님!"

관리소장은 상훈을 데리고 접견실 한쪽 구석에 자리를 잡았다. 직무교육이라고 교재가 있는 것이 아니고 바로 현장 체험 교육이 이루어졌다.

"한씨는 경비 근무 해봤어요?"

"아닙니다. 군대서 병사들 보초 서는 것 순찰만 돌아봤습니다."

"군대서 조는 병사 영창 많이 보냈죠?"

"뭐 근무 간 잠시 존다고 영창까지야 보냈겠습니까? 영내서 군기 교육대로 끝내지요."

"여기 경비는 절대로 졸면 안 됩니다."

"예. 알겠어요."

"이력서 보니까 소령 출신이던데 뭐 육사는 아닐 것이고 3사?"

"육사도 3사도 아닌 ROTC."

"아하, 그러시면 원칙도 알고 융통성도 있겠네?"

우 소장은 경비에 대한 이야기는 간단히 마치고 상훈의 과거 경력과 개인사에 대한 사연을 꼬치꼬치 물었다. 한상훈은 피곤하지만 생존을 위해 적당히 답변을 했다. '이 코딱지만 한 전자회사 평수로 치면 800평도 안 되는 건물을 경비하는 것이 뭐 2주 동안의 교육이 필요하겠나.'라는 생각이 들었지만 꾹 참고 관리소장 교육과 허남태 경비의 교육을 어린 아이 마음으로 받아들였다. 교육을 받으면서 궁금한 점 한 가지는 허 경비는 7년 동안 근무했는데 다른 한 명의 경비는 왜 11명 인원이 그만두었고, 12번째 내가 되었을까? 하는 의문이 생겼다. 한상훈은 허 경비에게 물었다.

"허 경비님 7년 동안 근무 하는 동안 11명의 경비가 떠난 것이 사실입니까?"

"사실이니 한상훈 씨가 여기 신입 12번째 채용된 거 아니오?"

"떠난 11명이 왜 떠났습니까?"

"공동묘지 가서 왜 죽었나? 당신 왜 죽었나? 물어봤어요, 이유 없는 무덤 있나?"

"하긴 11명 모두 사연은 다르지만 이유는 있겠네요?"

"공동묘지 죽은 사람 이유나 여기 경비하다 그만둔 사람 이유나 다 이유는 있어요."

"주로 많은 이유가 뭐예요?"

"일단 졸다가 임원들 나갈 때 인사 안 한 경우가 제일 많고, 다른 곳에 3교대 근무 간다고 가거나 경비 월급 더 준다고 그곳으로 떠난 경우가 가장 많아요."

"아하, 그래서 면접에 경영지원 팀장 최 부장이 3교대 근무 일자리 생기면 어떻게 하겠는가? 20만원 더 준다는 회사서 오라면 갈 거냐? 질문을 했구나?"

"경비는 오래 해야 구석구석 다 아는데, 좀 알만 하면 3교대로 가고, 돈 더 준다고 가니 경영지원 팀장은 머리 아프지. 그렇다고 이 작은 회사서 경비 월급을 최 부장 맘대로 다른 큰 회사처럼 줄 수도 없고."

아침 경비 교대 시간은 6시 30분이 기준이었다. 관리소장은 6시에 교대했으면 좋겠다는 것을 허씨가 신림동 신일교회 근처에 사는데 여기 오는 55XX 시내버스가 첫차를 타고 와도 더존전자 앞에 하차하는 시간이 6시 10분이다. 걸어서 회사에 들어오면 6시 20분이 되었다.

6시에 교대하면 허 경비는 회사를 떠난다고 하여 6시 30분으로 교대시간은 결정이 되었다. 회사 직원들 출근 시간에 경비는 사성전자 건물 A동 중앙현관과 경비실 중간 지점에서 고개를 45도 숙여 인사를 했다. 아침 07:30부터 08:30까지 한 시간 동안 300여 명의 직원들에게 허리를 숙여 인사를 했다.

경비실은 회사의 규모에 따라 수준 차이가 난다. 큰 회사의 경비실은 경비실도 크고 딸려 있는 접견실도 크고 파티션이 나누어 있지만 여기 사성전자는 경비실이 3평 접견실이 5평 정도였다.

경비실 창문에서 정면을 보면 20층의 녹슨 전자 건물이 보이고 11시 방향을 보면 백상타워 20층 건물이 보인다. 경비실 출입문을 열고 나오면 우측에 20층의 '서울디지털드림타운'이라는 거대한 오피스텔이 보인다. 도로에서 정문을 들어서면 가장 먼저 눈에 띄는 것이 수령 40년 된 소나무다.

이 소나무는 창업자인 최재석 회장이 강원도 강릉시의 병산이라는 곳에서 사성전자가 독립 건물로 이사하던 1986년 식목일에 옮겨 심었다. 당시 소나무는 강릉 병산에서 10년 자란 나무였다. 그러니 금

누구는 너만 못해서 · 149

년은 수령 40이 되었다.

　소나무 옆에는 개집이 2개 있다. 맹견 중에 하나인 '코카시안 오브차카'라는 발음하기도 힘든 러시아산 순종이었다. 암수 한 쌍이 있다. 강아지였을 때는 최 회장이 아파트 베란다에서 키웠는데 개 크게 자라자 아파트 주민들이 소음과 위험하다고 민원을 올리자 회사에서 키우게 하고 회장은 개가 보고 싶으면 예고 없이 회사에 온다. 경비원의 경비 업무에 개밥 주는 일이 추가 되었다.

　그렇다고 개밥 주는 수당이 들어간 것도 아니고…….

　상훈의 전임자 김종옥 경비와 허 경비가 교대로 개밥을 주었다. 코카시안 오브차카는 최 회장 다음으로 우병욱 관리소장을 좋아했다. 김종옥은 처음 개가 오던 날 관리소장에게 개밥이나 주는 것이 경비냐고 개밥을 주려면 관리소장이 주라고 했다. 그래서 그런지 코카시안 오브차카는 김 경비를 좋아하지 않았다. 관리소장은 상훈에게 개밥을 잘 주고 개가 짓지 않고 꼬리를 쳐야 경비에 최종 합격된다고 일러주었다.

　사건은 반년 전으로 거슬러 올라간다. 날씨가 쌀쌀한 2월 어느 날의 일이다. 최재석 회장이 관리소장에게 자기 아파트에 있는 코카시안 오브차카 2마리와 개집 2개를 사성전자 소나무 좌우측에 이동하라고 했다. 관리소장이 개 두 마리를 소나무에 개줄 10미터 되는 것이 없어 5미터짜리 두 개를 연결해 만들었다.

　처음에는 경비실에 최 회장 아파트에서 가져온 사료를 먹였다. 최 회장이 개를 보고 싶어 저녁에 산책 나온 시간에 관리소장이 회장에게 회사에 사원식당이 있으니 사료보다는 밥을 주는 것이 진돗개의 건강에 좋을 거라고 말하는 바람에 경영지원팀의 노소영 대리가 3월분 사료 주문한 것을 취소시켰다.

매일 석식 후에 식당에서 식당 아주머니가 개밥 두 마리 분의 잔반을 플라스틱 잔반수거함 옆에 플라스틱 그릇에 담아놓으면 경비 2명이 교대로 근무 때 그것을 가져다 개밥을 주었다.

관리소장이 사원식당에서 잔반을 가져다주려는 개밥을 주라는 것을 허 경비는 '예'하고 대답을 했으나 김 경비는 이의를 제기했다.

"소장님, 우리가 경비지 개밥이나 주는 사람입니까?"

"그게 뭔 소리여?"

"최 회장님이 관리소장님을 신임하고 소장님이 회장님을 좋아하는 것은 개인적 친분이지 경비업무와는 아무 관련 없어요. 경비는 경비의 고유 업무가 엄연히 있는데 개밥을 주려면 소장이 줘야지 왜 경비에게 시켜요?"

"이 사람이?"

"이 사람이라니?"

"아니, 개밥 주는 것이 뭐 시간이 몇 시간 걸리는 거야? 아님 개밥이 몇 톤 되는 거야? 무거운 것도 아니고 시간도 얼마 안 걸리는 건데 경비 서면서 운동 삼아 식당 앞에 가서 식당 아줌마가 남겨놓은 잔반을 개 밥그릇에 나눠 주면 되는데 30분 동안이면 충분한 걸 왜 못한다는 거야?"

"그 30분 동안 정전 되거나 불이 나면?"

"불나면 관리소장이 책임진다."

"정전되면?"

"그야 일단 전원차단기 내려진 거 다시 올려 보고 그래도 안 되면 한전 남부지사에 신고해야지?"

"그게 말이 안 된다는 말이오. 경비는 항상 전방 감시를 해야 한다고 129,000원 내고 배우는 신입경비 교육교재 첫 장에 나오는 말인데, 경비보고 경비시간에 개밥도 주고 경비도 하라는 지시는 지시 자체가 잘 못된 거 아니오?"

"그럼 김씨는 어떻게 하자는 말이오?"

"일단 개밥은 관리소장이 있을 때는 관리소장이 개밥을 주고 없을 때만 경비가 개밥을 준다거나, 식당에서 개밥을 얻어다 여기 경비실까지 운반은 경비가 자기 근무에 하고 개에게 주는 것은 소장이 한다고 합시다."

"소장이 뭐야, 소장님! 해야지?"

"예, 소장님, 우리 소장님!"

지금은 용산구에 있던 미8군사령부가 평택으로 이전했는데 과거 용산 시절 정문 이 외의 12개 장소에 외부로 나가는 통문이 있었다. 여기를 순찰하는 사람은 미군이 아닌 한국인 고용인들이었다. 이들은 복장은 미군 얼룩무늬 복장이지만 계급장이 없었다.

내동댕이쳐도 끄떡없는 무거운 PATROL-365 순찰시계를 들고 12개의 지점에 매달은 열쇠를 순찰시계 밑구멍으로 넣고 돌리면 그 안에 몇 시 몇 분에 몇 번째 통문을 순찰을 도는 지 알 수 있게 점이 찍혔다.

　미군부대 경비소대장은 그 종이를 아침에 꺼내 옆으로 비스듬히 보면서 순찰을 제 시간에 도는지, 빼 먹은 것은 없는지 확인해서 경비일지 뒷면에 점이 찍힌 종이를 무식한 PATROL-365에서 꺼내 붙였다. 그 일지를 경비중대장이 결재를 했다. 지금은 부속품 구하기도 힘든 그 순찰시계를 여기 사성전자에서 한상훈은 보게 되고 그걸 들고 자신이 순찰을 돌아야 한다 생각하니 묘한 단상이 떠올랐다.

　용산 한미연합사령부 경비중대장 시절의 순찰시계를 들고 늦었는지 부지런히 다음 지점을 향해 경보수준으로 뛰다시피 가던 한국인 고용인이 떠올랐다. 지금 자신의 모습이 꼭 미군부대 고용인 처지와 비슷해 보였다.

　경비실 안에 있는 52인치 모니터에는 36개의 CCTV에서 보내온 영상이 36개의 격자에 나누어 비추고 있었다. A, B, C 3개의 동에 모두 경비회사의 감시카메라가 36개나 설치되었다. 심지어 A동에 설치된 카메라가 경비실을 정면으로 비추기 때문에 경비가 조는 지는 녹화 테이프만 보면 바로 알 수 있었다. 그렇게 감시 카메라를 설치하고도 경비는 밤 11시와 새벽 4시에 순찰을 돌 때는 PATROL-365라는 순찰시계를 들고 6개소의 열쇠를 매달아 놓은 곳에 가서 순찰했다는 표시로 열쇠를 시계 밑구멍에 넣고 돌렸다.

　1번 순찰 키는 A동 지하 1층의 소방펌프 옆에 있었다.

　얼마나 오래되었는지 열쇠는 벌겋게 녹이 슬어 있었다. 2번 역시 A동의 3층 사성전자 연구소에 있었고 3번은 A동의 옥상에 있었다.

4번은 C동 3층, 우리나라 유명한 귀뚜라미보일러와 쌍벽을 이루는 메뚜기보일러의 연구소가 입주해있었다. 5번은 식당의 주방 옆에 있는 배수펌프 수중 모터 위에 달려 있었다. 마지막 6번 키는 B동의 2층 우리나라 교통카드드와 쌍벽을 이루는 벌꿀카드의 연구소가 있었다.

문제는 똑같은 순찰시계를 가지고 순찰을 도는데 아침에 관리소장이 순찰 결과를 확인하는 종이를 꺼내면 7년차 경비 허씨의 기록 용지는 선명하게 11시부터 12시 중간에 6개의 점이 찍히고 한상훈 신입 경비의 종이에는 시간도 맞지 않고 점도 점인지 의심 갈 정도로 희미했다.

관리소장이 상훈을 보고 말했다.

"이봐, 한씨?"

"예. 소장님?"

"한씨 경비 한 지 얼마나 되었지?"

"오늘이 딱 한 달 되는 날입니다."

"그래 한 달이라 해봐야 15번 근무 선 거야."

"예, 그렇습니다."

"이거 봐 이건 허씨 순찰 돈 타이머 찍힌 거고 저쪽은 한씨가 순찰 간에 찍은 거거든 뭐가 달라?"

"예, 허씨 것은 선명한 점이 있고 제 것은 희미합니다."

"또 다른 거 없어?"

"글쎄요?"

"봐봐 허씨 순찰 결과는 항상 11시에서 12시 사이와 새벽 4시와 5시 사이 일정한데, 한씨 찍은 것은 10시 50분에서 11시 30분 4시 30분에서 5시 20분 사이 시간도 제멋대로야. 이래서는 수습 경비에서 정식 경비되기 어려워. 그리고 허씨가 그러는데 허씨는 경비 마치고 퇴근할 때 샤워하고 퇴근하는데 한씨는 샤워도 안 하고 그냥 퇴근한다고 하는데, 뭐 집에 급히 갈 일 있어?"

"뭐 특별한 건 없지만 24시간 근무 후에는 잠이 최우선이니 빨리 잠자러 가는 겁니다."

"그래, 퇴근 빨리 하지 말고 허씨에게 순찰시계 점찍는 노하우를 배우란 말이야. 세상에 공짜로 얻어지는 것은 없어."

"예, 알겠습니다."

"나도 관리소장 처음 취임했을 때 한두 달은 정신없이 어떻게 흘러가나 모르게 지났어. 그 만큼 나도 실수도 많았고 여기 전에 근무하던 사람을 이해 못했던 거야."

"그런데 말입니다. 경비회사의 보안 시스템을 설치하고도 그걸 이용 안 하고 무식한 순찰시계를 꼭 서야합니까?"

"그럼, 이거 있어야 순찰 경비가 똑바로 돌지 없어 봐 순찰 코스 끝까지 도는 지 알 수 없어."

"그거 일제 잔재 아닙니까? 조선 놈은 팽이를 채로 쳐야 돌아가듯이 채찍을 가해야 똑바로 한다고 조선인의 국민성을 아주 타의에 의해 통제 받아야 한다고 주입시킨 일본의 잔재?"

"아니야, 이 순찰시계가 있었으니 7년 동안 허씨 경비원이 주어진 코스를 똑바로 순찰 돈 거고, 중간에 그만둔 경비들은 다 끝까지 순찰을 돌지 않고 건너뛰거나 근무 간 졸다가 지적받아서 그만둔 사람들이야."

"아니 건물에 보안경비 업체서 외부 침입 감지되면 경보음 울리고 경비회사 출동 대기 직원이 출동하는 세상에 이런 순찰시계 쓰는 것도 이해 안 되고 왜 경비 기능을 이용 못하는지 모르겠군요."

"경비회사 직원 출동은 출동이고 우리 경비는 순찰시계가 제일 좋아."

"예, 알겠습니다."

그날 상훈은 순찰을 돌면서 순찰시계 PATROL-365를 1번 열쇠가 있는 지하 1층의 소방펌프 앞에 내동댕이쳤다. 그리고 시계를 보았다. 그래도 시계는 똑딱 똑딱 잘만 갔다.

다시 한 번 벽에 집어던졌다. 그래도 시계는 갔다. 그러고 며칠이 지났다. 시계가 서서히 늦어졌다. 한상훈은 모른 척하고 지냈다.

7년차 경비 허씨도 시계에 대한 아무런 말을 하지 않았다. 1주일이 지난 후에 시계가 25분 정도 늦어지자 상훈은 관리소장에게 말했다.

"소장님, 시계가 경비실 벽시계와 순찰시계가 20분 정도 차이가 납니다."

"어디?"

"여기 보십시오. 지금 경비실 전면 후면 벽시계는 10시 30분인데 순찰시계는 10시 5분입니다."

관리소장은 책상 서랍에서 드라이버세트를 꺼냈다. 아주 작은 일자 드라이버와 십자드라이버로 순찰시계를 분해했다. 시계 안의 부속품은 벌겋게 녹이 슬어 있었고 나사가 풀린 것도 있었다.

"야, 오래되긴 오래 되었네. 나사도 풀리고. 녹도 슬어 이거 부속품이 구할 수 있나 모르겠는데."

우병욱 관리소장은 혼자 비를 맞은 중처럼 중얼거리면서 전화를 걸었다.

"여보세요. 저는 사성전자 관리소장인데요. 거기 시계 수리하는 세운상가 세운시계지요?"

"네. 그렇습니다."

"순찰시계 PATROL-365 부속품 있나요?"

"에이 그거 생산 중단된 게 언제 적 일인데 지금 그런 부속을 찾아요? 지금은 디지털로 가볍고 성능 좋은 것이 얼마나 많은데 왜 그 무거운 시계를 써요?"

"네. 알겠습니다."

몇 군데 전화를 해도 대답은 다 그런 부속 없다는 것을 확인하고는 상훈을 불렀다.

"한씨?"

"네?"

"한씨 절름발이인데, 혹시 순찰 돌다가 순찰시계 어디 부딪치거나 넘어진 적 없어?"

"아이쿠 소장님도 제가 다리를 쩔뚝거려도 이런 건물 계단도 오르내리지 못하면 경비를 그만두지 경비하겠어요?"

"그래. 한씨 성품을 믿지. 군대서 소령이면 우리 군대생활 때는 엄청 높은 계급이고 소령 보기도 힘이 들었어."

없는 부속은 그대로 두고 풀어진 나사만 찾아서 재결합하고 나니 순찰시계는 돌아갔다. 다음 날 허씨 근무가 시작되자 관리소장은 허씨에게 특수 임무를 하달했다.

"허씨 이거 순찰시계 어제 한씨가 20분 늦은 거 발견해서 내가 분해해서 풀린 나사 다시 조립했는데 부속 몇 개는 아주 망가지고 부속 생산중단 되어 구할 수 없으니 순찰 출발 전에 경비실의 벽시계와 몇 분 차이 나는 지 확인하고 순찰 마치면 또 얼마나 차이 나는지 확인해요."

"네, 알겠습니다."

허 경비가 근무를 하고 다음 날 한상훈이 다시 근무를 섰다. 관리소장이 불렀다.

"한씨?"

"네. 관리소장님!"

"다른 사람이 있으면 관리소장이라고 부르고 단둘이 말할 때는 그냥 소장님으로 부르는 거야."

"네, 소장님!"

"아침에 경영지원팀 최 부장, 우유하고 김밥 가져갔어?"

"네, 최 부장님. 우유 한 개 김밥 한 줄 가져갔습니다."

"이봐, 한씨는 대학을 나오고 ROTC까지 했다는 사람이 말이 왜 그래?"

"제가 뭘?"

"최 부장이 나보다 나이가 한참 어리잖아 낮은 사람 이야기할 때는 최 부장에 '님'자를 붙이는 것이 아니고 그냥 최 부장이 김밥, 우유 가져갔다고 하는 거야."

"네, 알겠습니다."

여기 사성전자는 아침 08:00 이전에 출근하는 직원에 대해서는 월, 수, 금요일은 김밥 한 줄에 우유나 베지밀 중에서 하나를 먹도록 했다. 화, 목요일은 컵라면과 우유나 베지밀 중에서 하나 먹도록 경비가 급속온탕기에 물을 따뜻하게 준비했다.

한씨가 첫 근무에 월요일 근무에 화요일에 을 컵라면 물을 준비하다 물이 온탕기에 넘쳐서 마포걸레로 물을 닦느라 한 30분은 고생했다. 상훈은 관리소장의 어법이 이해가 안 갔으나 문제를 따지면 말만 많아질 것 같아서 그냥 소장이 시키는 대로 경영지원 팀장 최현 부장보다 관리소장을 더 높은 사람으로 호칭했다.

관리소장 말대로 최 부장보다 관리소장이 직위가 높으면 경비일지 결재란에 경영지원팀 최 부장보다 관리소장이 뒤에 결재를 해야 하는데 결재란은 담당자, 대리, 과장, 부장, 사장까지 되어있으나 부장 전결처리 되었다. 소장은 담당자 칸에 결재를 했다.

이보다 더 한심한 것은 방문자 출입일지 좌측 상단에 근무자(정) 우병욱, 근무자(부) 한상훈이라고 쓰게 되었다. 상훈이 군대시절 그 많은 행정공문 처리하고 각종일지를 결재했지만 근무자 (정)이 만든 일지를 결재란 담당자 칸에 서명하는 일은 본적이 없었다.

상훈은 경비 전임자 김종옥이 왜 그만두었을까? 궁금했다. 도대체 무슨 사유로 경비를 그만두어 한상훈을 이 자리에 오게 만들어 피곤하게 만들었을까? 상훈은 허남태 경비에게 물었다.

"허 경비님?"
"왜?"
"저 전임자 김종옥 경비 전화번호 알고 있어요?"
"저장되어 있지, 왜?"
"알려주세요."
"왜?"
"왜 군대서 둘이 경비서면 선임 병은 사수이고 후임 병은 부사수라고 하지요?"
"여기가 군대야?"
"관리소장 시키는 거 보면 군대보다 더해요."
"그래서 김종옥에게 경비 비법 전수받으려고?"
"비법은 아니지만 그래도 경비 전임자 후임자 인수인계도 없이 떠났는데 만나서 소주 한 잔은 해야 되는 거 아닙니까?"
"그래, 한씨 왔다고 환영을 하면 다른 사람이 경비를 2시간 정도 대체해주고 나랑 같이 회식을 해야지. 이거 난 경비 서고 청소 아줌마, 전기기사 소장이 한씨 신입경비 환영회를 한다는 게 이상하지?"
"그러게 말입니다. 예전 경비반장은 그래도 신입경비 오면 신입경비와 선임 경비 한 잔하라고 반장이 경비 하룻밤 서줬거든……."

"당연히 그런 맛이 있어야 경비 오래 근무하지 이건 경비 마치는 날까지 형님과 소주 한 잔 못하겠어요?"

"기대 마라."

"그러니 김종옥 경비 전화번호나 알려줘요."

"음, 저장해 010-3727-XXXX이야."

"예, 감사합니다."

상훈은 다음날 경비 근무를 마치고 07:00에 퇴근하면서 김종옥에게 문자를 보냈다.

"안녕하세요? 초면에 놀라지 마시고요, 저는 김종옥 씨가 퇴직하신 사성전자 신입 경비 한상훈입니다. 오전에는 일단 자고 점심시간에 전화를 할 테니 무시하지 마시고 받아주세요."

다른 날은 집에 오자마자 잠이 들었는데, 문자를 보내고 경비 사수 김종옥 씨를 만날 일이 가슴 두근거려 잠이 오지 않았다.

천정에 30년 전의 소위시절 소대장 사수 2기수 선배인 원강희 중위 모습이 떠올랐다. 경기도 김포시의 지금은 오류동으로 바뀐 오류리 독립중대에 소대장으로 가던 날 1986년 6월 어느 날 원강희 중위는 체육복 차림으로 나타났다. 6월 30일이 전역이라 전역을 앞두고 취업 활동 나간다고 나가서 소대원들에게 후임 소대장이 ROTC 후배가 오면 나와 보고 다른 출신이 소대장 후임이 되면 그냥 30일 대대장 전역신고만 하고 떠난다고 했다.

체육복 차림으로 와서는

– 야, 24기 소대장!

– 잘 왔다.

– 우리 소대는 별명이 서너 개 된다.

– 사격할 때는 구월산 유격대,

– 축구할 때는 화랑 국가대표팀,

– 구호는 천하무적 1 소대

– 파이팅! 파이팅! 이다.

– 소대장 인수인계 끝!

– 나가서 술이나 먹자?

그렇게 원강희 중위는 상훈을 김포의 잘 나가는 유흥주점 '금마차'로 데리고 갔다.

김포 오류리 독립중대의 왕고참이던 정규택 병장과 공병호 하사, 서광원 하사, 박해철 하사, 장희송 하사 말에 의하면 정말 그랬다.

중대 체육대회 축구를 하면 항상 1소대가 우승을 했고 배구를 해도 안재식 상병이 청소년대표 경기도대표선수 경력자라 몇 점을 접어주고도 우승했다고 했다. 사격이면 사격, 구보면 구보, 태권도 유단자 보유율 등 군대서 전투력 측정하는 모든 분야를 2,3화기소대가 1소대를 따라올 수 없게 원강희 중위가 만들고 떠났다. 원 중위 자신이 운동을 좋아하고 키가 179의 훤칠한 키로 운동장을 누비고 다녔다고 한다.

약속을 하고 나간 것도 아닌데 '금마차'에는 전역하는 22기 중위 5명과 후임자 소위 5명이 병아리가 어미닭 따라다니듯 쪼르르 따라

다녔다.

　금마차의 그동안 선배들이 짝으로 부르던 여자들도 자연스레 후배들에게 인수인계 하였다. 그런 인수인계와는 다르지만 한상훈은 김종옥을 경비 사수로 만난다는 것에 낮잠을 설쳤다. 잠을 자는 둥 마는 둥 하고 12시에 전화를 걸었다. 신호가 갔다.

　"네, 김종옥입니다."

　"안녕하세요? 저 오전에 문자 드렸던 한상훈이라고 합니다."

　"아하, 문자보고 언제나 전화가 올까 기다렸어요. 지금 어디입니까?"

　"네, 저는 시흥 사거리입니다."

　"그럼 3xx 김포서 석수역을 왕복하는 버스를 타고 종점가기 한 정거장 전에 내려요. 거기서 전화해요."

　"네, 알겠습니다."

　상훈은 김포의 버스 종점 한 정거장에서 내렸다. 전화를 했다.

　"여보세요?"

　"저 한상훈입니다. 종점 한 정거장 전에 내렸습니다."

　"빨리 왔네, 택시로 온 건 아니지? 거기 꼼짝 말고 서 있어요."

　"식당이 여기서 먼 가요?"

　"건너편 신바람 아파트 상가 보여?"

　"네, 신바람 상가 보입니다."

　"거기 2층이니 2층 계단 앞에서 봐."

　"네."

한상훈과 김종옥은 초면이지만 어디서 많이 본 듯한 지인처럼 생각되었다.
"한상훈 씨?"
"네, 형님!"
"뭐, 소개도 안 했는데 형님이야?"
"관리소장님에게 교육받으면서 김종옥 씨 이야기 들었습니다. 50년 호랑이 띠라고."
"소장님이라고 지금도 '님'자를 꼭 붙이라고 해?"
"예."
"뭐 군대서 소장이면 별 둘이나 되지, 그까짓 경비 둘, 청소 아줌마 둘, 전기기사 한 명을 거느리고 소장 '님' 소리는 꽤나 강조하네!"
"세한통상에서 사성전자로 파견 보낸 6명이 소장을 중심으로 뭉쳐서 일 잘 하면 좋은 거 아닙니까?"
"소장이 일을 잘하게 하는 게 아니라 방해를 하니 그렇지?"
"방해라뇨?"
"야, 이거 만나자 마자 초면에 남 험담하는 거 좋은 거 아닌데, 일단 식사부터 합니다. 사장님! 여기 쇠고기 버섯전골 중 하나 소주 빨갱이로 주세요."
"네, 바로 준비하겠습니다."
술이 한두 잔 들어가자 김종옥은 안주삼아 사성전자의 경비실과 관리소장 그리고 회장 최재석에 대한 이야기를 했다. 회장 최재석이 전자 회사 이름을 사성으로 지은 것은 우리나라 최고 전자회사가 삼성인데 '삼성(三星)'이 우리말로 '별 셋'이거든 그래서 최 회장이 별 하나 더 붙여서 '사성전자' 즉 사성전자(四星電子)로 한 거야."

"아하, 그렇군요."

"그런데, 다른 설도 있어."

"뭡니까?"

"또 다른 이야기는 최 회장이 별 셋으로 전역했는데, 동기생이 충청도에서 별 넷으로 전역해서 고등학교를 설립한 거야. 이에 최 회장이 군대서는 별 셋으로 졌지만 사회에서는 고등학교 이사장보다 자기가 사성전자를 삼성전자처럼 키워 우위에 서겠다는 의지의 표현이라는 이야기도 돌았어."

사실 상훈은 충청도에서 별 넷으로 전역하고 고등학교 설립한 사람은 민 대장이라는 것을 알고 있었다. 상훈의 동생 상만이 그 예비역 대장이 설립한 학교 졸업생이라서 동생 입학식 날에 알았다. 하지만 경비 사수 앞에서 아는 체 안 하고 주로 종옥의 말을 경청했다.

관리소장은 최재석 회장이 경영 일선에서 '사성전자' 실질 사장 시절에 영업과장 부장으로 근무하다가 사성전자에 부품을 조달하는 하청회사의 관리사장을 했다고 한다. 62세에 관리사장 정년퇴직을 하고 회장을 찾아가서 집에서 삼식(三食)이가 되기에 아직 정정하다고 하니까 그럼 청소, 경비, 시설관리를 책임지는 관리소장을 하라고 해서 지난 2월 관리소장이라고 직책도 없던 것을 만들어온 것이라고 했다. 그 전에는 경비반장이었다. 경비 반장은 주간 경비만 하고 야간은 야간만 전담으로 하던 사람이 있었는데, 관리소장으로 체계를 바꾸면서 경비원 2명이 24시간 맞교대 근무가 되었다고 한다.
　세원통산에서 청소원 여자 2명, 경비원 남자 2명, 시설관리 2명으로 사성전자와 계약을 맺어 임금을 주는데, 시설관리 1명이 관리소장이라고 했다. 김종옥과 관리소장이 싸운 것이 그 점이다. 무슨 소장이냐? 넌 시설관리 2명 중 1명이고 난 경비 2명 중 1명이다. 경비는 경비에게 맡기고 넌 시설관리나 똑바로 하라고 한 것이 관리소장이 속으로 고약하게 여겨 경영지원팀에 회의 참석에 김종옥의 잘못하는 점만 부각시켜 결국 김종옥은 더 이상 버티지 못하고 경비를 떠났다.
　"한씨, 순찰시계 잘 돌아가?"
　"돌아가기야 잘 돌아가죠, 그런데 웃기는 건 PATROL-365 순찰시계를 내 동댕이쳐도 시계는 잘 돌아가요. 저는 시계가 맞는지 안 맞는지 확인도 안 하고 도는데, 어느 날 관리소장이 우리 경비실 안의 벽시계는 9시 30분인데 순찰시계는 9시 5분인 걸 발견하고는 '경비가 시계 확인도 안 하고 순찰 도냐?'고 야단치더군요."
　"맞지? 아무리 신입 경비라도 출발 전 시계는 확인해야지?"
　"그럼 형님은 출발 전 시계 확인했어요?"
　"확인하고 말고. 그건 그야말로 순찰 하는 6개의 지점 열쇠구멍에 넣고 점을 찍기만 하면 되는 것이니 시간 의미가 없어."
　"그런데, 왜 소장은 그 시계 시간에 목숨을 거나 몰라요?"
　"선무당이 사람을 잡는다고 경비교육을 안 받은 것이 상관 노릇하니 그런 거야."

"네, 그래서 그런지 경비보고 뭔 인사만 그리 열심히 하라는지 경비가 경비하러 왔지 인사하러 왔나 싶었어요."

"원래 실력 없는 놈이 인사 잘하고 아부 잘 하거든. 그런데 말이야, 웃기는 것은 이놈의 회사는 실력자는 어느 정도 지나서 떠나고 맨 아부하는 놈만 남아있어."

"그럼, 회사 미래 발전이 별로네요?"

"연구소도 정말 실력 있는 책임연구원은 떠나고 아부하는 연구원만 남았어. 생산은 뭐 아부고 뭐고 생산물량이 말하는 거니 그렇고, 경영지원팀의 경리와 세금분야 담당도 아부 못하는 놈은 다 떠나고 아부하는 자들만 남은 거야."

"네. 경비도요?"

"그런 셈이지. 거기 허남태 있지?"

'네, 원래는 경비 둘이 다 사표 쓰자고 했거든 그럼 둘 다 쓰고 나온다면 세원통상에서 소장을 바꾸지 경비 둘을 한순간 채우지 못하거든. 그런데 소장 공작에 말려 남은 거야."

"그럼, 소장님이 허 경비를 감언이설로 녹인 거네요?"

"소장님이 뭐야? 그냥 관리소장이지?"

"네, 죄송합니다. 하도 회사서 소장님, 소장님! 우리 소장님! 하다 보니 입에 붙어서……."

"아니야, 그건 그렇고 식당에 수중모터는 자동이 잘 되어?"

"그건 모르겠는데요?"

"요즘 날씨가 비가 안 와서 모르는 모양이네?"

"모터가 문제 있어요?"

"거 모르는 사람은 내가 코카시안 오브차카 개밥을 주기 싫어서 퇴사했다고 하는데 그건 겉으로 나타난 거고 내가 나온 건 시설관리가 엉터리라 나중에 시설관리인이 잘못한 걸 경비가 뒤집어쓰는 경우 당하기 전에 미리 나온 거야."

"무슨 말씀인지 이해 안 되는데 천천히 제가 이해할 수 있게 말씀해주세요."

종옥은 식당에 수중 모터가 2개 있다고 했다. 수중모터는 장마철에 작동이 안 되면 바로 교체 사용해야지 수중 모터 작동이 안 되면 사성전자 뒤편의 디지털 공설운동장의 축구골대 뒤의 배수가 모두 지반이 약한 틈새로 물이 흘러들어 사성전자 지하식당의 배수펌프가 물을 퍼 배수처리를 해야 했다. 그런데 식당배수시설 옆에 매달아놓은 수중모터는 고장 난 지 2년이 되었다고 한다. 현재 사용하는 것도 자동이 안 되어 경비가 순찰 돌며 수시로 수동으로 물을 뺀다고 했다.

상훈이 취직한 것은 장마가 끝난 후에 경비로 채용되어 그걸 몰랐다.

"하여튼 조심해. 수중 모터 자동 안 되면 식당 물이 식당 내부로 넘치는 날엔 대형사고 난다."

"대형 사고라면?"

"생각해보게. 배수펌프로 물이 빠져나가지 못하고 식당으로 물이 역류되면 식당 바닥에서 60cm정도 높이로 콘센트 설치된 곳에 물이 들어가면 대형 감전사고가 나는 거지."

"정말 그렇습니다. 그러면 식당 밥을 못하고 그 많은 인원들 길거리 식당서 밥 먹는 전쟁이겠네요?"

"그러니 돌아가 근무하면 식당 수중 모터 꼭 자동으로 고쳐달라고 요구해."

"네."

"소장이 돈 아낀다고 중고 알아보면 바로 경영진에 말해. 수중모터는 반드시 좋은 거 써야하고 예비도 고쳐놓아야 한다고."

"그럼, 형님 계시는 동안 고치지 왜 안 고치셨나요?"

"나야 고치려고 했지, 그런데 중간에 소장님인지 소장놈인지가 지가 알아서 한다고 해서 알아서 해 하고 난 퇴사한 거야."

"네, 사연이 많군요."

"야, 이거초면에 술맛 떨어지는 말을 너무 많이 했네. 자 한 잔 즐겁게 마시세. 신입 경비 한씨를 축하하며 앞날의 무궁한 발전을 위하여."

"위하여!"

"위하여!"

술을 마시면서 가을 프로야구 이야기며 정기국회 이야기며 나누다가 종옥 상훈에게 불쑥 질문을 던졌다.

"사성전자 B동 옥상에 뭐 있는 지 알아?"

"변압기요."

"몇 개?"

"그건 몰라요."

"올라가봤어?"

"아뇨, 경비가 건물 내·외부 순찰만 돌면 그만이지 왜 올라가요?"

"하긴 경비가 전기기사 있는데 올라가면 월권행위지?"

"참, 전기기사는 신입 왔어? 나랑 근무하던 박 기사는 그만두고 강남의 15층 빌딩 관리소장으로 갔다고 자랑하는 전화 왔던데."

"아하, 박황연 씨요?"

"그래. 박황연이."

"후임으로 전기2급 필기 합격하고 실기는 다음 달에 보는 사람 왔어요."

"문제야, 코딱지만 한 회사도 전기기능사 자격증 없으면 채용이 안 되니!"

"사고 나면 자격증 보유자가 관리했느냐? 따지니 그런 것 아닙니까?"

"하긴 경비도 129,000원 내고 신입경비교육을 이수해야 경비 채용이 되는 세상이니!"

"완전 나라가 손으로 몸으로 하는 실력이 아니라 자격증으로 평가해."

"사성전자 그런 건물은 자격증 보유자보다 공사판에서 시설 이것저것 다 다루던 수중모터로 물도 빼 보고 전기 작업도 건설 현장서 해본 사람이 제격인데 그런 사람은 2급기능사 자격이 없다고 이력서 자체도 안 받아주니……."

사성전자 건물은 30년 전에 준공된 것이다. 그 당시는 주변에 여기보다 높은 건물이 없어 전신주에서 이 건물 B동 옥상에 변압기를 설치했다. 그리고 이 주변의 나중에 생긴 20층 이상의 건물은 변압기 시설이 모두 지하로 들어갔고 그런 건물은 용량이 어마어마하게 크다. 이곳 사성전자의 변압기 용량도 처음에는 전체 용량의 1/4도 사용 못했었다.

그러던 것이 점점 시설이 늘어나고 에어컨이나 온풍기 등 전기 사용하는 기기가 늘어나다보니 지금은 변압기 용량이 빠듯하다고 했다. 떠나간 박황식 전기기사가 변압기 용량 큰 것으로 교체건의 보고를 했으나 관리소장이 알아본다고 하고 최현 부장에게 보고를 안 하니 최 부장은 알 수가 없었고 박 기사는 큰 일이 나기 전에 떠난 것이다.

388번 시내버스를 타고 시흥사거리서 김포로 갈 때는 맑았던 하늘이, 둘이 마신 술의 빈병이 7개나 되고 나니 하늘이 어두워졌다. 비도 추적추적 내렸다.

상훈은 경비실에 전화를 했다. 신호가 갔다.

"감사합니다. 사성전자입니다."

"허 경비님! 저 한상훈입니다!"

"그냥 허 경비하지 경비에 무슨 '님'자를 붙이냐?"

"왜요? 관리소장에게도 또박또박 '님'자를 붙이는데 경비선임에게 '님'자를 붙여야지요?"

"목소리가 톤이 올라가는 것을 보니 거하게 한 잔 한 목소리군?"

"네, 저의 영원한 사수 김종옥과 한 잔 했습니다."

"이 사람아, 낼 근무 어쩌려고 그리 많이 마시나?"

"지금 김포는 비가 오는데, 거기는 비 안 와요?"

"응, 여기도 비가 조금 내린다."

"저 형님, 김종옥에게 들은 말인데, 식당 수중 펌프 지금은 자동이 잘 되냐고 물어보는데. 뭐라고 대답해야 하죠?"

"떠났으면 그만이지 별 참견 다 하네?"

"하여튼 형님 비올 때 근무 잘 하라고 하네요. 내일 뵙겠습니다. 딸꾹!"

"뭐 나 몰래 맛있는 거 먹고 딸꾹질이야?"

추석을 며칠 앞두고 가을비가 내렸다. 새벽 5시에 기상해서 금천 마을버스 06번을 타고 독산역에 내려서 철도를 건너서 마을버스 05번을 타고 영창실업에서 하차하면 사성전자는 걸어서 5분이면 도착한다.

전날 김포에서 김종옥과 과음을 해서인지 눈을 뜨니 06:00다. 우선 경비실로 전화를 했다.

"감사합니다. 사성전자입니다."

"형님, 저 지금 일어났어요. 택시타고 갈 테니 좀 늦어도 용서하세요."

"내가 어제 한씨 전화가 왔을 때 말했지, 근무에 지장 없게 마시라고?"

"네, 그래서 김종옥이 한 병 더 하자는 거 더 이상 안 마시고 빈병 7개 세우고 왔어요."

"종옥 그 사람은 백수니 마음껏 마셔도 되지만, 한씨와 난 경비야 경비!"

"네, 하여튼 빨리 가겠습니다."

시흥사거리 문일고교 입구에서 택시를 타고 갔으나 이미 회사에 관리소장이 출근해 있었다. 관리소장도 인상을 쓰고 허 경비도 잔뜩 인상을 찌푸리고 있었다. 경비실 공기가 싸늘했다. 상훈은 신속하게 경비복장으로 갈아입었다. 상의 푸른색에 하의 검정색이 꼭 한상훈이 졸업한 서울 대방동의 용마중학교 교복을 떠올리게 했다. 검정색 교모만 쓰면 완전 중학생 모습이었다.

"늦어서 죄송합니다."

"어이, 신입이 이렇게 늦어도 되는 거야?"

"죄송합니다."

"어휴 술 냄새! 한씨, 도대체 누구랑 술 마신거야?"

"경비 그만 둔 김종옥을 만나 마신 거랍니다."

"한씨가 김종옥을 알아?"

"한씨가 자기 전임자 경비의 전화번호를 알려달라고 해서 제가 알려주었습니다."

"이 사람들이 경비라는 것이 공사 구분을 못해. 그만둔 놈은 그만두었으면 그만이지 전화번호 알려는 놈이나 알려주는 사람이나 똑같다 똑같아."

"죄송합니다. 소장님과 허 경비님!"

"당장 사직서 써!"

"예."

관리소장과 허 경비가 화가 난 것은 상훈이 늦게 출근한 것 때문이 아니라 이전에 이미 화가 나 있었다. 식당의 수중 모터가 자동이 안 되어 수동으로 작동하던 중에 전날 허남태 경비가 순찰을 돌기 전에 수중 모터를 작동할까 하다가 그걸 기다리느니 일단 A동 순찰부터 돌고 식당은 C동 도는 순서에 순찰과 모터 작동을 같이 하려고 먼저 A동을 돌았다.

그런데 세상에나, 그 잠깐의 순찰을 도는 동안 물이 넘쳐 허 경비가 식당에 왔을 때는 물이 넘쳐 주방은 물론 밥 먹는 식당 좌석에도 물이 흘렀다. 일단 수중 모터를 작동해 물을 빼고 경비원 탈의실에 보관하던 낡은 신문을 가져다 물이 넘친 식당 바닥에 깔았다. 신문을 서너 번 반복해 깔고 걷자 물기가 어느 정도 사라졌다. 관리소장은 식당 상태를 사실대로 경영지원팀에 보고했다. 식당 주방장과 주방보조 영양사까지 출근하자마자 모두 놀란 표정이었다.

그래서 그날은 식당운영을 못해 사성전자 직원 300여 명과 별 넷 건물에 전세 들어 사는 뉴해피제과 100명, 뉴셀 50명 메뚜기보일러 50여 명 등 500여 명이 디지털단지 식당을 점령했다. 식당마다 줄이 구소련 붕괴 전에 배급 줄처럼 뱀처럼 휘어져 도로를 점령했다.

경영지원 팀장 최현 부장은 관리소장, 경비원 2명, 전기 담당까지 4명에게 사직서를 함께 받았다. 회사 규정에 따라 징계를 한다고 했다. 억울하면 출세하라고? 출세 못할 놈은 어디가나 출세는커녕 정규직이 되기 전에 수습경비를 하다가 퇴사를 한 것이다.

사성전자 자체 징계위원회가 열렸고 결과는 허남태 경비는 7년 동안의 근무 실태가 결근 한 번 없는 점이 임원들의 눈에 들어서 경비직을 유지했다.

상훈은 종로의 어르신취업 훈련센터에서 신입경비 교육과정을 마치고 처음 경비 실습 중에 해고당하게 된 것이다. 관리소장은 징계위원회에서는 권고사직으로 결정되었으나 창업자 최재석 회장이 전화 한 통으로 징계를 면했다. 전기기사는 지난주에 본 실기시험에 합격한 점이 부각되어 이 작은 회사에서 자격증을 소지하고 이론과 실무를 겸한 인재를 작은 월급으로 구하기 힘들다고 유임시켰다. 결국은 사성전자를 떠난 것은 한상훈 혼자였다. 사성전자는 공문을 세한통상주식회사에 보냈다. 출근율이 좋은 성실한 사람으로 경비를 새로 한 명 보내달라는 내용이었다.

사성전자에서 해고를 당한 상훈은 세한통상의 송기철 대리를 찾아갔다.

"어서 오세요."

"죄송합니다."

"세상 살기 참 힘이 드시지요?"

"네, 군대생활도 힘들게 했는데, 사회가 군대보다 더 힘든 것 같군요."

"네, 군대 간부들이 사회 나와 하는 소리가 사회생활이 이렇게 힘든 줄 알았으면, 군대서 윗사람에게 비위 좀 잘 맞추고 진급할 것을 그랬다고.”

"정말 군대 평정 잘 받기보다 정규직 되기가 더 힘드네요.”

"상훈 씨는 계속 경비직을 하실 겁니까?”

"뭐 다른 직종 있나요?”

"군대서 간부로 지냈으니 관리소장 하셨으면 좋겠는데……."

"아닙니다. 사람과 사람 관리가 경비보다 더 힘들어요. 그냥 경비 빈자리 있으면 소개바랍니다.”

"네, 우리 세한통상이 거래 업체가 200여 개 되니 곧 경비직 빈자리 날겁니다. 나면 바로 연락드릴 테니 전화 오면 잘 받아주세요.”

"네, 감사합니다.”

송기철 대리의 면담을 마치고 구로고용노동센터에 가서 실업수당을 신청했다. 그리고 더 할 일이 없자 경비 사수 김종옥에게 전화를 걸었다.

"네, 김종옥입니다.”

"사수님, 저 부사수 한상훈입니다.”

"사성전자 경비 해고되었다며? 미안해, 그날 내가 너무 술을 많이 권한 거 같아.”

"아닙니다. 아무리 술이 취해도 군대서는 출근 시간 늦은 적이 없는데 군기가 빠져 그런 겁니다.”

"백수, 시흥사거리서 뭐해 여기 와서 술이나 하세?”

"네, 가겠습니다.”

"그래. 전에 만났던 물레방아 식당에서 기다리지."

388번 버스를 타고 김포한강신도시 종점 한 정거장 전에 내려 물레방아로 가니 김종옥은 소고기버섯전골을 알맞게 약한 불로 따뜻하게 먹기 좋게 하고 기다리고 있었다.

"형님. 이렇게 소주병을 앞에 두고 주당이 고사 지내게 해서 죄송합니다."

"아니야, 나도 여기 전화로 주문하고 온 건 5분도 안 되네."

"군대서 사수 부사수가 군대 전역 후에도 만나는 이유가 뭔지 아나?"

"그야 고운 정 미운 정 다 들어 그런 거 아닙니까?"

"힘든 특수부대의 사수 부사수나 통신병 등 주특기가 좀 난해한 곳이 사수 부사수가 더 끈끈하지. 그런데 우리는 내가 한상훈에게 가르쳐주거나 군기 잡은 것 하나 없는데 왜 이리 끌리지?"

"그야 공공의 적이 있으니 끌리는 거 아닙니까?"

"야, 명언이다 바로 그거야 공공의 적!"

종옥과 상훈은 관리소장의 험담을 안주 삼아 소주잔을 비웠다.

"아니, 해고를 하려면 식당에 물이 차서 밥을 못하게 만든 원인 제공자 허 경비를 내보내고 더 원초적인 것은 자동으로 돌아갈 수중모터를 수동으로 하게 한 관리소장과 전기기사가 우선 해고감이지 들어가 배우는 수습 경비를 수습 중에 해고하는 사성전자의 수준이 앞날 사성전자 주식시세를 말해준다!"

"저도 술 마시고 출근 늦었으니 경비로 해고감이지요?"

"야, 지각 한번으로 경비를 해고하면 이 나라 경비 남을 놈이 없다."
"뭐, 세상 다 그런 거 아닙니까?"
"실력이 있거나 빽이 있거나?"
"예, 맞습니다."
"우리 해직된 수습 경비 한씨 앞날에 새로운 취직을 위하여."
"위하여!"
"위하여!"
"김포 하고도 한강신도시를 지키는 김종옥 형님의 건강을 위하여."
"위하여!"
"위하여!"
"그래 우리 둘 시기는 다르지만 사성전자에서 해고된 경비의 앞날에 영광을 위하여."
"위하여!"
"위하여!"
둘이 부어라 마셔라 소주병을 홀수로 세워놓았다. 빈병을 7개 세웠을 때 뉴스 속보가 나왔다.

"여기서 정치부 기자 간담회를 잠시 멈추고 서울 가산디지털 단지에 대형 정전사고가 발생하여 속보를 내보냅니다. 현장에 나가 있는 김필원 기자를 연결합니다. 김 기자 나와 주세요."
"네, 여기는 서울 금천구 가산디지털 2로 170-XX입니다."

"현장 소식 전해주시지요?"

"예. 이곳은 서울 금천구 가산동 사성전자로, 이곳 사성전자 옥상에 설치된 변압기가 터졌습니다.

이곳의 변압기는 22,000볼트의 고압을 사성전자 내의 필요한 곳에 직류 3볼트, 6볼트, 9볼트, 12볼트 등 다양하게 변환시키는 장치인데 오늘 오후 7시 경 변압기가 폭발했습니다. 다행히 생산 직원들이 모두 퇴근 한 후라 인명피해는 없었습니다."

"화재 원인은 밝혀졌습니까?"

"아닙니다. 관할 119소방서에서 과부하로 추정할 뿐, 자세한 것은 합동 감식반이 이곳의 잔해 물을 수거해서 분석해봐야 알 것 같습니다."

"감사합니다. 지금까지 사고 현장에서 김미자 기자였습니다."

"내가 전에 한씨 왔을 때 말했지. 더 큰 문제가 있다고 그게 저런 거야. 생각해봐 해고 안당하고 한씨가 경비로 근무하다 저런 일이 발생하면 경비가 속이 편하겠어?"

상훈은 뉴스 자막에서 눈을 뗄 수가 없었다.

- 서울 금천구 가산동 민주전자 옥상 변압기 폭발 인근지역 암흑 -

뉴스 자막이 좌에서 우로 이동하는 사이 화면에 관리소장 우병욱이 개밥을 들고 소나무 아래로 걸어가는 장면이 보였다. 경비실 앞에 최재석 회장이 긴장된 모습으로 서있고 최현 부장이 사옥 옥상의 폭발된 변압기를 손가락으로 가리키며 뭔가 설명하는 장면이 지나갔다.

화면을 향해 김종옥이 한마디 했다.

"저 놈은 저런다니까 회장만 나타나면 지가 개밥 들고 설치고 다른 때는 경비에게 경비 서다말고 개밥이나 주라고 누구는 너만 못해서?"

숙주를 위한
변명

숙주를 위한 변명

녹두나물이 쉽게 변한다고 배신의 아이콘으로 나를 빗대어 숙주나물이라고 부르는 것을 모르는 바 아니지만, 21세기에도 집현전에서 사가독서에서 우정을 나누던 성삼문과 다른 길을 갔다고, 내 아내가 대들보에 목을 매어 죽었다는 말이 사실이 아님에도 사실로 믿고 있다.

아내가 사망한 것은 계유정난 이전 일이다. 계유정난에 성삼문의 길을 함께하지 못한 것을 분(憤)해서 아내가 죽었다는 것은 사실이 아니다. 신의를 지킨다는 것, 충성을 다한다는 것이 한 임금에 대한 충성인가? 사직에 대한 충성인가? 고민을 많이 했다.

저승에서 삼문과 600년이 지난 오늘도 화해를 못하고 다른 길을 가고 있다. 자네는 나를 도저히 그럴 수 없는 놈이 어떻게 수양대군에게 꼴딱 넘어갔냐고 하겠지만 수양대군에게 넘어간 것이 아니라, 대군이 탄 말의 만 리(萬里)길을 내가 고삐를 끌고 간 것이다.

내 판단으로 한 일이지, 수양대군이 회유하거나 장래 정승의 자리를 약속하고 나를 데려간 것이 아니다. 삼각산 진관사 사가독서시절에 민가에 몰래 내려가 자네와 동동주 한 잔을 하면서 학문을 논하고 음운을 논하고 조선의 미래에 대해서 걱정하였고, 이 세상 가장 모범이 되는 살기 좋은 조선을 만들자고 토론했었지. 자네는 나에게 충성이 무엇이냐고 물었고, 나는 충성은 내 마음이 향하는 것이라고 말했네. 세월이 흘러 사람에게 충성하는 것이 아니고 국가에 대한 충성이라고 말하는 사람도 생겨났지.

세종이 승하하시기 얼마 전에 세손을 잘 부탁한다고 하는 말에 같이 대답을 하였고 세월이 지나 세손이 왕위에 오르자 박팽년 대감 같은 권신들은 신하들의 뜻을 어린 임금에게 관철하려고 했고, 수양대군은 대신들이 왕권에 간섭하는 것을 못마땅했지.

고려의 불교광란에 백성들이 굶어죽거나 말거나 집권층만 배부르면 된다는 것을 뒤엎어버리고 왕이나 백성이나 잘 사는 나라를 만들어보자고, 목숨을 건 역성혁명으로 만든 조선이 몇 대를 못가서 신하들에게 휘둘리는 왕조가 되는 것을 나 혼자만이라도 왕권을 흔들리지 않게 하고 싶었네.

자네와의 우정을 세상 사람들은 부러워했지만 결국 계유년(癸酉年) 사건으로 우리는 갈라섰지.

나는 1438년 사마양시에 합격하여 생원·진사가 되었고 자네는 1435년 생원시에 합격했고 1438년 문과에 급제해서 집현전 수찬이 되었다. 세종의 은밀한 음운창제에 대한 하명으로 요동에 귀양 온 황찬을 함께 만나고 음운에 대한 서적을 베껴서 보고했었지만 1443

년 세종 25년 훈민정음 창제 검토에 중요한 그 시기 2월 21일 왜(倭)에 통신사(通信使)로 떠나는 변호문을 수행하는 서장관이 되었다.

　서장관은 통신사 일행이 왜국에 가는 곳마다 역관이 통역을 하지만 국가의 중요한 기밀에 관한 것은 내가 직접 통역을 하고 답변을 했다. 역관에게 통역을 시키면 통신사에게 그대로 묻고 답변도 그대로 하면 조선의 기밀을 다 왜(倭)에 넘겨줄 것을 염려한 임금님께서 보통의 것은 역관을 시키되, 조선의 기밀사항은 서장관이 직접 답변하고 묻고 답한 것 일체를 돌아오면 문서로 보고하라고 하셨다.

　통신사 수행을 마치고 돌아오는 길에 성삼문과 다른 집현전 학자들을 생각하면서 시를 한 수 지었다.

반세천애이권유(半歲天涯已倦遊)
귀심일석고산추(歸心日夕故山秋)
산중구우청등야(山中舊友靑燈夜)
한화응회해외주(閑話應怳海外舟)

타국에 떠돈 지 어느새 반년 지나고
마음은 밤낮 돌아갈 고국산천
등불 밝혀 글 읽던 산중의 친구들
한가할 때 바다로 떠나간 배를 말하겠지

삼문은 어린 임금이 수양에게 옥새를 전했을 때 나오는 눈물을 참았다. 세종 임금이 하신 말씀을 가슴에 담고 있었다. 언젠가 기회가 오면 상왕전하를 다시 보위에 오르게 하는 것이 임금과의 약속을 지키는 것이다. 울분을 바로 목숨을 끊어버리는 것이 아니라 기회를 봐서 수양을 제거하고 나의 목숨을 버리고 상왕을 보위에 다시 오르게 하는 것이 제대로 목숨을 버리는 것이라 생각했다.

동동주를 마시면서 나눈 대화에서 숙주는 아니라고 판단한 자네는 나를 제외한 박팽년, 하위지, 이개 등과 뜻을 모았다. 은밀하게 절대로 숙주 눈과 귀에 보여서도 들려서도 아니 된다고.

한명회를 만났다. 압구정동 한명회 정자를 찾아갔다. 주안상을 준비했다.

"성삼문과는 눈도 마주치지 않는다고 들었습니다."

"네, 집현전 시절에 그 오랜 시간을 함께 하였는데, 이제는 서로 건널 수 없는 강을 사이에 두고 있습니다."

"집현전 대감들이 숙주대감만 빼고 다 상왕을 복위할 일을 도모한다면서요?"

"그래서 찾아왔습니다."

"무슨 낌새라도?"

"명(明) 사신을 위한 연회를 한다는데 별운검은 누구로 내정되었습니까?"

"네, 성승 대감과 유응부입니다."

"성승은 성삼문의 부친이옵니다."

"설마 그 노인 영감이 딴 마음이야 있겠습니까?"

"자식을 끝까지 사랑하는 것이 아비입니다. 자식도 아비를 효로 모시지만……."

"허 참, 성승 삼문 부자가 다 상왕을 복위시키려한다……. 이거 참, 야단이군요."

"어제 삼문이 퇴청하는데 저를 피해 가는 얼굴빛이 어두웠습니다."

"잘 알았습니다. 술이나 드시지요?"

호리병에 든 술을 다 비우고 다시 한 병을 가져오게 했다. 실컷 마시고 밤이 삼경이 되어 집으로 들어왔다.

드디어 창덕궁에서 명나라 사신을 위한 연회가 열렸다. 분주히 움직이는 나인들 사이로 한명회는 변장한 무사들을 연회장 요소요소에 배치했다.

성승 대감과 유응부가 입궐을 했다. 한명회는 오늘 연회에 별운검은 두지 않기로 했으니 돌아가시라고 했다. 성승과 유응부 얼굴색이 변했다.

거사를 어떻게 알았을까? 성승 대감은 모른 척 하고 물었다.

"아니, 어제 밤까지 아무런 기별이 없어 입궐했는데, 여기서 돌아가라니 누구의 지시오?"

"예, 명나라 사신들이 별운검은 술맛이 떨어진다고 해서 그런 지시를 하였습니다."

유응부는 당장이라도 한명회 목을 날린 듯이 기세등등하게 말했다. 그날의 거사를 밀고한 자는 전혀 예상치 못한 김질이었다. 거사에 성공하면 장인 정창손을 영의정으로 추천하겠다고 해서 참여했는데 심약한 김질이 장인에게 그 말을 하자 장인이 김질을 앞세워 바로 수양대군에게 이실직고했다.

1443년 세종 25년 10월 13일에 왜(倭)에 갔던 통신사들이 귀국을 했고 자신들이 보고 들은 것을 잘 정리해서 세종 임금께 보고했다. 보고를 마치자 그들에게 돌아온 것은 수고했다는 짧은 한마디였고 오직 세종의 관심사는 훈민정음이었다.

그해 12월 30일 한해를 정리하고 새해맞이를 준비하는데 임금님은 언문 28자를 만들었다고 이것을 훈민정음이라고 한다면서 보여주셨다. 글자는 옛 전자(篆字)를 모방하였으며 초성, 중성, 종성으로 나누어 합한 연후에야 글자를 이룬다고 하셨다.

구해다 드린 통지의 칠음(七音)과 사성(四聲)원리를 알고 있었기에 전하께서 신하들의 반대를 미리 차단하느라 전자(篆字)를 모방했다고 하였지만, 실제는 실담어(悉談語)의 오십음운(五十音韻)에서 취사한 것임을 알 수 있었다.

어명으로 만들고 반포되는 훈민정음을 신미대사가 큰 기여를 한 것을 알고 있다. 훈민정음은 소리 나는 그대로를 기록할 수 있기에 한양의 말소리, 경상도, 전라도, 충청도, 경기도, 함경도, 평안도 등 팔도사투리를 소리 나는 그대로 옮겨 적을 수 있는 발음기호였다.

수양대군은 계유정난으로 잡혀온 죄인들에 대해 의금부에 지시하여 '신숙주가 감옥의 어느 죄인을 만나든지 통제하지 마라'는 지시를 내렸다. 성삼문이 갇혀있는 옥사로 갔다. 그리고 성삼문에게 말했다.

"삼문이 나 좀 보세?"
"삼문이 죽은 지 오래되었소!"
"그러지 말고 대화 좀 나누세?"
"……."

어떻게 해서라도 성삼문을 죽음만은 면해볼 요량이었으나, 이미 죽음을 각오하고 있었다. 어린 임금이 수양대군에게 옥새를 넘긴 날 이후의 나라에서 받은 쌀은 그대로 헛간에 보관하고 있었다. 목숨을 살리려고 접근했으나 나를 송충이 보듯 했다. 삼문이 옥에서 밖으로 끌려 나가면서 나에게 시 한 수를 건넸다.

'어진 임금이나 도와서 태평성대를 이룩하게나. 나는 돌아가 옛 임금을 지하에게 뵙겠다. 내 시나 후세에 전해주게나.'

격고최인명(擊鼓催人命)
회고일욕사(回顧日欲斜)
황천무일점(黃泉無一店)
금야숙수가(今夜宿誰家)

둥둥 북소리 목숨을 재촉하네
돌아보니 해는 이미 기울었네
머나먼 황천길에 주막하나 없으니
오늘 밤은 뉘 집에서 묵을까나

임금이 훈민정음을 창제했다고 보여주자 최만리를 비롯한 많은 신하들이 반대상소를 했다. 최만리의 반대에도 훈민정음에 연연했던 것은 조선(朝鮮)이라는 나라가 중국의 한자를 쓰고 있지만 한자를 모르는 일반 백성들도 말을 하는 것을 써서 의사소통이 가능하게 하는 것이 나라의 기틀을 반듯하게 올려놓는 길인 것을 통찰하고 있었다.

최만리를 비롯한 신하들은 훈민정음은 중국의 대국을 섬기는 우리 조선이 새로운 문자를 만드는 것은 법도에 어긋난다고 반대했다. 반대만 한 것이 아니라 훈민정음을 언문, 즉 똥글 '통시(通屎) 글'이라고 비하했다.

'신(臣) 최만리 엎드려 뵈옵건대 언문제작은 사물의 이치를 밝히고 슬기롭게 행하는 것이 아득한 옛것으로부터 나온 것은 알겠습니다만 감히 의심할 점이 있어 아래와 같이 삼가 상소하오니 성상의 언문을 거두어주시기 바라옵니다.

우리는 조종 이래로 중국을 섬겨 오로지 그 제도를 따라왔는데 이제 언문을 창제하시면 이것을 보고 듣는 이들이 이상하게 여길 것입니다.'

반대하는 신하들을 향해 세종은 서운한 마음을 참지 못했다. 훈민정음을 반대하는 상소에 가담한 신하들은 당상관이든 당하관이건 모두 옥에 가두라고 명하였다.

'너희가 말하기를 음을 써 글자를 합하는 것이 모두 옛것에 어긋나는 일이라고 했다만 설총이 만든 이두도 역시 음을 달리하고 있고 이두를 만든 근본 취지 또한 백성을 편안케 하자는 것이었다. 지금 언문 역시 백성을 편안케 함이 아니냐? 너희는 설총이 이두를 만든 것은 옳다고 하면서 임금인 내가 한 일은 옳지 않다고 하는 것은 무슨 까닭이야?'

"너희가 운서를 아느냐?"

"칠음과 사성을 알며 자모가 몇인지 아느냐?"

"만일 한자(漢字)음이 제멋대로 읽히는 것을 지금 바로잡지 않는다면 그 누가 어느 세월에 바로잡겠느냐?"

분(憤)을 참지 못한 세종은 최만리, 신석조, 김문, 정창손, 하위지, 송처검, 조금 등을 의금부에 하옥했다.

분(憤)이 삭자 다음날에 풀어주었지만, 정창손은 파직시켰고 김문은 다시 심문해서 보고하라고 했다.

임금은 오래도록 안질을 앓았다. 두 눈이 흐려지고 눈동자가 깔깔하며 어두운 곳을 다닐 대는 지팡이로 더듬더듬 앞을 더듬고 다녔다. 백내장까지 생겼다.

초정약수가 좋다는 소문에 초정약수로 목욕도 하고 마시기도 했다. 정말 신기하게 침침하던 눈이 조금 밝아졌다. 그렇게 기쁠 수가 없었다.

세종은 속리산 복천암에 머물고 있는 신미대사를 초수행궁으로 불렀다. 신미는 임금이 훈민정음을 만드는데 집현전 학자들 어느 누구보다 큰 기여를 했다. 신미는 훈민정음 골격을 완성하는 모음과 자음의 체계를 임금에게 처음 아뢰었다.

"전하, 모음은 허파에서 올라오는 공기의 흐름을 구강 내에서 방해받지 않으면서 소리를 내는 것이옵니다. 자음은 방해함으로 그 소리가 생기는 것입니다."

"그래, 나도 공주에게 '아, 아, 아~' 발음 연습을 시켜보아서 그 정도는 알고 있었느니라. 천자문을 한 자 한 자 따로 읽게 하여 입모양과 혀의 위치를 눈여겨보았다."

"전하, 불경에 쓰인 한자가 한자로만 읽고 나니 뜻이 통하지 않아 범어를 익히고 나니 불경의 한자라는 것이 범어를 음사한 것이라 오히려 우리말의 토속 사투리를 음사를 했다는 것을 알게 되었나이다."

"그래, 듣던 중 반가운 소리로다. 계속 정진해서 백성들 누구나 쉽게 쓸 수 있는 문자를 만들어야 한다."

"예, 전하 명심하겠습니다."

1446년 세종 28년 9월 29일 3년 전에 창제한 훈민정음을 반포하기 전에 신미대사에게 불경을 훈민정음으로 번역하라고 명령했고, 조선왕조의 정통성과 당위성을 널리 알리는 용비어천가를 창제한 훈민정음으로 짓도록 하명했다.

세종어제(世宗御製) 「훈민정음(訓民正音)」의 서문 한자 원문은 54자이고 「한글언해본」은 108자다. 훈민정음해례본 끝부분에 정인지의 후서가 실려 있다. 세종임금의 서문과 구별하기 위해 후서라고 불렀다.

'천지자연의 소리가 있으면 반드시 천지자연의 글이 있다. 때문에 옛사람이 그 소리를 바탕으로 글자를 만들어 만물의 정을 통하게 했다.

　삼재(三才) 천인지(天人地)의 근본원리를 실었으니 후세 사람들이 쉽게 바꿀 수 없었다. 그러나 사방의 풍토가 다르고 소리의 기운도 각각 다르다. 대개 중국 이 외의 외국어는 말의 소리는 있으나 글자가 없어 중국의 글자를 빌려 그 쓰임에 통하고 있다. 이것은 마치 둥근 구멍에 모난 자루를 낀 것처럼 들어맞지 않고 서로 어긋나서 통하지 못한다.

　각기 다 처한 바에 다라 편리하게 할 것이지 억지로 똑같게 할 수는 없다. 우리나라의 예악과 문물제도는 중국과 다를 것이 없다. 다만 우리말과 사투리는 중국과 다르다. 그러므로 글을 배우는 사람들은 그 뜻을 알아내기 어려워 고심하고 옥사를 처리하는 이들은 사건의 곡절을 통하는데 어려움을 격고 고심하고 있다.

　옛날 신라의 설총이 처음 이두를 만들어 관청과 민간에서 지금까지 쓰고 있다. 이두는 한자를 빌려 쓰는 것이어서 어렵고 막혀서 비루하고 근거가 일정하지 않고, 말하는 것을 적는 일에는 그 만분의 일도 통하지 못했다.

　1443년 세종 25년에 우리 전하께서 정음 28자를 만드시고 간략하게 보기와 듯을 들어 보이고 이름을 훈민정음이라 했다.

　상형을 본떠서 만든 것이라 했지만 글자는 옛날 전자(篆字)와 비슷하다. 소리를 따랐으므로 음이 칠조(七調)에 맞고 삼극(三極), 삼재(三才)의 듯과 이기(二氣) 음양(陰陽)의 묘가 모두 포함되었다.

　28자로써 전환이 무궁하며, 간편하고 요긴하고 정밀하게 쓸 수 있다. 그러므로 슬기로운 사람은 하루아침이 끝나기도 전에 깨칠 수가 있고, 어리석은 사람도 열흘이면 넉넉히 배울 수 있다.

이 글자로써 한문을 풀면 그 뜻을 잘 알 수 있고, 이것으로 송사를 들으면 그 실정을 쉽게 알 수가 있다. 글자의 운(韻)으로서는 청탁을 잘 가려낼 수 있고, 악가(樂謌)는 율려가 잘 조화된다. 쓰는데 부족함이 없고 가는 곳마다 통하지 않음이 없다. 비록 바람소리, 학의 울음소리, 닭이 홰치며 우는 소리, 개 짖는 소리도 적을 수 있다.'

전하께서 이 글자에 대한 상세한 해석을 붙여 모든 사람에게 알리라고 명했다. 이에 신(臣) 정인지, 최항, 박팽년, 신숙주, 성삼문, 강희안, 이개, 이선로 등과 더불어 모든 풀이와 보기를 지어 이 글자의 줄거리를 서술했다. 이글을 보는 이들이 스승 없이도 혼자 깨달을 수 있기를 바란다. 깊은 연원과 정밀하고 묘한 이치에 대해서는 신들이 능히 펴 나타낼 수 있는 일이 아니다.

공손히 생각하건대 우리 전하께서는 하늘이 내린 성인이다. 지으신 법도와 베풀어주신 시정의 업적이 모든 왕을 초월, 정음을 지으심도 있던 것을 이어받아 펴신 바가 없고 자연에서 이룬 것이다. 참으로 그 지극한 이치가 있지 아니한 바가 없으며 사람의 힘으로 사사로운 일이 정녕코 아닐 것이다.

동방에 나라가 있은 지 오래 되었으나, 만물을 열어놓고 그 일을 성취하는 큰 지혜는 대개 오늘을 기다리고 있었다. 1446년 세종 28년 9월 상한 정인지는 엎드려 절하고 머리 조아려 삼가 이글을 씁니다.3)

---

3) 훈민정음 정인지 서에서 번역 인용

문종(文宗)이 재위 2년 3개월 만에 돌아가시고 어린 임금이 즉위했다. 문종은 유명으로 황보인 김종서에게 어린 임금의 보필을 당부했다. 이로서 재상들의 합의체인 의정부가 국왕을 보필하는 기관에서 오히려 국왕의 국정을 지도하는 곳으로 변했다.

역사는 돌고 도는 수레바퀴인가? 600여 년이 흐른 1980년에 최 대통령의 국정을 보필한다고 만든 국가보위자문위원회가 오히려 대통령의 국정을 지도하는 것처럼 되었다. 박 대통령이 아무도 예측하지 못한 시기에 김재규 총탄에 가신 후에 최 대통령은 대통령으로 추대는 되었지만 빨리 무거운 짐을 벗고 싶었다.

유신헌법이 아무리 좋다고 해도 국민 대다수가 대통령을 내 손으로 직접투표로 하고 싶은 것을 최 대통령은 알고 있었다. 자신은 임시 정부의 대통령이고 헌법이 국회서 정비되고 새로운 헌법이 입법되고 그에 따라 새 대통령이 선출되면 물려줄 것으로 예상했다. 하지만 새 헌법을 만들기 전에 하야했다.

"국민 여러분!

오늘 대통령을 떠나면서 다시 한 번 국민 여러분에게 대립과 분열이 아닌 이해와 화합으로 대동단결하고, 불퇴전의 의지와 용기로 부강한 민주국가를 건설하여 대한민국의 민족사적 정통성에 입각한 나라를 만들 것을 간곡히 당부합니다.

끝으로 국민 여러분의 깊은 이해와 아낌없는 협조에 심심한 사의를 표하면서 우리 대한민국 앞날에 평화와 안정 그리고 영광과 융성이 함께하기를 기원합니다."라고 성명을 마쳤다.

하야 성명은 8월 16일에 낭독했지만 그해 12월 13일 05시 10분에 정승화 총장 체포연행 조사문건에 서명하는 순간 염두에 두고 있었다. 언제고 때가 되면 떠나리.

그날 밤에 결재서류를 들고 온 전두환보다 유학철, 황영순, 차규한 3명이 전두환보다 더 얌통머리 없어 보였다.

3성 장군이면 2성 장군 전두환에게 상급자답게 정도의 길을 가라고 하급자를 나무라자는 못할망정 낮은 자에게 아첨이나 하고 엄연히 국방장관이 있음에도 불구하고 공관까지 찾아온 것은 두고두고 잊을 수 없다. 이들 장군들이 천자문이나 소학을 제대로 음미하며 읽었는지, 인의예지신(仁義禮知信)을 알고나 있는 장군인가 묻고 싶다.

그날 새 울고 먹먹한 밤 영월에 유배지에서 지었다는 자규시(子規詩)가 떠올랐다.

한 마리의 한 맺힌 새가
궁중에서 나온 뒤로
외로운 몸 짝 없는 그림자가
푸른 산속을 헤맨다

밤이 가고 밤이 와도 잠 못 이루고

해가 가고 해가 와도
원한은 끝이 없구나

두견새 소리 끊어진 새벽
멧부리엔 달빛만 희고
피를 뿌린 듯한 산골짜기에는
지는 꽃이 붉구나

하늘은 귀머거리인가?
애달픈 이 하소연을
어이 듣지 못하는가?

어쩌다 수심 많은
이 사람 귀만 홀로 밝은고

단종초기의 황보인 김종서가 단종을 보필하는 것을 사관(史官) 이승소(李承召)의 표현에 의하면 '군주는 손 하나 움직일 수 없는 괴뢰적인 존재로 전락되었고, 백관(百官)은 왕명을 거들떠보지도 않았다. 의정부가 있는 것은 알겠으나 군주(君主)가 있는 것을 알지 못한지 오래되었다.[4]

---

4) 한영우, 왕권의 확립과 제도의 완성 논문에서 인용

왕은 허약하였으나 수양대군과 안평대군은 의정부 대신들과 대립하게 되었다. 수양 안평 두 대군은 각자 자신의 세력을 넓혔다.

단종 원년 1453년 10월 수양대군이 김종서, 황보인 등 의정부 대신을 제거하고 계유정난(癸酉靖難)을 감행했다. 계유정난에 중요한 인물들은 한명회, 권람, 신숙주였다. 의정부 대신들은 어린 왕을 보필한다는 이유로 '황표정사'제도를 도입했다. 이것은 조정에서 인사 지명권을 위임받은 신하가 후보자 서너 명을 임금에게 명단을 올리면서 황색 점을 찍어 보고했다. 임금은 그 황색 점이 찍힌 인물을 임명했다.

김종서, 황보인은 자신들의 권력기반을 강화하기 위해 안평대군과 손을 잡았다. 권력욕이 강하고 야심가였던 수양대군보다는 조정의 대신들과 술도 잘 마시고 시문에도 능한 학자풍의 안평대군이 의정부 대감들과 쉽게 친해졌다.

1452년 9월 어린 임금의 즉위를 인정하는 명나라 황제의 사은사에 수양대군이 가면서 서장관으로 동행했다. 한양을 떠나 명나라 황제를 알현하고 돌아올 때까지 말고삐는 내가 가자면 갔고, 쉬자면 쉬었다.

1453년 10월 10일 수양대군은 김종서를 처단했다. 수양대군이 김종서 대감을 찾아갔을 때 심복만을 대동했기에 별 의심 없이 만났다. 수양이 두루마기 소매 속에서 서찰 한 장을 꺼내주면서 대감께 드릴 청이 있다고 말했다.

김종서는 서찰을 펼쳐 읽으려고 고개를 숙이는 순간 수양의 심복이 철퇴를 휘둘렀다. 전혀 예측하지 못한 공격에 김종서가 쓰러지자 아들 승규가 '아버님!'하면서 위에서 아버지를 덮었다.

심복 양정이 나타나 칼로 부자의 목을 날렸다. 김종서를 제거 후 수양대군은 왕명을 빙자하여 황보인을 비롯한 조정의 대신들을 모두 궁으로 입궐시켰다. 한명회가 미리 작성한 살생부에 따라 황보인, 조극관, 이양 등은 처형되었고 정인지, 신숙주는 살아남았다.

유교 정치이념으로 볼 때 수양대군의 집권은 명분과 정통성, 도덕성에 불의한 일이었다. 수양대군의 왕위찬탈로 높은 벼슬에 올랐지만 성삼문을 생각해 기쁜 내색을 할 수 없었다.

조선왕조 500년에 성삼문은 충신의 대명사였고 숙주는 변절 지식인의 대명사 녹두 나물을 숙주나물로 불리는 수모를 당하면서 살았다.

수양대군은 계유정난을 통해 김종서 같은 상왕의 고명대신을 제거하는데, 기여한 정인지 등 36명에게 정난공신(靖難功臣)을 명했다.

공신들이 노리는 것은 많은 전답과 노비였고 재산목록 노비 중에 미색이 좋은 노비는 골라서 첩으로 삼고 처지면 종으로 부리는 것이 세태였다.

정도전이 꿈을 꾸던 유학의 도가 펼쳐지는 조선은 이미 도가 땅에 떨어진지 오래였다. 자신이 왕이 되기 위해 조카를 죽이는 조선은 더 이상 유학의 나라가 아니라고 분(憤)해했다. 세종임금이 평생을 바쳐 육성해온 집현전 학자들이 수양대군에 의해 처단될 때 선비들은 스스로 죽거나 은둔으로 한양에서 사라졌다. 조정에서 벼슬살이를 연명하던 선비들에게 충(忠)과 효(孝)와 논어에 수없이 등장하는 인(仁)은 서당에서나 들렸지 세상에는 사라졌다.

보고도 못 본 척, 듣고도 못 들은 척, 장님이나 귀머거리처럼 세상을 살아야 했다. 성삼문, 박팽년, 하위지 등은 세종의 뜻을 기리면서 당당하게 죽음을 맞았다. 노량진 사육신 묘지에 안장된 육신(六臣)의 시신들은 새남터에서 처형되었다. 한명회가 지은 압구정 정자에서 한강 하류를 내려다보면 노량진 언덕에 사육신의 시신을 수습한 매월당은 세상이 싫다고 은둔의 길로 갔다.

조선왕조 500년은 왕실에서 피바람의 연속이었다. 왕권 다툼이 일 때마다 권력을 향해 해바라기처럼 신하들은 고개를 내밀고 고개가 부러지거나 공신대열에 끼어 공신전으로 대대손손 부를 대물림했다.

태조에게는 고려를 멸망시키고 조선을 개국하게 하는 배극렴 등 39명의 개국공신이 있었고, 정종에게는 정도전을 제거할 때 앞장 선 조준 등 17명의 공신이 있었다. 왕자의 난을 두 번째 겪는 태종에게는 하륜 외 37명의 공신이 줄을 섰다. 계유정난은 정인지 등 36명이 정난공신에 책봉되었다.

자네는 죽임을 당하기 직전에도 당당하게 시를 한 수 지었다.

식군지식의군의(食君之食依君衣)
소지평생막유원(素志平生莫有遠)
일사고자충의재(一死固知忠義在)
현릉송백몽의의(顯陵松栢夢依依)

임금의 밥을 먹고 옷을 입어
평소에 품은 뜻 어긴 일 없었다네
이 죽음으로 충의가 어디 있는지 알리라
현릉의 소나무와 잣나무 꿈에 어리네

600년이면 이승에서의 감정이 저승에서 풀린 것 같아 삼문에게 물었다.

"자네는 왜 훈민정음해례에 가당치도 않은 천인지(天人地) 삼재(三才)를 정인지가 삽입하는 것을 말리지 않았는가?"
"말릴 겨를이 없었다네. 이미 요승 신미랑 임금님이 정인지를 불러서 '훈민정음 해설에 우주원리를 넣을 수 있을까?'하는 말씀에 '천인지(天人地) 삼재와 음양오행을 넣으면 되겠다.'고 하니 정인지가 알아듣고 그렇게 쓴 것을 내가 어찌 배라 하겠나?"
"자네는 황찬에게서 통지를 얻어다 드릴 때, 칠음서(七音序) 읽지 않았는가?"
"알지. 정초가 만든 『통지』에 칠음이라는 것은 서역에서 기원하였지. 하나라 때 중원으로 유입되었네. 범승이 이 음운을 가르쳐 천하에 전하고자 하여 이 칠음을 지었어. 비록 수백 가지로 번역하였지만 멀리 일자에도 통하지 못하였네. 만물의 음성이 여기에 구비되었지. 비록 학이 울부짖는 소리, 바람소리, 닭 우는 소리, 개 짖는 소리, 매미가 귓가에 스쳐가는 소리 모두 번역할 수 있어. 『통지』의 이야기를 훈민정음 해례에 정인지가 넣은 것은 집현전 학자로 아주 근본적인 출처 기록도 안하고 넣어 후학들에게 심대한 피해를 입혔다고 보네."

"그걸 말이라고 하나? 숙주는 숙주나물 소리를 들어도 동국정운 서문에 집현전 학자들 공부 안하는 것을 호통 치는 글을 남겼네!"

"다 지난 일을 호통 치면 뭐 하겠나?"

"호통의 글을 보고 후학들이 새롭게 연구를 하지?"

"어느 하 세월에 한자도 모르는 학자들이 훈민정음해례나 제대로 읽을라나?"

"천 년이 가기 전에 학자가 나왔어?"

"정말?"

"자네는 노량진에 사육신묘지 후세 학생들이 매년 한글날을 기념하여 자네들의 충절을 주제로 백일장을 열고 있지만 내 무덤은 의정부에 있는데 우리 후손들이 시제를 지낼 때 학자 강상원(姜相源) 후학이 나의 탄생600주년을 맞이하여 동국정운과 훈민정음해제를 제대로 해석해서 선물로 주었다네."

"정말?"

"음 궁금하면 자네 후손들에게 현몽하여 「훈민정음해례오류」와 「동국정운 실담어 주석」을 번잡한 음식 대신 시제 상에 올리라고 해보게?"

"강상원은 한글전용 정책에도 한문 독학을 하였나?"

"독학 정도가 아니야. 일제 강점기에 훈민정음 빼앗긴 설움도 맛보았고, 미국에 유학을 가서 서양철학도 공부했는데, 미국으로 유학 가기 전에 사서삼경을 공부했고, 영어도 옥스퍼드 산스크리트사전을 1천 독을 한 정말 보기 드문 학자일세."

"아니, 그런데 그 강상원 후학이 신숙주를 어찌 알고 자네에게 그런 저작을 올려 올리길?"

"세상 사람들이 다들 숙주나물로 욕을 하더라도 강상원 후학이 세종임금님과 이 신숙주가 조선왕조 500년에 최고의 음운학자라는 것을 알아본 걸세."

"내가 후손들에게 현몽하여 제사상 상다리 휘어지게 음식 놓지 말고 책 두 권 올려라 할 걸 세만 일단 강상원 책 내용이나 대충 말해보게?"

"강상원 말이야, 미국 유학을 마치고 사서삼경을 읽힌 놈이 미국에서 철학박사나 따서 뭐하겠는가? 고민 중에 미국에 대학에 비치된 불경을 영어로 번역한 것을 보니 한심하게 번역이 되어 있어서 귀국해서 불경을 영어로 번역하는 일을 했다는 거야. 그러다 보니 자연스럽게 '실담어 공부' 없이는 불경 번역을 못하겠기에 공부하다보니 불경의 단어가 내가 만든 '동국정운' 음운기록이 표기가 같은 것을 발견하고 정진하여 조선시대의 동국정운 발음이 산스크리트어 발음이라는 것을 알고 대대적인 저술을 펼친 것일세. 놀라운 일 아닌가?"

"놀라운 일이군······."

"나는 늘 자네에게 미안하고, 자네보다 더 오래 살았으나 오래 산

것이 수치스러웠네. 차라리 자네와 같이 죽어 충절의 사표나 될 걸 하는 후회였는데, 저 강○○이라는 학자가 나의 '동국정운(東國正韻)'을 아주 확실하게 세련되게 전 세계적으로 학문하는 대학 도서관에 모두 비치할 정도로 해주어 오늘부로 자네에 대한 열등의식을 벗기로 했다네. 충절의 사표는 삼문 자네랑 사육신들이 차지하고 숙주나물은 조선시대 음운학자의 대표가 되기로 했네."

청산에 숙주라고 할까? 그러면 숙주를 위한 변명이 되려나?

올무

올무

눈이 내리면 올무를 만들어 20개 정도를 뒷산에 매설하고 열흘 후에 돌아보면 토끼들이 걸렸다. 어떤 놈은 눈을 감고 어떤 놈은 눈을 감지 않은 것도 있었다. 가장 슬픈 눈이 올무에 걸린 토끼의 눈이다.

내가 안선형을 찾아간 것은 영업을 위해서였다. 상조회 한 계좌 35,000원을 가입시키면 10만원의 수당이 나오기 때문에 한 달에 15구좌만 하면 되겠지 생각했다.

첫 달은 그럭저럭 아는 사람 통해 15계좌를 달성했으나 다음 달부터는 갈 곳이 없었다. 궁리 끝에 헌책방에서 동기회 인명록을 30,000원에 구입했다. 소대장 시절 동기부터 찾았다.

"예, 안선형입니다."

"선형! 나 영수다. XX사단에 같이 근무했었지?"

"야, 이게 몇 년 만이냐?"

"30년은 되었지?"

"반갑다. 지하철 충무로 7번 출구로 나온 방향으로 직진하다 보면

편의점 하나 있고 그거 골목 지나면 5층 건물인데, 4층이 우리 여행사야. 언제든지 놀러와."

"여행사 사장님이시구나?"

"사장은 뭐, 여행하는 사람 모집해 가이드 겸 하는 거야."

"알았다. 오늘은 통화만 하고 며칠 후 시내에 일 생기거든 그때 봐."

"그래."

강소팔 영업이사가 교육한 대로 했다. 친한 사람과 통화했다고 바로 방문하면 거절당하기 쉬우니 통화로 인지시킨 후에 뜸을 들이고 방문했다.

"충성!"

"영수야 잘 왔다. 반가워, 이게 몇 년 만이냐?"

"19XX년 소위 시절 보내고 금년 20XX년이니 30년만이네?

"참 세월 빠르다. 소위 시절 엊그제 같은데 벌써 30년이 흘렀구나!"

"그러게 말이야. 10년이면 강산도 변한다는데 세 번 변해서 만났다."

"나이는 들어도 얼굴 윤곽은 소위 시절 얼굴 윤곽 남아 있다."

"목소리 조용조용한 거 여전하시군?"

"그래 목소리가 작아서 항상 대대장님에게 혼났는데."

선형과는 동해안 최북단 통일전망대 부대에서 함께 보냈다. '팔도 사나이'란 노래처럼 전국의 사투리가 부대에 다 모여 있었다. 우리

대대도 선형은 서울, 나는 강원도, 박해익 소위는 전라도, 박흥수 소위는 경상도, 이경민 소위는 충청도였다. 부대 일과를 마치면 독신장교 숙소에서 '동양화'라는 은어로 불리는 화투를 즐겼다.

충무로 문무빌딩 4층 여행사에서 인사를 하고 대한극장 옆 골목 식당으로 갔다. 삼겹살에 소주를 마시면서 지난 32년 동안 서로 살아온 인생이야기를 나누었다. 솔직히 '상조 한 계좌 가입해줘.' 하는 소리가 목구멍에 턱 밑까지 올라왔어도 30년 만에 만난 동기에게 그 소리는 할 수 없었다. 그래서 선형의 이야기를 많이 들어주기로 했다.

질문을 던지고 선형이 대답을 하고, 강 이사가 가르쳐준 대로 머리를 끄덕이면서 칭찬도 하고 맞장구도 치고 고객을 춤추게 만들라는 강소팔 이사의 말을 잘 실천했다.

그는 광장시장에 있는 박해익에게 전화를 했다.

"선형이다. 해익이 너 전영수라고 알아?"

"알지? 소위 시정 통일전망대서 고생했는데요?"

"그래 영수 바꾸어 줄 테니 통화해봐."

"여보세요? 박해익이야?"

"오랜만이다."

"선형이 사무실서 기다리고 있어 내가 바로 간다."

선형, 해익, 영수 셋은 오랜만에 모여 XX사단 군대 시절이야기를 했다.

"XX사단에서 전역 전에 개고생을 했다."

"왜?"

"88서울올림픽 전야제를 하는 날에 월북 사건이 발생했다. 기억나?"

"아하, 조 일병 사건 말이지?"

"그래 내무반에 수류탄 2발 던지고 월북한 사고."

"19XX년에 중대장을 장영철 대위에게 물려받았는데 월북사고 난 부대더라고."

"고생 좀 했겠다."

"그럼 전투력 최하 중대를 야금야금 끌어 올리고 전방 철책 들어갈 대 XX년 사고 당시 이병이 병장이 되어 이들을 평계로 대대장에게 철책 들어가는 위치를 9, 10, 11중대 순이 아니라 11, 10, 9순으로 해달라고 했지. 거기서 순찰을 돌다가 박해임도 만나고."

"선형은 XX년 전역한 후에 어떻게 지냈어?"

"처음에는 포드자동차 디자인실에서 일하다가 제일기획으로 이직해서 3년 일하고 94년도에 일본 유학을 갔어. 거기서 디자인 공부를 좀 더 했지. 그런데 말이야 니들 정호영, 윤종필, 백운택, 김병욱 알지?"

"알지. 윤종필은 임관 10주년 행사에 행사준비위원장도 했었어요."

"그놈들이 나를 간첩으로 몰아 국가보안법 위반으로 교도소생활 2년 했다."

"뭐야?

"아니 무슨 오해받을 짓을 했기에 간첩이 된 거야?"

"일본유학 시절에 돈이 없어 민족장학금을 받았거든."
"민족장학금 그거 조총련계통 자금으로 만든 장학회인데?"
"그걸 알아?"
"알지? 정보장교로 20년 굴러먹었는데, 반국가 이적단체와 지령을 따라하는 인터넷 사이트 종류별로 다 구분했었지."
"그런 일도 했어?"
"20XX년 전역할 때 보안서약서 3년 이내 해외 나가지 않을 것이며 군대서 득문한 사항을 누설하지 않겠다고 서약을 해서 모르쇠로 살아왔지, 이제 다 지나서 말할 수 있다."
"그럼 너도 민족장학금 받은 걸로 국가보안법 위반자로 보이니?"
"아니, 민족장학회가 조총련 계통의 자금으로 만들어지긴 했는데, 후에 민단 자금이 보태져서 지금은 대한민국이나 북한이나 구분 없이 일본에 와서 공부하는 한국인 중에 재능 있으나 어려운 학생 남북 구분 없이 장학금 주는 걸로 회칙을 바꾸어 장학금 받은 것은 문제 안 되는데 그걸로 간첩을 만들었다 납득이 안 간다."
"어떤 놈이 간첩을 만든 거야?"
"정호영, 윤종필, 백운택, 김병욱이야."
"백운택은 처음부터 장기 복무한 것이 아니고, 자기는 5년 근무하고 나간다고 표창을 육사나 장기 복무하는 동기들에게 양보하다 보니 막상 대위에서 소령 진급할 때 1차로 못하고 2차로 했고, 소령에서 중령도 3차에 했고 중령에서 대령도 3차에 했다는 것이야. 그런데 사실은 정호영, 백운택, 김병욱, 윤종필은 진급해서는 안 될 놈들이 진급한 것이라고 아는 동기들은 다 알고 있어."

"육군대학에서 정호영 시험부정 사건은 나도 들어 알고 있어. 육군대학 9XX기로 입교했는데 정호영이 한 기수 앞에서 공부했어. 육사 출신끼리 스터디 결성했는데 정호영이 기무에서 잔뼈가 굵었고 육군대학을 마치고 다시 기무부대로 원복 된다고 하니 교관들도 정에게 밉보이면 안 될 거 같으니 시험문제초안을 흘려준 것이지. 답을 미리 다 외워서 문제를 읽지도 않고 답을 쓴 것이야. 시험 마치고 나와서 외운 답을 서로 불러 맞춰보니 육사 중에 똑똑한 몇 명이 육군본부 인사운영감실에 투서를 한 것이야. 육군본부 5부 합동검열 나오고 육군대학 창설 이래 최고의 수치스런 날이라고 했다. 시험문제 유출에 관련된 교관은 교관 임기 전에 야전으로 방출되어 갔고, 정호영과 같이 공부한 육사 중에 잘 나가는 몇 명이 정호영은 절대로 소령에서 중령 될 수 없게 육군 본부 인사운영통제실에 감시하겠다고까지 말을 했거든."

"그런 정호영, 백운택도 예비역 중령이야."

"그렇게 주변에서 진급하면 안 된다는 소리 들은 놈들이니까 비장의 카드를 쓴 것이 나를 간첩으로 만들고 역할 분담을 해서 내가 교도소에 수감되어 있는 동안에 다들 소령에서 중령으로 진급을 했고 그 중 둘은 대령으로 전역을 했지."

"영수는 보병이 왜 정보를 했어 그냥 보병으로 있으면 중령이나 대령은 될 텐데?"

"XX사단에서 중대장을 하고 2차 중대장 간 것이 부산에 있는 군수사령부였어요. 거기서도 보직 마칠 것 다 마치고 나니 명령 난 곳이 정보사령부 전투서열 장교를 명령이 나더군. 그거 마치고 대위에서 소령 진급을 했는데 용지를 주면서 정보에 O표 한 사람은 정보사령부서 근무하고 X표 한 사람은 야전으로 방출된다는 거야. 그래서 정보에 O표하고 남아서 정보장교하고 소령으로 20년 만기 채우고 전역했지."

"고생했구나?"

"고생은 뭐 다 밥 먹고 사느라고 직업으로 한 거지?"

"정보장교는 약간의 머리도 있어야 하고 순발력, 담력이 있어야 하는데, 네가 정보장교라는 것이 신기하구나?"

"말 가는데 소도 가. 군번이 좀 늦어 그렇지 남 하는 만큼 해."

전국 각지에서 훈련은 따로 받았지만 동기라는 이유로 어디를 가더라도 말을 놓고 지내는 동기 4명이 한 명을 간첩으로 만들고 4명은 승승장구해서 연금을 받고 살아가고 간첩으로 몰린 동기는 20년 동안이나 법정과 변호사 사무실을 드나들어야 하는가?

선형은 홀어머니가 식당의 허드렛일을 하면서 자식 공부를 시켰다. 아들이 합격하자 동네 어른들을 불러 없는 살림이지만 국수 대접을 했다. 그 아들이 간첩으로 몰리자 그녀는 기절을 했다. 선형어머니는 아들만 생각하면 눈물이 났다. '아들 하나 믿고 허드렛일을 하면서 아들을 키웠는데 그 아들이 간첩이라니?' 믿을 수가 없었다.

아버지 없고 재산 없어도 자식은 학교에서 지우개 하나 남에게 빌려 쓰지 않게 키웠는데 아들이 간첩이라고? 어머니는 그렇게 억울함을 풀지 못하고 고인이 되었다.

충무로 여행사에서 안선형, 박해익, 전영수 3명이 모여 캔 맥주를 마시는데 TV화면 자막에 안보지원 사령관에 함영신 중장 내정이라는 자막이 지나갔다.

"야, 기무사령관에 선배 함영신 내정이란다."

"함영신, 잘 알지. 부산 군수사령부 의장대장 시절에 사령관 비서실장이었어요."

"도움 좀 받았겠네?"

"의장대는 행사가 생명인데, 공문이 인사처에서 수발로 내려오면 준비 시간 촉박하거든. 비서실에서 행사관련 공문은 바로 의장대 전령 오라고해서 바로 복사해주었다. 의장대장 18개월 동안 행사준비 시간 촉박한 일은 없었다."

"그럼, 영전 축하드린다고 전화해봐?"

"그럴까?"

휴대폰을 눌렀다. 신호가 갔다.

"예, 함영신 중장입니다."

"충성! 전영수입니다. 선배님! 군수사령부에서 의장대장 지낸 전영수 대위 기억하시죠?"

"그럼, 기억하지. 지금은 후배는 어떻게 지내나?"

"선배님은 별 셋까지 가시는 동안 저는 소령으로 전역해서 상조회사 일하고 있습니다."

"그래, 열심히 잘하고 언제 시간되면 사령부 놀러오게."

"예, 알겠습니다. 충성!"

"야, 그렇게 싱겁게 인사만 하고 끊으면 어떡하니? 선형 억울한 사연 사령관 재임 중에 해결해달라고 해야지?"

"30년 동안 연락 없이 지내다가 전화로 사건 말하면 실례지?"

"동기회 밴드에 간첩사건에 대한 글 올렸다가 얼마나 항의를 받았는지 모른다."

"왜?"

"재판 진행 중인 것에 대해서는 일체의 중립을 유지하라고."

"무슨 중립을?"

"그러니까 선형 재판에 우호적인 한편과 정호영, 백운택, 윤종필, 김병욱 등이 속한 한편을 나누어 중립을 지켜달라는 뜻이겠지?"

"동기회 집행부 미친 새끼들 아녀?"

"세상이 그런 걸 어떻게 해? 소크라테스 형에게 물어봐?"

"너 정보장교라면서 의장대장도 했어?"

"처음에는 장군 되려고 보병 장교였다. 그러다 소령시절에 보병이 정보사령부에 근무하는데, 정보하면 남고 보병하면 야전군으로 나가라고 하더군. 그래서 정보가 되었지."

"정보장교면 북한 정보 많이 알겠네?"

"그 후로는 전혀 남조선은 신경 끄고, 북조선만 신경 쓰다 보니 선형이 억울하게 간첩이 되었고, 20년이나 재판 진행 중이라는 것도 이제야 알았다." 다시 전화를 했다.

"충성! 안보지원 사령관 내정 축하드립니다."

"후배 고맙네!"

"선배님 안보지원 사령관 가시면 동기생 안선형 간첩사건을 재조사해주세요?"

"그 사건은 이미 오래 전에 판결났는데, 재조사한다고 뭐 달라질 것이 있겠어?"

"당연히 재조사를 해서 동기를 간첩으로 만든 네 명의 연금을 삭탈 해야죠?"

"그거 쉽지 않아 법을 새로 만들어야 하는데 국회의원 중에 몇 명이나 찬성하겠어?"

"그럼 청와대 신문고에 올리겠습니다. 나중에 저를 원망하지 마세요."

오래된 이야기라 지금은 아는 사람이 별로 없지만 일본에서 김대중 대통령이 야당 정치인 시절에 납치된 일이 있었다. 한국의 정보기관이 일본에서 미행을 하고 요인을 납치한 것이다. 일본 신문은 한국이 일본의 주권을 침해했다고 아우성이었다. 결국 며칠이 지나고 일본에서 납치된 야당 정치인 김대중은 동교동 자택에서 몰골이 초췌한 모습으로 기자회견을 했다. 일본에서 괴한에 납치되었는데, 그건 안기부 공작이라고.

20XX년 5월 8일 어버이날이었다. 안선형은 남산대학교 응용미술과 강사를 했다. 강사 월급이 많지 않아 가족들과 외식도 별로 하지 않았으나 어버이 날이라고 노모와 아내, 초등학교 4학년 딸과 외식을 하러 나섰다. 고려대학교 근처의 '숲속의 전설'이라는 음식점을

향하는 길이었다. 전철 고려대역에서 교통카드를 찍고 나오자마자 알 수 없는 사람들이 신분증 검사를 했다.

"안선형 씨 맞죠?"

"예, 그렇습니다만……."

"서울지방경찰청 보안과 배상찬 경위입니다. 당신을 국가보안법 위반으로 체포합니다."

"아니, 동명이인도 있을 텐데 저는 간첩행위를 한 적이 없습니다."

"간첩인지 아닌지는 가서 조사받으면 알게 됩니다."

순식간에 일어난 일이었다. 80살 노모와 아내, 그리고 가장이 초등학교 6학년 딸 앞에서 수갑이 채워졌다. 바로 특수차량으로 태워져 홍제동으로 향했다.

남영동 대공 분실이 야당이 정권을 잡으면서 인권유린의 역사적 교육장으로 사용하겠다고 시민에게 공개하는 바람에 없어진 분실을 홍제동에 새로 지은 것이다.

홍제동 분실에서의 1호 피의자가 안선형이 되었다. 입고 있던 자신의 옷을 벗고 분실에서 주는 푸른색 헐렁한 옷으로 갈아입었다.

조사실은 지하 1층이었다. 박종철 고문치사사건으로 알려진 남영동의 물고문 시설이었던 욕조 대신 일반 화장실일 설치되었고, 전기고문, 기타 고문의 자재는 남영동이 별반 차이가 없었다. 조사관 이상준 경위가 백지 10장과 볼펜 한 자루를 주면서 그동안 일본과 한국을 왕래하면서 득문한 것을 모두 적으라고 했다. 안선형이 말했다.

"조사관님, 저는 정말 간첩행위에 대해서는 적을 일이 없습니다."

"이 새끼가 인간적으로 잘해주니 뭘 모르르네. 한번 맞아야 제대로 쓰지?"

조사관은 걸려 있는 가죽채찍으로 등짝을 내리쳤다.

"아야!"

"아야! 아야 소리 지르면 지를수록 너에게 채찍 돌아가는 숫자만 늘어간다 알겠나?"

"예, 알겠습니다."

"일본 여행하면서 졸업여행 간다고 신고하고 현역 소령을 일본 여행에 동행시킨 적 있지?"

"예, 그건 그 동기가 여행을 좋아하는데, 군인이라 여행갈 기회를 얻을 수 없다고 해서 제가 차후 군대 장교 후보생이나 육사, 해사, 공사 생도들도 해외 탐방 기회에 우리 여행사가 오더를 받을 수 있게 영업적 차원에서 우선 잘 나가는 S대 동기라 먼저 여행을 맛보기 해 준 것입니다."

"그래, 맛보기 여행 했으면 다음 여행은 왜 진행 안 했어?"

"그 후로는 제가 학생들을 가르치는 일을 안 하고 전문 여행가이드로 나서서 동기생을 여행시키지 않아도 계속 일감이 있어서 진행할 필요가 없었습니다."

"그 백 소령을 일본 여행시키면서 민족장학회 최송월 과장은 왜 인사시켰어?"

"예, 그건 제가 일본서 쓰쿠바 대학원 미학석사과정에 장학금을 받을 수 있게 도움을 주신 분이라 일본 방문할 때마다 의례적으로 인사하는 것이지 백운택 소령을 특별히 인사시킬 목적은 아닙니다."
"그래?"
"예."
"여기 백운택 소령 진술서 있거든 읽어봐!"
"저는 정말 백 소령이 왜 이런 진술서를 썼는지 이해가 안 됩니다."
"백 소령이 이런 진술서를 썼는데 그걸 보고도 아니라고 하는 네가 이해 안 된다."
"백 소령을 불러주세요. 제가 직접 물어보겠습니다."
"왜 둘이 입을 맞추려고?"
"피의자끼리 절대 대면 금지라는 것도 모르니?"

열길 물속은 알아도 사람 마음은 알 수 없다는 말처럼 일본여행 잘 다녀오고 민족장학회 최송월 과장에게 대접 잘 받아 감사의 편지까지 쓴 백 소령은 진술서에 자기는 학생들 수학여행 코스를 벗어나 민족장학회 사무실을 방문하고 거기 최송월 과장과 자신을 인사시킨 의도를 알 수 없다고 썼다. 또 한 장의 진술서가 있었는데 거기에는 더 심하게 일본의 민족장학회 최송월 과장이 나중에 알고 보니 대외적인 직함은 민족장학회 과장이지만 사실은 일본을 거점으로 한국의 정보를 수집하고 고정 간첩을 만드는 공작책임자라고 썼다.

홍제동 분실에서 고문과 회유를 받아가면서 선형은 조사관이 원하는 대로 진술서를 썼다.

진 술 서

○ 성 명 : 안선형(安善炯)
○ 주 소 : 서울시 관악구 난곡로 123-X
○ 연락처 : 010-2385-7XXX
○ 학 력 : 일본 쓰쿠바 대학원 예술분석 석사과정(수료)

본인은 200X년 6월 21일부터 6월 30일 근무하는 남산대학교 응용미술학과 졸업생 졸업 여행에 학생이 아닌 현역 군인 백운택(白雲澤) 소령을 대동하여 여행을 했습니다. 제가 일본에 유학시절 민족장학회의 최송월 과장 도움을 많이 받았는데 현 과장이 한국에 전역한 장교 말고 현역장교 가급적 위관 장교보다는 직급이 높은 장교를 친구로 사귀고 싶다고 해서 제가 대학교 동기이고 특수전 사령부에서 본부근무대장을 하고 있기에 차후 중령 진급도 무난하게 될 것으로 예상하고 현 과장에게 이 동기생을 소개해주면 좋겠다고 생각해서 학생들 수학여행에 포함시켜 여행을 했습니다.

위에 기술한 내용은 거짓이 없이 진술했습니다.

20XX. 5. 16.

진술인   안 선 형   *안선형*

조사관은 흐뭇한 표정을 지으면서 진술서를 들고 조사실을 나갔다. 한참 후에 사진 한 장을 들고 조사실에 와서 물었다.

"이 사진 안선형 당신이 찍은 사진 맞아?"
"예, 맞습니다."
"여기가 어디야?"
"열쇠 전망대입니다."
"여기 윤 소령 진술서 있는데, 윤 소령이 찍으면 안 된다고 했는데도 찍었지?"
"아닙니다. 전혀 그런 말 들은 적 없습니다."
"야, 그게 말이 되는 소리야? 중위로 전역한 동기가 전방 철책부대 그것도 최전방에 와서 북한을 바로 코앞에 두고 사진 촬영하면 그걸 잘 찍으라고 하는 군인 봤어? 무조건 군사시설 보호 구역 안에서는 사진촬영 금지 표시가 통문에 들어가는 곳에 주의사항 설치되어 있는데도 넌 그걸 무시하고 직은 거고 그 사진도 일본 민족장학회 현 과장에게 주었고 그 사진이 북으로 넘어갔으니 넌 간첩 아니라고 우겨봐야 넌 이미 간첩이야."

진 술 서

○ 성　명 : 윤종필(尹鐘必)
○ 주　소 : 서울시 금천구 시흥대로 52-XX
○ 연 락 처 : 010-6464-7XXX
○ 학　력 : 서울 경지대학교 경영학과(19XX)

　본인은 198X년 3월 4일 육군 소위로 임관하여 전후방 각지에서 근무하던 중 20XX년 6월 6일 현충일에 동기의 방문을 받고 부대 식당에서 점심 식사를 하고 안선형이 여기 경치 좋은 곳이 어디냐고 해서 열쇠 전망대가 가장 북한 땅이 잘 보인다고 했더니 가자고 해서 안내했습니다.
　철조망을 카메라로 찍으려는 것을 야 군사시설 보호구역에서는 촬영금지야 했더니 꺼냈던 카메라를 가방에 다시 넣더군요. 그래서 사진 촬영을 안 한 것으로 알고 있는데 이 사진이 안선형이 찍은 것이라면 분명히 군사시설 보호법 위반이라고 생각합니다.
　상기 내용은 거짓이 없이 진술했습니다.

20XX. 5. 16.

진술인　윤 종 필　*윤종필*

"윤 소령 진술서 보고도 넌 아니라고 했지?"

"예, 정말 윤 소령에게 제지를 당한 적이 없습니다."

"그러니까 넌 아무 죄 없고 현역으로 장기 복무하는 동기들 책임이라 이거지?"

"그런 건 아닙니다."

"아니긴 넌 지금까지 현역 소령들 진술서 보여주면 다 부정했어."

"아닙니다! 아닙니다!"

"이놈 완전 나쁜 놈이네. 저를 도와준 동기들을 완전히 노리개로 생각하는 놈이네."

홍제동 분실에 조사를 받고 구속 수감된 안선형은 200X년 12월 국가보안법 위반 혐의로 2년 4개월의 형을 받았다. 옥중에서 항소를 하여 200X년 5월 31일 항소심에서 무죄판결을 받았다.

방첩과 정호영 과장은 사령부에서 미행을 가장 잘하는 박성규 상사와 안용호 상사를 불렀다. 정보사령부, 기무사령부 정보업무를 하는 군부대는 민간인을 만나는 것에 대비해서 군대 계급 대위, 소령, 상사 등 대신에 직급 높은 대령은 전무, 중령급은 부장, 소령은 과장, 부사관 중사, 상사는 계장으로 호칭했다.

"부르셨습니까? 과장님!"

"그래, 박 계장 안 계장 둘이 우리 사령부에서 미행을 가장 잘 한다고 해서 이번 공작에 투입하는 것이니 실수 없이 하기 바랍니다."

"예, 알겠습니다."

"특수임무니까 이걸 잘 수행하면 나는 과장에서 부장으로 승진하고 야전에 있는 동기들 3명도 모두 소령에서 중령으로 진급하고, 박 계장 안 계장도 과장으로 승진할 것입니다."

"감사합니다. 충성을 다하겠습니다."

장교가 대령에서 장군 승진하면 기뻐하듯이 하사, 중사, 상사 지나온 기무부대 계장이 준위가 되는 것은 육군 대령에서 장군이 되는 것만큼 힘든 것인데 이번 공작만 잘하면 승진한다는데 두 명의 계장은 날아갈 듯 기뻐했다.

정 과장은 특수 임무라서 국가정보원에서 외교부와 일본 경시청 조사과에 협조 공문을 보냈기 때문에 일본에 가면 통역이나 숙박 등 편의를 국가정보원 일본지사가 협조해준다고 했다.

"여기 공문 가지고 1처에 가면 두 사람 여권과 공작금을 줄 것이니 수령해서 일본으로 바로 출국하도록 하시오."

"예, 알겠습니다."

"차렷! 과장님께 경례!"

"충성!"

"충성!"

대학교 응용미술학과 졸업여행에 백 소령을 포함시켜 여행을 하는 것을 기무사령부 박성규, 안용호 계장에 의해 모두 사진으로 녹음 파일로 남게 되었다.

백 대령에게 전화를 했다. 신호는 갔으나 안 받았다. 윤종필, 정호영, 김병욱에게 전화했으나 마찬가지였다. 마지막으로 문자를 보냈다. 가장 군대서 출세를 했고 전역한 후에도 S대학교 출신답게 S대학교 의과대학 부속 병원에서 비상계획관을 하고 있는 백 대령에게 문자를 보냈다.

○ 수 신 : 백운택
○ 발 신 : 전영수
○ 내 용 : 안선형에게 영업을 하러갔다가 간첩 사건으로 동기회 밴드에 글을 올렸더니 민병달 선배가 한쪽 말만 들어보고 편향되게 쓰지 말고 양쪽 다 들어보고 쓰라고 해서 4명에게 전화를 걸었으나 모두 받지를 않는구나. 마지막으로 너에게 문자 보낸다. 나를 만나 내 질문에 응하는 인터뷰를 하면 반영해주고 거부하면 이 시간 이후 내가 어떤 글을 쓰더라도 문제 삼지 말 것.

20XX. 9. 28.

전 영 수

보낸 문자의 심각함을 감지했는지 답장이 왔다.

20XX. 10. 1. 국군의 날 지하철 4호선 혜화역 2번 출구에서 11시 30분에 만납시다.

백운택 드림

198X년 중위 시절 부대 신병교육대 교관을 하면서 대학로에 나와 본 후 31년 만에 와보는 혜화역이었다. 11시 20분에 도착해 2번 출구로 나왔다. 백운택은 정확히 11시 30분에 2번 출구로 왔다. 동기라는 것이 참으로 편할 때가 있다. 생전 얼굴도 모르지만 동기라는 이유로 만나자 마자 반말로 대화할 수 있다는 것이 좋다.

"충성! 전영수다."

"충성! 백운택이다."

악수를 하고 바로 식당으로 갔다. '마라도'라는 일식집이었다. 초밥을 2인분 주문했다. 맥주도 3병 시켰다.

"개인과 나라의 발전을 위하여!"

"개나발!"

식사를 하면서 자신이 198X년 3월 X일 소위가 된 후로 지내온 인생역정을 이야기했다. 그중 절반은 자기 자랑이었다. 11시 30분에 만나 식사를 하면서 13시가 될 때까지 그는 말을 했고 영수는 맞장구쳤다.

"야, 문무대에서 선형과 잘 지냈어?"

"문무대 훈육관은 김병욱, 윤종필, 문달진, 방상범 등 많이 있었고, 안선형은 훈육관이 아니고 행정장교로 늦게 문무대에 왔어."

"그랬구나?"

"다른 동기들은 5년 근무자들인데, 안선형은 2년 3개월 의무복무로 끝이 났거든 그러니 학교에서 훈육장교 대신 행정장교 보직을 준 거야. 선형이 미대 출신이라 학교에 각종 부착물 게시판 만드는 것에 전공실력 발휘했지."

"너는 문무대가 아니라 국군체육부대에 있었지?"

"그래, 지금은 다 이전을 해서 위례신도시가 되었지만 그 당시는 한쪽 문무대, 한쪽은 국군체육부대였어. 체육교육과 출신이라서 체육부대장 엄영달 소장 전속부관을 했거든."

"중위가 장군 전속부관 했으면 최고 보직을 마쳤네?"

"거기서 5년 복무를 장기로 바꾼 거야?"

"인생 전환점이지 뭐."

"그런 셈이지."

"전영수 너는 뭐로 전역했어?"

"소령이다."

"영수처럼 훌륭한 장교가 중령, 대령, 장군을 해야 군대 발전이 있지?"

"아니다. 내가 소령 전역을 했으니 다행이지 내가 장군까지 했으면 여러 명이 죽었다."

"무슨 소리야?"

"중대장 시절 19XX년 부산에서 200만 평 탄약부대 경비중대장을 했거든. 그 넓은 지역 언젠가는 첨단장비로 경비를 해야지 인력으로 경비에 한계가 있다며 적외선, 열화상장비로 경계를 한다고, 400미터 시험 구간에 장비를 설치하고 나보고 시험 평가를 하라고 하더군."

"평가 잘 했어?"

"사람이 지나가도 경보음이 울리고, 고양이가 지나가도 울리고, 고라니가 지나가도 울리고 더 웃기는 일은 독수리 훈련에 동기생 조 대위가 팀장이고 팀원 12명이 왔는데 세상에 스티로폼을 검은색으로 칠하고 사람 크기로 오려서 앞에 가리고 오니 철조망 근접해도 경보가 안 울리는 거야."

"침투 당했네?"

"침투는 당했는데, 철조망 안에 탄약고는 별도 철조망이 있으니 독수리들이 여길 들어간 것이야. 완전 독 안에 든 쥐가 되었지.

"너희들은 생포자들이다. 다 나와? 해서 우리 중대 상황실로 데리고 오니 팀장이 동기라서 라면에 계란 2개씩 넣어 대접했어."

"시험 평가는?"

"사실대로 썼지. 사람이 지나가도 개나 고양이 고라니가 지나가도 경보가 울리고 독수리들이 스티로폼으로 몸을 가리고 오니 철조망에 당도해도 경보가 안 울리더라. 이 장비는 납품 불가 판정을 보고 했다. 다음 날 난리가 난거야. 탄약창장 병기병과 중령, 정작과장 보병 소령, 탄약사령부 정작처장 보병대령이 우리 중대 내려와서 일개 대위 놈이 위에서 국방부장관님도 다 납품받게 승인된 것을 납품 불가가 뭐야? 하더군."

"그래서 시험 평가 결과 다시 작성했어?"

"그럼, 수정해서 납품 가능 적격했지."

"그런 거 보면 군납비리가 어제 오늘 이야기가 아니야?"

"군대 마지막 보직이 국군심리전단 군수과장을 했어."

"거기서도 군납비리가 있었어?"

"군수과장이니 검수를 뭐든지 군수과장이 하고 서명을 해야 경리부서에서 군납 회사에 돈이 지불되는데, 심리전단장 서 모 대령이 전광판에 들어가는 트랜지스터를 소니 정품 대신 B품을 쓰고 영수증 처리만 정품 사용한 것처럼 꾸미라는 것을 내가 거절했다."

"군수과장, 너 참 이상한 놈이다. 너 같은 놈이 어떻게 소령이 되었는지 참 답답하다."
"단장님 정품을 쓰면 천둥번개가 쳐도 전광판 하나에 트랜지스터 나가는 수량이 4-5개지만 B품을 사용하면 100개 이상 터집니다."
"군수과장 해봤어?"
"해본 것이 아니라 20년 정비기사들이 수없이 경험한 것이 그건데, 정비기사 말을 군수과장이 들어주지 않으면 누가 들어줍니까?"
"야, 아래 놈들은 다 그런 말을 해도 군수과장이 중신을 잡고 일을 해야지?"
"단장님, 제가 졸업한 용마중학교 교훈이 義에 살고 義에 죽자 입니다."
"그래서 군수과장은 죽어도 B품 안 쓰고 정품만 고집한다 이거야?"
"예."
"중령 진급 포기한 놈으로 보인다."
"B품을 정품으로 납품받은 영수증 가라 정리나 하고 중령 진급하면 뭐가 좋은 데요?"

"그래, 평정이고 진급 추천이고 기대하지 마라."

"예, 감사합니다."

20XX년도에 전역을 해서 20XX년 12월에 국방부 합동조사단에 참고인 조사를 받았다. 국군심리전단에서 대북방송장비를 납품받은 것이 북한 지역까지 방송이 송출 안 되는 것을 납품받아 군수과장, 국군심리전단장이 구속 수감되었는데 전임 군수과장으로 참고인 조사를 받았다. 수사관이 나에게 신기한 듯이 물었다.

"전영수 소령님?"

"예?"

"군수과장 전후임자 모두 구속이 되었는데, 전 소령님만 구속 안 된 이유가 무엇입니까?"

"교훈이 '義에 살고 義에 죽자'인 학교를 졸업했습니다."

그는 국가보안법 위반자가 되었다.

선형이 국가보안법 재판이 있다고 문자가 왔다. 방청신청을 했다. 국가보안법 위반으로 10년 형을 받는 선형의 눈이 올무에 걸린 토끼의 눈과 겹쳐 보였다.

솔

1979년 10월 26일 궁정동 만찬에서 김재규의 총탄에 박정희 대통령이 서거했다. 사람들은 그해를 '서울의 봄'이라고 말은 했지만 사실은 '겨울공화국'이었다. 민주정부가 아닌 전두환 군부정권이 들어섰다. 정치적으로 약점이 큰 정권의 공통점은 국민들의 환심을 사는 정책을 많이 편다는 것이다. 국민들의 환심을 얻기 위해 물가를 인위적으로 통제했다. 통행금지를 없앴다. 학생 교복을 자율화했다. 두발도 자율화했다. 방송국은 흑백에서 컬러 방송을 송출했다. 프로야구 프로 농구를 탄생시켰다. 이른바 3S로 불리는 스크린, 스포츠, 섹스에 국민들 눈을 멀게 했다. 이 시기에 담배 '솔'이 출시되었다. 12대 전두환 대통령 취임축하 기획 담배였다.

198X년 5월 강청수는 대학을 졸업하고 외무부에서 계약직으로 근무했다. 계약직이라 하는 업무가 단순했다. 노호식 서기관이나 배장호 사무관이 초안을 해주면 나는 타자기로 종이에 먹지를 대고 타자를 쳤다. 타자를 쳐본 사람은 알겠지만 부본이 하나라 먹지 한 장만

대고 치면 쉽지만 부본이 여러 건이라 먹지를 2장, 3장 심지어 4장을 대고 칠 때는 정말 정신 바짝 차리고 일해야 했다.

노호식 서기관과 배장호 사무관이 출근 하자마자 초짜 계약직인 나, 강청수를 찾았다.

"이봐, 강 군?"

"네, 서기관님 부르셨습니까?"

"지난 주 장관님 보고 문건 있지?"

"국화 공문 말씀이세요?"

"그래 국화인지 무궁화인지 꽃 이름 들어간 공문 말이야."

"네, 찾아드리겠습니다."

외무부 아시아과의 비밀 보관함을 열었다. 원래 금고형 서류함은 비밀문건을 보관하는 곳이기에 노 서기관이나 배 사무관 비밀 취급 인가난 고위직 공무원이 취급할 수 있도록 금고 비밀번호 자체가 비밀이었다. 다만 업무 편의를 위해 계약직이 비밀번호를 외우고 있었다.

금고 비밀번호는 49, 68, 72다. 이 번호를 순서가 달라도 열 수 없고 번호와 번호 사이 돌리는 회전 방향이 달라도 금고의 문은 열리지 않았다. 나는 번호를 싸구려 68년생들이 72년 유신헌법 반대 데모를 했다고 외웠다. 솔직히 노 서기관이나 배 사무관도 이 비밀 금고를 열 때마다 조용히 나를 불러 68 다음 뭐야? 물었다.

"배 사무관님, 여기 국화 공문 있습니다."

"어디 보자, 그런데, 왜 4부야? 우리 만들기를 5부 만들지 않았어?"

"예, 저도 5부를 결재 판에 넣은 걸로 알고 있는데……. 외무부의 문서는 정식 공문 명칭인 '전 대통령 서남아시아 및 오세아니아 순방계획' 대신에 '국화(國花) 재배면적확대 보고서'라고 위장 명칭으로 된 보고서 5부인데 4부뿐입니다."

왜 하필이면 국화(國花)라고 이름을 지었는지 차라리 무궁화라고 하거나 가을 국화(菊花)라고 한다면 그냥 식물 꽃으로 넘어갈 것을 나라 국(國)이 들어가는 국화(國花)는 웬만한 한자 실력이 있는 사람이라면 국가의 중요한 일이 보고서에 담겼다고 유추할 것이다.

아시아과에서 보고서 5부를 만든 것은 장관이 보고용으로 1부, 대통령 1부, 청와대 배석하는 외교안보 수석 1부, 국가안전 기획부장 1부, 만약을 대비한 예비용 1부 등 이렇게 5부의 보고서를 준비했다.

그런데, 오늘 다이얼을 돌리고 꺼내 4부밖에 없어 나도 놀라고 배 사무관 이마에 내천(川) 자가 그려지고 등에는 식은땀이 흘렀다.

노 서기관은 시간이 없다고 빨리 한 부를 복사기로 복사해서 만들고 자기가 차관님과 장관님께 보고하고 올 동안 비밀 보관함 서류 전체를 꺼내서 전수조사 하라고 했다.

배 사무관과 나는 서류철을 서류함에서 꺼내 모두 책상 위에 올려놓고 하나하나 제목을 비밀관리대장에서 확인하고 연필로 관리 대상에 V표시를 했다. 외무부 서남아시아 동아시아 서류함 전체를 하루 종일 전수 조사했다.

오전 9시부터 시작한 비밀 문건 전수조사는 오후 4시가 되어서 끝이 났다. 신기한 것은 그 잃어버린 우리의 '국화' 문건 이 외의 모든 비밀은 비밀관리대장과 일치했다. 그리고 남은 것도 없었다. 그만큼 비밀관리를 철저하게 해왔던 것이다.

우리는 서기관님 오실 시간이 되자 점점 마음이 초조했다. 과연 이 난국을 어떻게 넘어갈 것인가? 사실대로 비밀 사고로 보고하여 우리에게 비밀관리 소홀 책임을 물어 징계할 것인가? 여러 망상이 지나갔다.

오후 4시 30분 노 서기관이 초라한 모습으로 우리 사무실로 들어섰다. '오늘 보고는 잘 끝났으니까 모두 개별 퇴근하지 말고 청진옥으로 가 있어!'했다. 외교부 청사 뒷골목 과거 '아도'라는 일식집을 현재의 공승현 사장이 보신탕집으로 전업한 것이다. 보신탕을 먹지 못하는 사람을 위해 삼계탕과 염소탕을 병행하고 있었다.

우리 일행은 노 서기관이 식탁 중앙에 앉고 마주보는 자리에 배 사무관, 노 서기관 좌측에 9급 타자수 여직원 이미정 양이 이미정양 앞에 임은묵 사무관 노 서기관 우측에 조윤희 사무관 조윤희 사무관 앞에 내가 앉았다. 그야말로 나는 임시직이라 제일 말석에 앉았다. 노 서기관이 말문을 열었다.

"이번 국화작전(國花作戰) 아무래도 이상해. 아니 비행기가 크다고 크면 큰 대로 그냥 짧게 운행하면 되지 일정을 늘려서 나라를 억지로 추가시키고 달러를 낭비할 필요가 있나?"

맞은편 배 사무관이 조심스레 말을 하였다.

"서기관님은 그렇게 생각하시는데, 저는 생각이 조금 다릅니다. 어차피 한번 덩치 큰 비행기를 움직일 거라면 일정 몇 가지 추가해서 순방국가를 서너 국가 늘이면 국익에 도움이 안 되겠습니까?"

"국익?"

"예, 국가의 이익은 꼭 눈에 보이는 것만 이익이 아니거든요. 지금 우리와 국교가 있더라도 미미한 나라에 대통령이 방문해서 그 나라 정상과 악수하고 덕담을 나누다보면 미개발 국가이면 지하자원이나 천연 자원을 싸게 수입해서 우리가 가공한 뒤에 다른 나라에 수출한다면 큰 국익이 아니겠습니까?"

"야, 이거 우리 배 사무관이 신세대 생각을 하는구먼."

"아이 참, 서기관님과 제가 나이 차이 얼마나 난다고 신세대입니까?"

하긴 내가 중3 때 우리 학교 중1, 내가 고 3때 우리 학교 고1, 대학교는 내가 재수하는 바람에 내가 2학년 때 1학년 입학했지.

그렇다, 노 서기관은 과거에 육군사관학교 XX기로 합격했었다. 사관학교는 합격생을 미리 소집해 기초 체력훈련과 군대 제식을 가르치는 과정이 있다. 가 입교 행사다.

노 서기관은 육군사관학교 XX기로 합격하여 가 입교 행사에서 구보를 하다 낙오한 것이 스스로 동기들에게 누가 되기 싫다고 육군사관학교를 조용히 퇴교했다.

고향에 계신 부모님께는 비밀로 하고 서울 수유리 XX고등학교 앞에서 문구점을 하는 이모를 찾아가 사정 이야기를 하고 도움을 요청했다. 서울대학교 정치외교학과에 합격한다면 정말 또다시 잔치할 일을 재수생 꿈꾸고 있었다.

노 서기관과 배 사무관은 각각 강원도 횡성군 각림면 각림리의 강림중학교 1회와 3회 사이였다. 지금은 행정명칭이 강림면 강림리지만 노 서기관과 배 사무관이 강림중학교 다닐 때는 '안흥찐빵'으로 유명한 안흥면 강림리였다. 강림중학교를 졸업하고 원주고등학교에 합격한 수재였다. 원주에서 중학교를 졸업한 학생도 원주고등학교에 입학하기 어려운데, 전교생이 50명 내외의 '리'단위 중학교에서 원주고등학교에 합격하였고, 1회 졸업생이 육군사관학교에 합격한 것은 가문의 영광이었다.

각림중학교의 자랑이었다. 노 서기관의 아버지는 28년 후에는 아들이 장군이 될 것을 상상했다. 그래서 노 서기관은 육사 자퇴를 부모님께 비밀로 하고 이모님 댁에서 은밀하게 재수를 했다.

이모의 큰딸 최영경이 중3이었다. 아들 효석은 중 1이었다. 영경은 반에서 20등 내외 효석은 반에서 10등 안에는 들었다. 노호식은 영경이 다니는 수유여자중학교를 찾아갔다. 양복을 잘 차려입고 영경의 4촌 오빠이고 육군사관학교 교수 문관이라고 소개했다.

전재수 담임 선생님은 국어 담당이었다. 면담을 하면서 선생님 책상에 있는 교사용지도서와 다른 참고서 문제집을 외웠다. 담임 선생님께 수학선생님, 영어 선생님을 소개 받았다.

수학선생님을 만나기 전에 화장실을 다녀오면서 외웠던 국어참고서와 문제집 제목을 수첩에 기록했다. 같은 방법으로 영어선생님을 만나기 전에 수학참고서와 문제집 제목을 기록했다. 마지막으로 영어선생님, 그리고 담임 선생님을 찾아가 사회와 과학, 한문 선생님을 소개받고 인사했다. 결국 영경을 가르치고 있는 선생님 중에 음악, 미술, 체육선생님을 제외한 모든 선생님의 교사용지도서와 교과서 이 외의 참고하는 참고서 문제집 목록 전체를 알게 되었다.

  노호식은 청계천6가 헌책방에 가서 책을 구입했다. 그 많은 책을 새것으로 구입하기에는 돈이 너무 많이 들어 헌책으로 구입했다.

  영경에게 선생님이 수업 중에 농담으로 하신 말씀, 중요하다고 별표 해준 것 등을 추려서 중간고사 모의 문제집을 만들었다. 운이 좋게 수학참고서에 수유여자중학교 2년 선배의 시험문제가 들어있었다. 통상 선생님들은 한해 전의 출제한 문제는 만약에 유출이라는 오해의 소지가 있어 재탕을 안 하지만 2년 지난 문제는 숫자만 바꾸거나 그림을 반대로 출제하는 경우가 있다는 것을 호식은 알고 있었다.

  정말 기적이 일어났다. 반에서 20등 하던 최영경이 수유여자중학교 자기 반에서 2등 전교에서 2등이 된 것이다. 영경의 반에 전교 1등 김선미라는 학생과 모든 점수가 같은데 음악, 미술, 체육 실기가 들어가는 과목에서 영경이 음치라서 조금 떨어지고, 선미보다 영경이 체육은 앞서고 미술에서 영경이 선미보다 떨어져 전교 2등이 된 것이다.

  처음 영경의 담임인 전재수 국어선생님이 영경을 불러 물었다.

  "너. 하루 몇 시간 공부했니?"

"제가 공부할 시간이 없습니다."
"왜?"
"학교서 집에 가면 사촌 오빠가 하루 배운 전 과목을 일대일로 묻고 답하기를 하기 때문에 그거 끝나면 숙제만 겨우 해옵니다."
"음, 그렇구나! 난 그것도 모르고 영경이가 선미 답안 커닝을 한 줄 알았지."
"선미, 그 깍쟁이가 답을 보여주겠어요? 자리도 선미와 저는 분단이 2개 건너인데."
"하긴 그렇다. 하여튼 이번에 영경이가 우리 반에서도 2등이고 전교 석차도 2등이다. 담임으로 기분이 좋다. 우리 반이 전교 1,2등 다 차지했고, 반 평균도 다른 반보다 전체 평균이 0.9 높다. 이건 대단한 성과야."
"네, 열심히 공부해서 다음 기말 시험은 제가 선미보다 앞서겠습니다."
"그래, 사촌 오빠 잘 둔 영경이 축하한다."
발 없는 말 천리 간다고 영경이 전교 2등 소식은 수유리 일대 엄마들 사이에 큰 뉴스가 되었다. 노호식은 수유여중 학생을 가르치는 학원 과외선생 중 최고 고수가 되었다. 이모 김미선 여사는 싱글 벙글, 우리 조카가 강원도 안흥찐빵 동네에서 천재소리 듣고 컸으며, 원주고등학교를 들어갈 때도 수석, 졸업도 수석, 육군사관학교도 그놈의 체력장 점수 때문에 3등이지 체력장 빼고 필기시험 점수나 예비고사 점수는 우리 조카가 수석이었다고 카더라는 뉴스를 남발했다.

그렇게 중학생 3학년, 1학년을 한 명당 5만원 씩 받고 가르쳤다. 더 많은 인원이 찾아왔지만 이모님 댁이 한번에 15명 이상은 도저히 신발 벗을 공간도 없다며 월·목은 3학년, 화·수는 1학년 딱 4일만 과외지도를 하고 금·토·일은 오직 자신의 재수 공부와 1,3학년 학교 진도보다 꼭 1주 정도 빠른 템포로 과외를 가르쳤다.

그렇게 해서 다음해 노호식은 서울대학교 정치외교학과에 당당히 합격했다. 과수석은 아니지만 장학금 받을 성적으로 합격해서 고향 강림에 계신 부모님이 땅을 팔거나 소를 팔지 않아도 호식은 공부할 수 있었다. 더구나 최영경의 반에서 20등 하던 애를 전교 2등으로 만들고, 수유중학교 졸업할 때는 전교 1등에다가, 서울시 고입연합고사 1등을 하게 만들어, 호식에게 과외를 하려는 학생은 넘쳐 이모님 댁을 핑계로 15명으로 인원 한정을 했다. 전학을 가거나 개인적인 사정으로 결원이 생길 때만 학생을 뽑았다. 가르치는 것도 1, 2, 3학년 전체를 가르치는 것이 아니었다. 고1과 고3만 가르쳤다. 1학년이 2학년으로 올라가면 그냥 다른 학원을 가든지 다른 과외선생에게 배우고 3학년이 되는 12월 즉 2학년 기말시험이 끝나면 찾아오라고 했다.

그렇게 과외를 가르치면서도 대학교 공부를 하고 졸업하는 4학년 때는 외무고시에까지 합격해서 직업 외교관이 되었다.

"신세대는 저기 이미정 양이 신세대입니다."

"강 군, 자넨 어떻게 생각해?"

"저는 뭐, 아는 게 없어서……."

"야, 이건 알고 모르고 문제가 아니야, 보잉747 비행기를 14일간 운행하면 300만 달러가 들어가고 18일간 사용하면 400만 달러가 들어가는데, 어떻게 400만 달러 소비하는 것이 국익에 도움이 돼?"

"300만 나누기 14는 23만 달러, 400만 달러 나누기 18하면 22만 달러. 그러니까 18일 사용하는 것이 국익에 좋다 이런 논리지요."

"야, 이 사람들아 내말은 그 둘을 단순 돈으로 계산해서 하루 얼마 소모가 아니라 우리가 기름 한 방울 안 나는 나라에서 50만 불이 뉘 집 개 이름이냐 이거야? 우리가 버마와 언제부터 절친한 사이라고 버마를 첫 기착지로 하느냐 이거지."

"그야 인도로 가는 길목에 있어 인도로 단숨에 가려니 연료가 문제라서 연료보충 겸 정상외교를 한다고 하면 국민들도 다 이해할 것 아닙니까?"

"그놈들 육사 출신 별들이 언제 국민 생각하고 쿠데타 일으켰어? 국민을 생각한다면 12.12나 5.18 등을 발생하지 않게 했어야지?"

"서기관님 식사나 합시다."

"그래, 내가 먹을 것 앞에 두고 서두가 길지? 자 한 잔 합시다. 모두들 잔이 찼으면 건배합시다. 위하여!"

"위하여!"

"위하여!"

잔을 내려놓자 노 서기관이 또 한마디 했다.

"그런데, 지난 일요일 이범석 장관님과 소망 교회에서 예배드린 후 점심으로 칼국수를 드시면서 하신 말씀이 버마가 사회주의 국가이고 우리보다 친북한적 외교를 해온 나라라서 자신은 아예 대통령 순방 계획에 고려도 안 한 나라인데 나중에 추가되었다고 하시더군."

"아니 정상 외교를 전담하는 주무 장관 이범석 외무부장관이 생각도 안 한 것을 누가 추가 시킨 것입니까?"

"청와대 경호실장 하고 국가안전기획부장이 장충동에서 테니스 치면서 인도 방문하는 길에 버마를 방문하시는 것이 각하의 퇴임 후 구상에 도움이 될 것입니다 말했다는 거야. 그래서 그놈들 말이 대통령 지시로 외교부로 떨어져 우리가 다 만든 3개국 순방계획을 6개국 순방 계획으로 뜯어 고치느라 근 2주 동안 야근하고, 국제 전화하고 난리를 친 거지?"

"노 서기관님, 그 장세동이 노신영이 불러다 외교부서 근무하라고 하면 되겠네요?"

"이범석 장관님께 불편한 말씀을 한 것이 바로 그 점이야. 그런데 우리 평안도 사나이 장관님은 호탕하게 '야, 노호식이 너 서기관서 외교부 공무원 끝내고 싶어? 지금 힘들고 험난해도 자네가 고생 좀 해서 각하 방문 국가 늘면 나중에 자네가 대사되어 버마 대사, 인도 대사, 스리랑카 대사 어디든 갈 자리 늘어나는 것인데 고시 출신이 조잔하게 그런 것에 불만 품지 마. 더구나 육사출신들이 하는 행태는 절대로 자네 머리 못 따라오는 것이니까 그러려니 하고 넘어가. 자네 어려서 육사 XX기 체력장 빼고 1등 합격자라며? 원리 원칙, 정의 따지면 자네만 다쳐'하시는 거야. 정말 우리 장관님은 하늘이 내린 외교관이야."

"음식 앞에 놓고 이런저런 말이 많아 내가 나쁜 서기관 되겠군. 어서 먹읍시다."

"네, 잘 먹겠습니다."

"잘 먹겠습니다."

"우리 서기관님과 우리 아시아과를 위해 건배합시다. 위하여!"

"위하여!"

"위하여!"

거리에는 전 대통령 내외분 서남아시아 오세아니아 순방을 경축하는 대형 선전 간판과 현수막이 시내 곳곳에 걸려 있었다. 10월 8일 아침부터 비가 촉촉이 내린다.

XXX여자고등학교 합창단이 부르는 '선구자' 노래가 울려 퍼지고 전 대통령 일행을 태운 보잉747 특별 전세기가 김포공항을 이륙했다.

국화 재배 면적 확대에 대한 보고서 잃어버린 한 부는 서울 대방동 거물간첩 이선실의 손에 들어 있었다. 서울 외교부에서 누가 어떻게 입수했는지 알 수 없다. 외교부 아시아과에서 비밀 분실신고를 하지 않아서 정부에서는 비밀 유출도 몰랐다.

이선실이 입수한 국화작전 비밀문서는 평양 중성동 김정일 관저까지 공작원 기종서가 가지고 갔다. 북한 대남 공작부서의 이선실은 서울 대방동 388의 25번지 2층 집에서 20년 이상 고정간첩을 하였다. 이선실의 암호명은 관악산 노파였다.

구국의 소리 방송은 고정 간첩들에게 지령을 내리고 고정 간첩이 대남 공작부서에 보내는 보고문을 단파로 보내기도 했다.

'지금부터 구국의 소리 방송을 시작하겠습니다.'

서울 관악산 노파가 백두산 정일봉에 국화 한 송이를 바치니 손상됨 없이 온전히 받들어 모시기 바랍니다.'

그것은 암호문으로 평문으로 해독하면 서울에 있는 고정간첩 이선실이라는 할머니가 김정일 지도자 동지에게 직보 문건을 획득했으니 중간 전달자들은 열람을 금하고 서울서 평양까지 한 번에 가져갈 방책을 강구해주시기 바랍니다.

단파 방송을 녹음한 보고를 받은 김정일 지도자 동지가 선전선동부 이재강 부부장을 불렀다.

"서울 관악산 노파가 직보 문건을 입수했다고?"

"네, 그 노인네 재주가 대단합니다."

"서울 지리 잘 아는 전투원 한 명을 뽑아오시오!"

"아니, 전에 광주 문건도 직접 오라고 해서 광주로 남녀 한 조 보냈다가 모두 잡혀서 남조선이 들고 일어난 광주사건을 우리가 배후에서 조종했다고 뒤집어씌울 구실만 주었는데, 이번에 서울까지는 정말 너무 위험하니 인천 부두나 강화도 해변까지는 노파가 책임지고 보내라고 하시지요. 그만큼 중요하다면 노파도 보고문을 거들어야지 노파는 입수만 하면 우리 전투원 목숨만 위험합니다."

"그래 그러면 강화도까지는 노파가 보내고 강화도서 인수 받아 평양의 전투원이 운송한다고 전문을 치시오."

그날 밤 '구국의 소리' 방송이 내용이다.

'여기는 조선민주주의 인민공화국 개성에서 방송하는 구국의 소리입니다. 백두산 정일봉이 관악산 산장의 여주인에게 알리는 말씀입니다. 이번 귀중한 국화꽃 한 송이를 곱게 피우기 위해서는 삼별초 정신을 이어받아 강화도에 할머니 손길이 닿고 강화도에서 애국호의 선장과 선원이 인수받으니 착오 없이 시행하라는 백두산 밀영의 당부였습니다. 이상 구국의 소리 특별 방송을 마치겠습니다.'

이재강 부부장은 안광수 백학초대소장을 불렀다.

"부르셨습니까?"

"강화도까지 당일치기로 문건을 받아오고 평양까지 갈 전투원을 한 명 선발하시오?"

"네, 알겠습니다."

안광수 소장은 공작원 조하영을 지명했다.

대남공작원 조하영은 아버지가 남한 출신이었다. 6.25때 서울서 선전 선동대원을 하고 서울이 탈환되자 월북했다. 서울에는 조하영의 큰아버지와 고모가 살고 있다.

조하영은 남파 공작원으로 서울 인천 강화를 몇 번 다녀간 경험이 있었다. 그래서 안광수 백학초대소장도 조하영 공작원을 이재강 부부장에게 추천했다.

"조하영 동무초대소장실로 가시오."

초대소에서 청소하며 조하영의 개인 심부름을 하던 장명순 이모가 말했다. 명순 이모는 원래 간호사 출신이다. 그런데 공작원을 양성하고 관리하는 초대소에서 일한 것은 이제 2년이 되었다. 초대소장실

문을 열었다. 김정일 지도자 동지가 와 있었다.

"충성! 전투원 소좌 조하영 소장님 부름 받고 왔습니다."

"동무가 조하영 동지요?"

"네, 그렇습니다. 당 중앙이시며 민족의 태양 어버이 수령님의 유일한 계승자이신 김정일 지도자 동지가 조하영 동무를 친히 임무 부여하기 위해 여기 오셨습니다. 이번 조하영 동무의 책무가 막중하오. 강화도에 가서 받아오는 문건은 잘 되면 남조선 대머리 전두환 대통령을 일거에 박살낼 수 있는 문건이오. 절대로 실수해서는 안 되고 만약 임무 수행이 실패될 것 같으면 현지서 자폭하시오!"

"예, 알겠습니다. 목숨을 바쳐 조국에 영광을 바치겠습니다."

"자, 그럼 출발하시오."

서울특별시 영등포구 대방동 388번지 25호 문패가 '李 善 實'이라고 달려 있다.

60이 조금 넘은 이선실 노인과 손녀 서미림이 함께 살고 있었다. 서미림은 대방여중 3학년이었다. 검은 머리 중학생 단발머리는 단정했다. 할머니가 미림을 불렀다.

"미림아! 미림아!"

"할머니 부르셨어요?"

"그래, 여기 좀 앉아라."

"네, 할머니."

"네가 수고 좀 해야겠구나?"

"뭐예요?"

음, 이 서류 봉투를 네 책가방에 넣고 일단 영등포역까지 택시를 타고 역 반대쪽에서 용산서 강화까지 가는 38번 줄무늬 버스를 타고 강화도로 가. 종점서 내려 남녀 화장실 앞에서 화장실 들어가지 말고 여자 화장실 앞에 줄만 서 있고 여자 손님들이 다 용변보고 나간 후 너 혼자가 될 때까지 서 있어. 그러면 나이 30 좀 넘은 남자가 '학생 지금 몇 시야?'하고 물으면 '몇 시 몇 분'이라고 말하고 '제 시계가 한 3분 빠르다고 말해.' 그러면 30대 남자가 '혹시 이선실 할머니 손녀입니까?'하고 물으면 그렇다고 대답하고 그 사람에게 이 봉투를 주고 오면 된다. 만약에 화장실 앞에 누가 나타나 두 사람을 본다면 얼른 '삼촌 나 배고파 짜장면 사줘요.'라고 해서 식당으로 들어가 사람들이 너와 그 남자의 대화를 못 듣게 해.

"네, 알겠습니다."

미림은 할머니가 시키는 대로 영등포역에서 38번 강화행 버스를 탔다.

강화 종점에서 내렸다. 화장실로 갔다. 화장실 벽은 벽보와 낙서로 지저분했다. 줄을 섰다. 미림 앞에 3명 뒤에 4명이 되었다. 미림의 차례가 되자 바로 뒷사람에게 먼저 하세요 하고 양보했다. 마지막이 되었다. 주변에 아무도 없었다. 미림도 소변을 보았다.

나와 밖에 서 있었다. 한 남자가 걸어왔다.

"학생, 지금 몇 시야?"
"네, 오후 2시 40분인데, 제 시계가 한 3분 **빨라요**."

"음, 학생 고마워. 그런데, 학생이 혹시 이선실 노인의 손녀야?"
"네, 이거 할머니가 ……."
그때, 경찰 순찰차가 다가왔다.
"삼촌 배가 고파요. 자장면 사줘요."
"그래, 가자."
조영과 서미림은 중국성이라는 음식점으로 들어갔다. 조하영은 곱빼기로 미림은 보통으로 먹었다. 그리고 식당에서 할머니가 주신 봉투를 미림이 하영에게 주었다. 미림이가 건네준 서류 봉투를 조하영은 자신의 007가방에 넣고 비밀번호를 돌려 잠금을 했다.
미림은 하영과 헤어져 다시 38번을 타고 강화에서 영등포역까지 와서 택시를 타고 대방동집으로 왔다.

조하영은 문건을 무사히 백학초대소로 가지고 왔다. 조하영과 안광수 초대소장이 대기하고 있던 벤츠에 탔다. 벤츠는 평양 중성동 15호 관저로 불리는 김정일관저로 달렸다.
김정일과 대남 선전선동부서의 이재강 부부장이 맞이했다.
"수고했소, 조하영 동무!"
"동무는 영웅이오, 영웅!"
모두 위대하신 수령님과 김정일 지도자 동지의 영도 하에 이루어진 것입니다. 안광수 소장의 말에 김정일은 흐뭇한 표정으로 박수를 쳤다.
하여튼 수고 많았소. 내가 오늘은 술 한 잔 해야겠소. 김정일 지시에 바로 관저에 음식상이 준비되고 소조 밴드가 동원되었다.

음식이 준비되는 동안 이선실이 입수하고 조하영이 운반한 '국화 재배면적 확대에 대한 보고'라는 남한의 외교 비밀문서를 김정일이 천천히 읽었다. 그리고 이재강을 불렀다.

"이재강, 여기 보라우?"

"네?"

"남조선의 전두환이가 10월 8일 서울을 떠나 공식수행원, 장관, 차관 급 22명에 정주영 등 기업인 30여 명을 대동하고 버마, 브루나이, 인도, 호주, 뉴질랜드를 방문한다야. 여기 각국에 도착시간 행사 일정 다 들어 있네?"

"이런 외교 기밀을 이선실 노파는 어떻게 빼냈지. 재주도 용타야."

이선실도 그렇고 손녀딸 미림이도 중학생이 간도 크지. 그걸 들고 조하영 동지를 만났는데, 바로 앞에 순찰차가 오니까 '삼촌 배고파 자장면 사줘.'라고 해서 식당으로 피했다고 하더군요. 정말 경찰 순찰에 불심 검문 당했으면 일이 큰 낭패될 순간에 여중생의 기지로 모면했으니, 이건 다 하늘이 우리 편이오.

서미림 여중생은 참으로 아버지 박철수 동지와 닮았소. 미림 아버지 박철수는 대남 공작원이다. 국립묘지 현충탑 참배하는 박정희 대통령을 저격하러 왔다가 1978년에 폭발물 오작동으로 사망했다.

"예, 이참에 완전 미 제국주의 앞잡이를 쓸어버리는 겁니다."

북한 황해도 옹진에 있는 다른 초대소에서 강민철 공작원이 특수 임무 지령을 받고 있었다.

"강민철 동무는 앞으로 나와 선서를 하시오."

"조선민주주의 인민공화국 전투원 대위 강민철은 김일성 수령님과 김정일 동지 앞에서 엄숙히 선서합니다. 지금부터 모든 인적사항은 남조선 성북초등학교와 서울대학교를 졸업한 강민철로 행동할 것이고 당과 수령님의 총폭탄이 되어 통일전선에 이 한 몸 바칠 것을 선서합니다. 1983년 조선인민군 124군부대 소좌 강 민 철!"

강민철의 선서에 강창수 부대장과 이재강 부부장이 배석하였다.

"강민철 동무는 버마로 가시오. 이미 선박으로 출발한 진성호, 박상철, 강상호 동지들을 지도하여 꼭 성공하기 바라오. 김정일 동지가 이미 동건애국호로 출발한 전투원이 있는데 추가로 강민철 동무를 보내는 이유를 명심하오."

"예, 명심하겠습니다."

버마에 가서는 버마 대사든 참사든 모두 강민철 동무의 애로사항을 조치해줄 것이오. 여기 김정일 지도자 동지의 친필 서한이 있소. 이걸 줄 테니 버마 대사를 만나면 보여주시오. 김정일 지도자 동지의 친필서한은 조선시대 마패처럼 보여주면 모든 애로사항을 현지 책임자가 다 들어주었다.

김정일 친필 서한 내용은 아래와 같다.

― 이 동무의 지시는 나의 지시와 같은 것이니 현지서 원하는 것을 모두 들어주시오.

― 조선민주주의 인민공화국 김정일―

조하영은 위장된 외교관 신분 및 여권을 휴대하고 북경으로 갔다.
북경에서 버마로 직행했다. 버마 대사 김영철이 랑군 비행장까지 마중 나왔다.
"조하영 동지 먼 길 오시느라 고생이 참 많으셨습니다."
"이렇게 공항까지 대사님이 마중을 나오다니 영광입니다."
"조국에서 특별임무를 띠고 오시는데 공항에서 영접하는 것이 당연하지요."
"하여튼 고맙습니다."

1983년 10월 8일, 영등포 여자고등학교 합창단의 조두남 작곡 '선구자'가 울려 퍼지는 가운데 전두환 대통령의 순방 환송식이 거행되었다.

가을비가 척척하게 내렸다.
광화문에서 김포 공항 가는 도로 옆으로 수많은 시민들이 나와 태극기를 흔들고 환송했다.
출국하기 전 전두환 대통령은 출국 성명서를 낭독했다.

- 성 명 서 -

존경하는 국민 여러분!
인도양과 태평양을 종단하는 본인의 서남아시아와 오세안 순방은 제5공화국이 출범한 이후 우리 국력의 국제화를 지향하는 국민 여러분의 여망에 따라 본인이 추진해온 개방 외교의 네 번째로서 세계사의 중심에 우리 스스로를 성큼 다가서는 전진의초석이 될 것을 기대하는 바입니다. 우리는 그동안 평화와 협력의 새로운 기수로 세계 속에 우리의 위치를 튼튼하게 다져왔습니다. 버마와 인도 그리고 스리랑카 등 3개국은 우리와 같은 아시아 대륙에 위치할 뿐만 아니라 과거 식민지주의에 대한 투쟁은 통하여 독립을 쟁취한 역사적 경험에서부터 경제 성장과 복지 향상을 향해 매진하고 있는 오늘의 좌표에 이르기까지 우리와 많은 공통점을 가지고 있습니다.

우리는 최근 소련의 대한항공 격추사건에서 반문명적이고 반이성적인 폭력의 실상을 억울한 피해자로서 생생하게 체험했습니다.

더욱이 같은 동족인 북한 공산당이 가해자를 두둔하고 나서는 모습에서 반문명과 반이성, 그리고 반민족과 반인간의 극치를 목격하고 암담한 심정을 금할 수 없습니다. 이러한 반이성과 반인간의 자세들은 비단 한반도의 평화와 한민족의 안녕을 위해서 뿐만 아니라 세계의 평화와 인류의 안녕을 위해서도 위험하기 짝이 없는 것이라 하지 않을 수 없습니다. 이러한 냉엄한 정세 아래서 세계평화와 세계인 모두의 안녕과 번영을 지키기 위한 화합과 협력의 정의로운 국제질서가 하루 속히 모색되고 정착되지 않으면 안 될 것입니다. 존경하는 국민 여러분!

본인이 순방을 마칠 때까지 안전한 행사가 되도록 많은 기원바랍니다. 감사합니다.

전두환 대통령이 김포공항에서 이륙하는 장면을 김정일은 이재강과 부부장과 김정일 관저에서 보고 있었다.

대통령이 출국한 이후 외무부에서는 비상대기 상황실을 유지했다.

상환 반장은 노호식 서기관이 상황반장이고 사무관 2명, 주사 4명 주사보 4명을 2개조로 나누어 주야 24시간 상황유지를 했다.

김포공항을 출발한 전세 특별기는 10월 8일 오후 7시에 첫 순방국인 버마의 랑군 공항에 착륙했다. 랑군 공항에는 주 버마 대사와 버마 외교부의 의전장이 영접을 나왔다. 21발의 예포가 터졌다. 트랩을 내려와 우산유 대통령 내외가 전두환 대통령을 환영했다.

10월 9일 일요일 아침 10시에 아웅산 묘지에 참배하기로 계획되었다.

아웅산 묘지는 우리나라 동작동 국립묘지처럼 국가유공자 묘역이었다. 전두환 대통령의 아웅산묘소 참배를 취재하려고 한국의 신문·방송 기자들과 사진 기자들은 좀 더 좋은 위치에서 촬영하려고 자리다툼도 하였다.

"잠시 후 대통령께서 도착하시겠습니다." 의전 담당자의 안내 방송이 흘러 나왔다. 검은색 벤츠 280 차량이 태극기를 달고 선두와 후미 에스코트를 받으며 아웅산묘소로 들어왔다. 차량 유리창이 썬팅이 되어 있어 차량 안의 사람을 알아보기 어려웠다. 벤츠에서 내린 사람은 대통령이 아니라 주 버마대사 이계철이었다. 이미 대열에 서 있던 함병춘 비서실장, 이범석 외무부장관, 서석준 부총리에게 각하께서 곧 도착하신다고 했다. 참석자들은 자신의 복장과 의전 서열에 맞게 섰는지 확인했다. 뒤쪽 군악대의 대열에서 진혼곡 나팔소리가 들렸다. 첫 소절과 마지막 소절만 짧게 불었다. 2-3분 흐르고 '쾅!' 하는 소리와 번쩍 섬광이 지나갔다. 아웅산묘소 천정이 무너졌다. 서석준 부총리 겸 경제기획원장관, 이범석 외무부장관, 김휘 상공부장관, 서상철 동력자원부장관, 함병춘 대통령 비서실장, 이계철 주 버마대사, 김재익 청와대경제수석비서관, 하동선 해외협력위원회 기획단장, 이기욱 재무부차관, 강인희 농림수산부차관, 김용환 과학기술처차관, 심상우 국회의원, 민병석 대통령주치의, 이재관 청와대공보비서관, 한경희 대통령 경호실경호관, 정태진 대통령경호실경호관이 현장에서 사망했다. 사건 직후 전 대통령은 공식 순방일정을 취소하고 귀국했다.

강민철은 단파 송수신기를 꺼냈다. 송도대학으로 가장명칭을 사용한 공작원 양성기지와 단파 송수신을 시도했다.

여기는 버마 아웅산입니다. 개성 모악산에게 보내는 편지입니다. 10월 9일 아웅산에 도열했던 국화꽃을 시들게 하였습니다. 다시 한 번 말씀드리겠습니다. 버마 아웅산에 도열했던 국화꽃을 시들게 했습니다.

조하영은 버마 인야레크 호텔로 갔다. 숙소 1103호실로 들어갔다. TV를 켰다. 긴급 뉴스가 나왔다. 버마 말과 글은 모르지만 화면이 아웅산묘소 폭파장면을 반복해 보여주고 아나운서 목소리가 다급했다.

평양으로 국제전화를 걸었다. 이재강 선전선동부 부부장이 받았다.

"부부장 동지 조하영입니다."

"수고했소! 나도 김정일 지도자 동지를 방금 만나고 왔소!"

"김정일 동지도 아주 좋아하셨소만 '왜 원격조종기를 그렇게 빨리 눌러 전두환 대머리를 살려주었냐?'고 하셨소. 그러나 일단 수행원들을 떼죽음시킨 것만으로도 성공이라고 하셨소."

"아, 그렇습니까? 죄송합니다, 부부장동지!"

"아니요, 오히려 겁을 먹고 인도나 다른 나라를 방문 취소하고 허겁지겁 달아나는 전두환 꼴이 더 우습게 되었다고 지도자 동지께서 죽인 것보다 보기 좋다고 하셨습니다."

"아닙니다, 저는 서울까지 가서라도 전두환 목을 따서 바치겠습니다."

"아니요, 이번 사건으로 더 경호가 심해질 테니 당분간은 우리 사업을 역량만 키우고 실행은 숨겨야 하오. 안전하게 버마 대사나 직원들 위로해주고 귀국하시오."

"예, 알겠습니다."

조하영은 호텔을 나와 택시를 탔다. 버마 주재 북한대사관으로 갔다. 대사관에는 버마 경찰과 대사관 직원이 서로 고함을 지르고 있었다. 경찰은 대사관 직원 전체 경찰 조사를 받아야 한다고 했다.

"무슨 소리야, 외교관은 치외법권 적용이 세계 공통인데, 이놈의 버마만 버마 경찰에 우리가 조사를 받아?"

"이번 사건은 대한민국이나 조선민주주의인민공화국이나 모두 조사에 응해야 합니다."

"남조선 놈들이 자작극을 벌인 것을 왜 우리 북조선 대사관 직원이 조사를 받아야 합니까?"

"자작극인지 아닌지는 양쪽 다 조사를 해봐야 한다는 것이 우리 버마 당국의 기본 지침입니다. 그러니 2개조로 나누어 랑군 중앙경찰청에 출두하시오."

조하영이 뒤늦게 합류하여 테러혁명을 지도한 이 사건의 행동대원은 모두 3명이다. 신기철 대위는 아웅산묘소 근처에서 사살되었고, 진성호 소좌와 강민철은 체포되었다.

한편, 서울의 노호식 서기관과 배장호 사무관 타자수 김경희 양, 함영주 양, 그리고 다른 주사와 주사보들은 2교대로 24시간 상황을 유지했다.

"김경희 양!"

"예, 과장님?"

"이거 외교부에서 발표하는 성명서인데 복사해서 100부 만들어."

"예, 알겠습니다."

"함영주 양?"

"예, 사무관님?"

"이번 버마에서 순직하신 분들 각 개인별로 신상 파일을 만들어."

"예, 알겠습니다."

촉탁 근무이지만 국가에 큰 사고가 터지니 임시직 정규직 구분 없이 바빴다. 일손이 모자라 모두 말이 없어졌다. 침묵 속에 손놀림 발동작만 빨라졌다. 아웅산묘소는 아수라장이 되었다. 참석했던 수행원들은 무너지는 묘소 천장에 깔렸다. 팔다리가 덜어져 나가고 파편이 몸에 얼굴에 박혔다. 사망자 중상자 모두 형편없는 몰골이다.

한국에서 장경우 체육부장관을 단장으로 한 한국정부 진상조사단을 버마에 파견했다. 버마는 이 사건의 범인은 북한 개성에 있는 124 군부대, 강창수 부대 출신의 강민철, 진성호, 신기철 등 3명으로 발표했다. 이들 중 진성호 강민철은 북한 황해도 옹진항에서 동건애국호를 타고 9월 8일 출발해서 9월 23일 랑군항에 도착했다.

한편, 강민철은 9월 25일 비행기로 버마 랑군 공항으로 왔다. 3명은 버마 주재 북한 대사관 참사관 전창호의 집에 은거하면서 테러 준비를 해왔다. 크레모아와 소이탄, 도폭선, 무선조종장치 등을 조립하여 폭발물 3개와 원격신호장치를 만들었다. 좀 덜어진 곳에서 폭발물을 터뜨리고 자신들의 도주할 시간을 벌 수 있게 준비했다.

버마 수사관이 확보한 물증은 원격 조종기 1대 조종기에 장착하는 일본제품인 히다찌의 건전지 20개였다. 히다찌의 건전지는 이미 한국에서 대구 미국문화원 폭파기도 사건 때 회수된 불발탄, 임진강 침투 간첩 배낭에서도 히다찌 건전지가 나왔다.

아웅산에서 순직한 17명의 유해는 대한항공 특별기로 한국으로 이송했다.

17명에 대한 대한민국 국민장으로 진행되었다. 모두 동작동 국립묘지에 안장되었다.

촉탁인 나는 17명의 국민장 행사를 외교부 아시아과 사무실에서 보고 있었다. 사직서를 책상 위에 올려놓았다. 인적사항을 다 기록하고 사직 사유에는 개인 신상이라고 적었다. 세부적으로 작성하는 곳에다가 월급이 공무원보다 많은 직장으로 가고 싶어서 사직한다고 썼다. 노호식 서기관 결재만 받으면 장관 결재는 통과의례에 불과했다.

더구나 이범석 외무부장관이 버마에서 순직한 관계로 차관님 전결 처리로 사직했다.

"왜 사직을 하는 거야?"

"네, 일단은 정규 공무원도 아니고 봉급도 작아서 사직하고 새길 갈 것입니다."

"지금 10월 말인데 12월까지 근무하고 12월 31일 사직하면 안 되겠니?"

"네, 제가 마음이 불편합니다."

"뭐가 불편해? 우리 아시아과 사람들 다 좋은데?"

"지난 현충일 전전날 분명히 국화작전 보고서 5부를 만들었는데 과장님이 보시는 날 4부로 한 부가 없어진 것도 제가 그날 비밀 보관소에 넣었는데 솔직히 부수 확인 안하고 그냥 있는 대로 넣었는데, 그게 17명의 사망자를 낸 국화작전에서 국화를 시들게 한 원인이라고 생각하니 도저히 잠이 안 와요."

"야, 나도 요즘 내가 서기관이라는 놈이 비밀문서 하나 똑바로 간수 못해서 이런 일이 났구나 하는 죄책감에 잠을 못 잔다."

"이건 함양 혼자 문제가 아냐 우리 아시아과 전체의 문제지?"
"책임이 있다면 과장인 내가 더 책임이 크지 말단의 함양이 책임이 크겠어?"
"그래서 이번 함양 사직서는 나는 결재 올릴 수 없다."
노 서기관은 사직서를 찢어서 휴지통에 넣었다.

국화작전을 추진 중이던 9월 1일 04시 30분 알래스카 앵커리지 공항을 출발한 KAL 007편 비행기가 항로를 이탈하여 소련 영공을 들어가게 되었다. 소련은 이 항공기가 민항기임을 알고서도 미사일을 발사해 격추했다. 비행기 잔해와 탑승객은 북태평양 한가운데 수장되었다. 이 비행기에는 3세 어린이부터 70세 노인까지 269명이 타고 있었다.

버마에서는 버마 최고 실권자 네윈의 오른팔로 불리고 일부 언론에서 후계자로까지 거론되던 틴우 장군이 체포되어 재판을 받았다.

틴우는 버마의 국가안전기획장이었다. 틴우 장군의 체포 죄명은 부정축재 및 딸의 호화 결혼식이었다. 틴우 안전기획부장 척결 시에 그를 따르던 정보계통 장군들 3명이 함께 처단되었다. 이런 사건으로 아웅산묘소 폭발사건을 틴우 장군을 사모하는 일당들이 저지른 일종의 버마 정부에 항의하는 테러로 보도한 가사도 있었다.

계획대로라면 10월 9일 10시 15분 우칫라잉 버마 외무부장관이 인야레이크 호텔에 도착해 전두환 대통령을 모시고 아웅산묘소로 출발해야 했다. 10시 20분이 되어도 버마 외무부장관은 나타나지 않았다. 호텔에 대기하고 있던 경호요원들은 초조했다. 초조함을 달래기 위해 담배를 피웠다. 국가원수의 의전과 경호 행사요원들은 긴장과 스트레스 속에 산다.

대통령 행사의 타임 테이블은 비밀 중의 비밀이었다. 경호상의 문제인데 그 타임 테이블을 머리에 넣고 행동하는 경호원들에게 그 시간표대로 나타날 시간이 나타나지 않으면 긴장하기 마련이다. 외교와 정보 경호 업무 관련자끼리 협조된 신간을 분초단위로 암호로 만들어 교신하는데 이렇게 5분이나 차이 나는 것은 외교 관례상 큰 결례였다. 모든 준비를 완료한 전두환 대통령은 창밖을 보며 호텔방을 왔다 갔다 했다. 답답한 전두환 대통령이 의전 담당 이성기 의전담당관에게 말했다.

"이 담당관 출발 안 하나?"

"네, 각하 타임 테이블 상으로 이미 출발 시간이 지났는데, 버마 외교부장관이 아직 안 와서……."

대통령은 성질이 직선적이었다. 좋고 싫음이 얼굴에 100% 나타나는 성격이라 포커를 하면 100% 잃을 사람이다. 호텔 자신의 방을 서성이다 2층 VIP로비로 올라갔다. 그때 버마 외무부장관 우칫라잉이 도착했다.

버마 외무부장관의 도착이 늦어지자 마음이 조급한 함병춘 대통령 비서실장은 주 버마대사 이계철 대사에게 먼저 출발해 각하가 곧 도착하신다고 하라고 했다. 그리고 함병춘 비서실장은 이순자 영부인과 비서실 직원을 챙겨 출발시켰다.

태극기를 부착한 이계철 대사를 경호차량이 앞뒤에서 호위하며 아웅산묘소로 향했다.

조하영이 벤츠 차량에 앞뒤로 경호하는 것을 보고 전두환 대통령이 아웅산묘소에 도착했다고 진 소좌에게 보고했다. 이계철 대사는 차량에서 내리자 '각하께서 곧 도착하실 예정입니다.'라고 했다. 수행원들은 자신의 옷매무새를 확인하고 의전 서열에 맞게 자리를 잡았다.

카메라 기자는 수행원들이 앵글을 벗어난 사람을 호명하며 조금 안으로 들어가라 키 큰 분은 약간 무릎을 굽혀라 주문했다.

그 순간, '쾅!'하는 굉음과 번쩍 섬광이 지나갔다. 아웅산묘소 천정이 무너져 내리고 벽체 기둥도 무너졌다. 순식간에 아수라장이 되었다.

1983년 10월 9일 버마 아웅산묘소는 피의 일요일이 되었다. 한국은 한글날이라고 10시에 각 지역 도청소재지마다 한글날 기념행사가 있었다. 이 시간에 버마 아웅산묘소에 대형 폭발물 사고 아니 테러가 행해진 것이다.

외무부 아시아과의 노호식 서기관이 반장으로 24시간 상황을 유지하던 상황실에 2교대가 아닌 전원 출동 지시가 내렸다.

외교부 상황실에 비상 국무회의가 소집되었다. 비상 국무회의에서 정부 성명 발표, 시신 처리 및 부상자 치료를 위한 의료진 파견, 진상 조사단 파견 등이 결정되었다. 성명서에서 정부는 이 사건이 북한에 의해 저질러진 것이라고 단정했다. 구체적 물증은 없지만 정부는 이 사건을 통해 천인공노할 북괴의 국제테러집단의 본성을 다시 한 번 똑똑히 알았다고 못 박음으로서 사건이 북한이 관련돼 있음을 공식화했다.

강각성 국가안전기획부 2차장이 주무관이 되어 버마 아웅산묘소 테러사건의 조사단이 구성되었다. 조사단은 국가안전기획부에서 6명, 경찰청 2명, 국군기무사 2명, 국군정보사 2명을 차출해서 총 12명의 합동조사단을 구성했다. 국군기무사령부는 대공 상의 용의점 판별을 위해 차출했고, 국군정보사령부는 적성무기 판별을 위해 차출했다.

1983년 10월 10일 유해 운구를 위해 대한항공 특별기를 보내기로 하였다. 이원경 체육부장관을 단장으로 하는 유해인수단을 파견했다.

10월 9일 아웅산묘소 폭발사건 직후 랑군시내에는 이 폭발사건이 대한민국 사람들의 자작극이라는 소문이 파다하게 퍼졌다. 버마 경찰이 나팔소리가 나고 2-3분 후에 폭발이 이루어진 점을 착안해서 버마 군악대의 나팔수를 조사했다.

"왜 식전에 나팔을 불게 되었나?"

"한국 경호원이 와서 참배 시 묵념 때 연주하는 진혼곡 첫 소절과 마지막 소절만 불어 보라고 했습니다."

그래서 버마 수사당국은 한국의 불만세력이 버마군악대 나팔수를 매수하여 나팔 부는 것으로 신호로 삼은 것을 의심했다.

버마 수사 당국이 추정한 시나리오는 네 가지였다.

첫째, 북한의 사주를 받은 버마 내의 반정부 단체가 저지른 범행이다.

둘째, 소수 민족 게릴라 등 버마 내에 있는 반정부 단체의 단독

범행이다.

셋째, 북한 특수부대의 직접 범행이다.

넷째, 한국의 자작극이다.

이런 네 종류의 시나리오를 상정하고 수사를 하다 보니 제일 먼저 의심을 받는 사람은 한국인 경호원 김미동이었다. 김미동 경호원은 버마 군악대 대열로 가서 나팔수에게 진혼곡 첫 소절과 마지막 소절을 불러보라고 했다. 한번 불어본 나파소리가 나고 2-3분 후에 쾅! 하는 굉음과 번쩍 섬광이 지나가고 아웅산묘소 천정이 무너졌다.

버마 정보국 수사관이 김미동을 심문했다.

"당신은 경호원 근무 경력이 얼마나 됩니까?"

"예, 10년 됩니다."

"그럼, 경험이 많은 경호원이 미리 점검을 했어야지 행사시간 임박해서 군악대를 점검한 이유가 뭡니까?"

"예, 경호 차장님으로부터 지시 받은 임무가 출입하는 버마와 한국 그리고 외국의 기자와 사진기자의 보안 점검이었습니다. 그런데, 군악대를 점검하기로 한 구영삼 경호원이 경호실장 호출을 받고 불려가면서 나에게 군악대 점검을 부탁했습니다. 그래서 군악대 점검을 한 것입니다."

"알겠습니다. 그러면 구영삼 경호원을 불러오세요."

구영삼 경호원이 불려왔다.

"구영삼 경호원 맞습니까?"

"네."

"이번 행사에 구영삼 경호원이 맡은 임무가 무엇입니까?"

"네, 아웅산묘소 행사장 마이크와 의자 시설물 군악대를 점검하는 것입니다."

"그런데, 왜 군악대 점검을 본인이 직접 하지 않고 김미동 경호원에게 부탁했나요?"

"네, 제가 다 해야 하는데, 기자들이 너무 많이 와서 거기 시간을 다 빼앗긴 상태서 경호실장님이 경호본부로 잠깐 다녀가라고 해서 본부로 갔습니다. 그래서 다른 점검은 마쳤으니 군악대만 봐 달라고 김미동 경호원에게 부탁하고 본부로 갔습니다."

"혹시 점검하면서 군악대 악기를 불어보게 하라는 말도 했습니까?"

"아니요, 점검리스트에 목관악기 금관악기 등에 폭발물 소형을 은닉할 수 있기 때문에 말은 필요 없습니다."

"알았습니다. 악기소리가 나고 2-3분 후에 폭발 사고가 났으니, 완전히 수해의 의문이 해소되기 전까지는 김미동, 구영삼 두 경호원은 우리 버마 경찰청에서 내보낼 수 없습니다. 피의자 신분으로 조사를 계속하겠습니다."

김미동, 구영삼 두 경호원은 버마 경찰청에 체포되었다.

조하영은 비행기로 랑군을 떠나 북경으로 북경에서 평양으로 들어갔다. 김정일 지도자 동지와 이재강 부부장에게 불려갔다. 김정일이 특유의 펑크 머리를 쓸어 올리며 담배를 한 대 물고 조하영에게 물었다.

"조하영 동무! 사업을 어찌 그리 성급하게 했습니까?"

"죄송합니다. 그놈 이계철 남조선 버마 대사 놈이 대머리라 전두환 대머리하고 너무 똑같아서 정말 전두환인 줄 알고 버튼을 눌렀습니다. 벤츠 차량 앞에 태극기를 달고 앞뒤에서 경호 차량이 경호하고 내리자마자 도열한 이범석 외무부장관 이하 모든 참석자들이 고개 숙여 인사해서 깜짝 속았습니다."

"알았소. 전두환을 처단 못한 것은 아쉽지만 동무들의 거사는 성공이오. 참석자들을 전몰시켰고 전두환 간담을 서늘하게 만들었단 말이오?"

"감사합니다, 지도자 동지! 죄송합니다. 부부장 동지 저는 전두환 목을 다기 위해 남조선으로 잠입할 생각을 했습니다."

"아니오. 이번 일로 남조선 놈들이 더욱 경계를 삼엄하게 펼질 테니 지금은 조용히 기다릴 때요. 당분간 조하영 동지는 삼지연 특각에서 푹 쉬고 다음 임무를 준비하시오."

"예, 알겠습니다."

조선민주주의인민공화에서 특수 임무 종사자인 해외 테러나 대남 간첩 임무 수행을 마치고 복귀한 인원에 대하여는 김일성, 김정일이 사용하는 특각에서 휴식을 취할 수 있는 특권을 부여했다. 북한의 특각은 남한의 청남대처럼 국가 원수인 김일성-김정일 부자의 휴양소이다. 그런 특각이 북한에는 20여 개나 있었다.

2개월간의 수사를 벌인 버마 당국이 수사 결과를 발표했다. 아웅산묘소 폭발 사건은 북한에서 국가 차원의 조직적인 테러로 결론이 났다. 버마는 북한에 대하여 외교 관계를 단절한다고 발표했다.

주 버마 북한 대사 및 참사관, 참사, 영사들이 버마에서 추방되었다. 평양으로 돌아갔다.

아웅산 폭발 사건으로 외무부와 대통령 경호실 그리고 국가 안전기획부에 대대적인 인사 태풍이 불었다. 노호식 서기관, 배장호 사무관은 한직으로 전보 발령이 났다. 외교안보연구소 특정 직무 없는 연구원이 되었다. 나는 사표가 반려되었고 조촐한 이별 회식을 하였다.

술이 한 순배 돌아가자 노호식 서기관이 말문을 열었다. 아니, 버마로 가자고 제안한 놈들은 그 자리 유지하고 죄 없는 우리가 왜 인사 태풍을 맞아야 해?

노 서기관은 '솔'을 입에 물었다. 한 모금 빨고 후하고 연기를 내뿜었다. 과장님 뭐라 위로할 말씀이 없습니다. 길거리에 뭔 놈의 정의 사회 구현하자는 현수막이 그리 많은지.

강민철은 체포되어 버마 합동수사기관으로 이송되었다.

처음에는 묵비권을 행사했으나 계속할 수는 없었다. 모든 것을 자백했다. 강민철은 버마 감옥에서 25년 수형생활을 하다가 20XX년 5월 18일 사망했다. 사인은 간암이었다. 강민철의 시신을 북한도 남한도 인수를 거부했다. 버마 국립화장장에서 한 줌 재가 되었다.

* 대한민국이나 북한이나 국가를 위해서라는 명목으로 이름 석 자

알리지도 못한 채, 이슬처럼 슬어진 특수임무를 수행하는 희생자들에게 이 글을 바칩니다.

한문평 소설집

7 7 7 쓰리세븐

초판발행일 2022년 04월 10일

지은이 : 함문평
발행인 : 김순진
편집장 : 전하라
디자인 : 김초롱
펴낸곳 : 도서출판 문학공원
등 록 : 2004년 3월 9일 제6-706호
주 소 : 우편번호 03382 서울 은평구 통일로 633
           녹번오피스텔 501호 스토리문학사
전 화 : 02-2234-1666
팩 스 : 02-2236-1666
홈페이지 : http://cafe.daum.net/yob51
이메일 : 4615562@hanmail.net

※ 책값은 뒤표지에 있습니다.
※ 저자와의 협의에 의해, 인지는 생략합니다.